dtv

Bürgerkrieg auf dem Balkan. Jeder echte Mann, ob Serbe oder Kroate, will kämpfen. Nur Branko nicht. Der 23-Jährige ist desertiert und in dem vom Krieg noch unberührten Križevci untergetaucht. Tagsüber schleppt er Rinderhälften in einem illegalen Schlachthof, nachts zieht er durch Diskotheken. Er lebt in ständiger Angst vor der Entdeckung. Seine ganze Kraft konzentriert er deshalb auf ein Ziel: Deutschland, das gelobte Land. Bald merkt Branko, daß er seine frisch erlernten Sprachkenntnisse bei Touristinnen zu Geld machen kann, Geld für seine Flucht in die Freiheit. Denn er will mehr als dieses mickrige Leben. Während Jugoslawien immer tiefer im Bürgerkrieg versinkt, plant er den Ausbruch.

Zoran Drvenkar, 1967 in Križevci (heutiges Kroatien) geboren, zog als Dreijähriger mit seinen Eltern nach Berlin, wo er auch heute lebt. Seit 1989 arbeitet er als freier Schriftsteller. Für seine Romane, Gedichte, Theaterstücke und Kurzgeschichten wurde er mit zahlreichen Literaturstipendien und Preisen ausgezeichnet.

Zoran Drvenkar

Yugoslavian Gigolo

Roman

Klett-Cotta
Deutscher Taschenbuch Verlag

Von Zoran Drvenkar
ist im Deutschen Taschenbuch Verlag erschienen:
Du bist zu schnell (20833)

Ungekürzte Ausgabe
April 2007
Deutscher Taschenbuch Verlag GmbH & Co. KG,
München
www.dtv.de

Umschlagkonzept: Balk & Brumshagen
Umschlaggestaltung: Stephanie Weischer unter Verwendung
eines Fotos von Corbis/zefa/Vincent Besnault
Satz: Dörlemann Satz, Lemförde
Druck und Bindung: Druckerei C. H. Beck, Nördlingen
Gedruckt auf säurefreiem, chlorfrei gebleichtem Papier
Printed in Germany · ISBN 978-3-423-20977-9

für meinen Vater

mit einem Glossar
im Anhang

Erster Teil

Herbst

1

Als ich im Oktober 1968 geboren wurde, wußte ich nicht, daß ich dreiundzwanzig Jahre später sterben sollte. Auf den Tag genau. Ich erwachte an meinem Geburtstag einige Minuten vor dem Klingeln des Weckers und lauschte auf die Geräusche des Hauses – Mutters Schritte, das hohle Gurgeln des Wassers in den Leitungen und dann wieder Stille. Es war so früh, daß die Vögel noch nicht zu hören waren.

Wir sprachen beim Frühstück wenig. Ich nahm die beiden Geschenke dankend entgegen und verstaute sie ungeöffnet in meinem Gepäck, während Mutter den Tisch abdeckte. Danach stand sie am Fenster in ihrem Rock, der Bluse und dem Kopftuch – schwarz in schwarz vor der Dunkelheit des Morgens, die ewige Witwe. Sie drehte sich nicht um, als ich mir das Jackett anzog, ihr Gesicht spiegelte sich weiß im Fensterglas.

Ich ließ die Kerze auf dem Tisch brennen, trat an die Seite meiner Mutter und küßte sie zum Abschied auf die Wange. Eine der Katzen folgte mir ein paar Häuser weit und setzte sich dann mitten auf die Straße. Ich schaute zurück und sah meine Mutter am Fenster stehen.

Ich winkte ihr, sie winkte nicht zurück.

Erst als ich mir sicher war, daß sie mich nicht mehr sehen konnte, zündete ich mir eine Zigarette an. Mit dem Ausatmen des Rauches wurde ich ruhiger. Ich wußte, nichts würde schiefgehen. Ich war auf dem Weg zum Marktplatz, wo der Linienbus Richtung Zagreb wartete. Die Fahrkarte steckte gefaltet in der Brusttasche meines Hemdes, in der linken Hand hielt ich den Koffer, rechts eine rotweiß gestreifte Plastiktüte mit harten, faustgroßen Äpfeln.

Mein Magen begann bei dem Gedanken an die Äpfel zu rumoren. Wahrscheinlich hätte ich zum Frühstück nicht nur vier Tassen Kaffee trinken, sondern auch etwas essen sollen. Die Zigarette verschlimmerte das Rumoren, ich wollte sie ausspucken, doch der Filter klebte an meiner Oberlippe fest, also setzte ich den Koffer

ab und schnipste den Stummel auf die Straße. Die Kippe sprang über den Boden und landete in einer Pfütze. Ich straffte die Schultern und blickte mich ein letztes Mal um.
Der Marktplatz war verlassen, früh um fünf hielt sich hier niemand auf. Das einzige Geräusch kam von den Melkmaschinen und schwebte summend über dem schlafenden Dorf. Dichter Nebel bedeckte die Pflastersteine und verdeckte den Dreck und Pferdemist. Wenn ich die Augen ein wenig zukniff, sah es aus, als ob die Straße vor dem Marktplatz nicht existierte.
Ich hob den Koffer an und wollte weitergehen, als ich links von mir eine Bewegung wahrnahm. Ich erkannte das blasse Gesicht meiner kleinen Schwester, ehe es in den Schatten verschwand. Ich hatte ihr gesagt, sie solle im Bett bleiben. Die Schule begann um halb acht, sie mußte also erst in einer Stunde aufstehen. Mich wunderte es, daß Mutter sie gehen ließ.
Der Bus wartete mit laufendem Motor in der Kurve gegenüber der Kirche. Er wirkte wie aus einer fremden Zeit, reserviert für eine Reise in die Zukunft. Ich ging schneller, der Dieselgeruch stieg mir in die Nase, ich atmete ihn tief ein.
– *Dobro jutro.*
Der Fahrer blickte überrascht von seinem Frühstück auf. Er wischte sich über den Mund, bevor er das Sandwich auf die Kasse legte und sich mit beiden Händen über den Stoff seiner grauen Hose rieb.
– Wo soll's hingehen?
– Zagreb.
– Was?
– Zagreb, wiederholte ich lauter und reichte dem Busfahrer die Fahrkarte. Er stellte den Motor aus und hob mit der freien Hand das Sandwich von der Kasse.
– Hier, halt mal.
Ich hielt das Sandwich, während der Busfahrer die Fahrkarte auf der Kasse glattstrich und abstempelte. Das weiche Sandwich lag zwischen meinen Fingern wie ein klammer Händedruck.
– Wann fahren wir?
Ich brauchte ein Gespräch. Ich kannte den Fahrplan, in diesem

Dorf hatte sich seit meiner Kindheit nichts verändert. Der Busfahrer antwortete mir nicht, sein Blick war konzentriert auf die Fahrkarte gerichtet, als ob es einen Fehler geben müßte. Seine Pupillen waren winzige Perlen, ich hätte schwören können, daß er in dieser Nacht nicht geschlafen hatte.
– Hier.
Er reichte mir die Fahrkarte und nahm sein Sandwich wieder entgegen.
– *Hvala,* sagte ich.
Der Fahrer nickte und legte einen Schalter um. Die Bustüren schlossen sich mit einem saugenden Geräusch, gedämpft hörte ich das weit entfernte Krähen eines Hahnes.

Ich war in Zivil – schwarzes Jackett, weißes Unterhemd, Jeans und braune Lederschuhe. Meine Uniform lag zwischen zwei Lagen Zeitungspapier auf dem Boden des Koffers, den ich über meinem Sitz verstaut hatte. Die Tüte mit den Äpfeln legte ich daneben und hängte das Jackett auf. Ich zog die Brieftasche aus der hinteren Hosentasche und nahm Platz, um mein Geld zu zählen. Als ich die Scheine auf meinem Knie ausgebreitet hatte, klopfte es rechts von mir am Fenster.
Ich sah auf. An der Stelle, an der die Fingerspitzen gegen das verdreckte Glas getippt hatten, schimmerten helle Flecken. Ich brachte mein Gesicht näher an das Glas heran und sah eine verwischte Gestalt neben dem Bus stehen. Sie hatte den Arm erhoben, als würde sie winken. Ich steckte die Scheine wieder in meine Brieftasche und stand auf. Der Fahrer blickte in den Rückspiegel, als er mich den Gang entlangkommen sah.
– Ich fahre in fünf Minuten, sagte er und ließ die Tür aufgehen.
Ich stieg aus und blieb vorne am Bus stehen. Meine kleine Schwester wartete am anderen Ende. Sie bot einen traurigen Anblick, wie sie mir starr und mit halboffenem Mund entgegensah. Ein Kopftuch von meiner Mutter hing schief um ihre schmalen Schultern, die Füße waren barfuß in abgelatschten Turnschuhen. Sie wirkte klobig und verschlafen in dem faltigen Rock und der Weste. Es kümmerte mich in diesem Moment nicht wirklich, wie

sie aussah oder wie es ihr ging. Mir war auch egal, ob der Fahrer meine Worte mitbekam oder nicht. Ich war einfach nur wütend.
– Verdammt, habe ich dir nicht gesagt, du sollst im Bett bleiben!?! Was ist nur los mit dir?!
Auch wenn ich es nicht wahrhaben wollte, stand eine jüngere Version meiner Mutter vor mir. Meine Schwester war zwölf Jahre alt, sah aus wie neun und erregte Mitleid, wo sie auch hinkam. Ich wollte auf sie zurennen und sie würgen, ich wollte ihr links und rechts eine verpassen. Meine kleine Schwester war mir zwar wichtig, aber auch da gab es Grenzen.
– Mama sagt, du mußt wieder zurück, stellte sie fest und sah mir fragend in die Augen, Sie sagt, sie haben ein Telegramm geschickt.
– Das ist richtig.
Jelena rückte das Tuch zurecht, sie zog es enger um ihre Schultern.
– Ich weiß, daß du sie angelogen hast.
– Was?
– Du hast gelogen, du willst nicht zurück, du hast etwas anderes vor, das weiß ich.
– Wo hast du denn den Mist her?
– Du hast im Schlaf gesprochen.
– Was ... *Was* habe ich?
Ich lachte, rieb mir mit der Hand übers Gesicht, als ob ich eben erwacht wäre, und sagte zuversichtlich:
– Jelena, ich spreche nicht im Schlaf.
– Du hast aber.
– Jelena, hör mal, ich werde doch wissen---
– Und du hast auch gesagt, daß du nicht mehr hingehst. Nie mehr. Genau das hast du gesagt.
Ich trat einen Schritt auf sie zu, der Busfahrer startete den Motor. Eine dunkle Dieselwolke hüllte meine kleine Schwester ein und vermischte sich mit dem Nebel auf dem Marktplatz. Jetzt erst spürte ich die morgendliche Kälte durch mein Hemd. Der Busfahrer hupte zweimal. Es reichte mir. Ich hatte genug von Jelena, ich hatte genug von diesem Dorf. Voller Bedauern betrachtete ich meine kleine Schwester und sprach dann wie zu einem fünfjährigen Kind:

– Geh nach Hause, Jelenica, nun geh schon und schlaf dich aus, das wird dir gut tun.
Ich wandte mich ab, ich war beherrscht, nur mein linkes Auge zuckte.
– Ich weiß genau, was du vorhast! rief mir meine kleine Schwester hinterher, Ich weiß es, Branko!
Ich ignorierte sie. Ignoranz war sehr wichtig, wenn man aus seinem eigenen Leben verschwinden wollte. Es ging leichter, als ich dachte, was wahrscheinlich auch daran lag, daß es mir schon immer schwergefallen war, dieses Leben hier ernst zu nehmen – meine Schwester und meine Mutter, diese traurige Ansammlung von Häusern, Nachbarn und Schulkameraden. Ich hatte den ersten Schritt getan. Mein Fuß befand sich schon auf der untersten Stufe, und ich wollte eben in den Bus steigen, als der Stein mich an der Schulter traf.
Ich schaute hinab.
Der Stein lag einige Zentimeter von mir entfernt auf dem Boden. Ich starrte ihn an und rührte mich nicht.
– Mach mal hin, ich muß los.
Ich hob den Kopf. Der Busfahrer grinste, Reste des Sandwiches klebten zwischen seinen Zähnen.
– *SAG MAL, SPINNST DU?!*
Mit wenigen Schritten war ich bei meiner kleinen Schwester und packte sie an den Haaren. Ich bog ihren Kopf nach hinten, damit sie zu mir aufblicken mußte.
– *WAS DENKST DU, WAS DU HIER TUST?!*
Jelena wand sich, sie drückte mir ihre Hände gegen die Brust. Ich schüttelte sie und zeigte auf meine Schulter. Von meinen vier Hemden war jetzt eines verdreckt.
– SIEHST DU DAS?! MH, SIEHST DU DAS?!
Ich stieß Jelena von mir. Sie taumelte, fiel aber nicht. Ihr Kopftuch war verrutscht, der Zopf hatte sich in Strähnen aufgelöst.
– Du bist tot, sagte Jelena leise und legte die Arme um sich, als ob sie frieren würde, Schritt für Schritt wich sie zurück, Du bist tot, tot, tot. Es gibt dich nicht mehr. Für mich bist du gestorben.
Ich legte den Kopf schräg.

Tot?
Ich breitete die Arme aus und erwiderte sarkastisch:
– *Das* werde ich wirklich nicht überleben, Schwesterchen, glaub mir das.
Ich griff mir ans Herz, verzog das Gesicht und schickte Jelena einen Handkuß.
So starb ich, Miroslav Branko Papir, im Oktober 1991 an meinem dreiundzwanzigsten Geburtstag und stieg in den wartenden Bus, ohne mich erneut umzuwenden, während meine kleine Schwester springend und fluchend mit der flachen Hand helle Tupfer auf den Fensterscheiben des Busses hinterließ.
Lange Zeit, nachdem der Fahrer auf den *autoput* Richtung Zagreb eingebogen war, hatte ich vor Augen, wie meine kleine Schwester auf dem Bordstein saß und sich mit den dreckigen Handflächen über ihr Gesicht wischte, damit unsere Mutter nicht zu sehen bekam, daß sie geweint hatte. Das Bild war klar und deutlich, und dann ließ ich es hinter mir.

2

Die Tür bleibt verschlossen, obwohl auf der anderen Seite gezogen wird.

– Verdammt! Wer hat diese Kiste hier abgestellt?! Was ist das? Eine Lagerhalle? Tatjana, könntest du deinem Sohn sagen, er soll sein Spielzeug nicht überall rumliegen lassen, eines Tages breche ich mir noch das Genick. Was? So ein Mist auch, ich bekomme diese Tür keinen Spalt auf!

– …

– Was?

– Ich sagte, er ist genauso dein Sohn, wie er meiner ist, also sag es ihm selber!

– Auch das Licht geht nicht.

– Was?

– DAS VERDAMMTE LICHT GEHT NICHT!

– Hallo?

– Wer ist denn da? Sehen Sie nicht, daß die Tür klemmt? Gedulden Sie sich einen Moment, bitte.

– Ich bin's, Branko.

Das Rütteln an der Tür hört auf. Ich kann mir gut vorstellen, was mein Cousin für ein Gesicht macht.

– Branko? Branko Papir?!

– Ja.

– *Issuse moj!* He, Cousin, wie geht es dir?

– Gut.

– Drück mal gegen die Tür, der Teppich hat sich verschoben.

Ich drücke und gemeinsam bekommen wir die Tür einen Spalt weit auf. Aus dem Dunkeln lacht mir ein frischrasiertes Gesicht entgegen, locker gebundene Krawatte, gescheiteltes Haar – mein Cousin.

– Mensch, das ist ja ein Ding, was machst du denn hier?

– Habe da ein Problem, Josip.

Wir geben uns durch den Türspalt die Hände, und ich will eben zu meiner Erklärung ansetzen, werde aber durch eine

Frauenstimme aus dem Inneren der Wohnung unterbrochen.

Mein Cousin seufzt, dann wendet er den Kopf und ruft:

– Sei doch mal für einen Moment still, man versteht ja kaum sein eigenes Wort! Nun …

Er sieht mich wieder an und grinst.

– … wieso quetschst du dich nicht durch? Probier's mal.

In der Küche sitzt seine Frau Tatjana und hält ein Baby auf dem Schoß. Rechts von ihr steht ein leerer Stuhl, unter dem ihr fünfjähriger Sohn Ivo hockt.

– Schau mal, Tatjana, wer da reinschneit!

– Branko? Gütiger Gott, was machst du denn hier?!

Wir küssen uns. Tatjana berührt mein Gesicht, als müßte sie sich vergewissern, daß ich es wirklich bin, der an einem Donnerstagmorgen vor ihrer Tür steht. Es ist eine lange Zeit her. Tatjana lacht, fährt mir durchs Haar und stellt dann einen zusätzlichen Teller auf den Tisch. Mir wird ein Stuhl untergeschoben, und ich setze mich. Tatjana legt das Baby in meine Arme. Ich drücke es ungeschickt an mich, und das Baby sabbert mir auf mein frisches Hemd, das ich im Bus gewechselt habe. Ich versuche zu lächeln.

– Die Kleine paßt zu dir, sagt Josip und nimmt einen Zug von der Zigarette, die ihm Tatjana gereicht hat. Er ascht ins Waschbecken und sieht dabei das Baby und mich abschätzend an, dann zuckt er mit den Schultern und füllt den Kessel mit Wasser.

Während wir Geschichten austauschen und uns wundern, was in den letzten paar Jahren geschehen ist, kommen im Radio die 9-Uhr-Nachrichten. Ich versuche nicht hinzuhören. Der kleine Ivo lugt unter dem Stuhl hervor und begreift anscheinend erst jetzt, daß sein Onkel zu Besuch gekommen ist. Er wagt sich halb heraus und zieht an meinem Hosenbein.

– Ivica ist gewachsen, stelle ich fest und zwinkere dem Jungen zu.

– Er ist ein wahrer Teufel. Er wird größer und größer. Ich wäre ganz froh, wenn sein Gehirn in gleichem Maße mitwachsen würde, erwidert Tatjana und scheucht den Jungen unter dem Stuhl hervor, Los, raus da, du Spinner, was denkst du, wer du

bist? Ein Maulwurf oder was? Räum deine Kiste weg, sonst langt dir Papa eine.
Ivo zieht die Unterlippe ein, als würde er gleich losheulen. Er sieht seine Mutter, dann mich an und beschließt, daß sein Onkel interessanter ist.
– Bleibst du? fragt er mich.
– Ich werde ihm nicht nur eine langen, wirft Josip ein, Ich werde ihm zusätzlich den Arsch versohlen, bis er glüht und leuchtet, und dann können wir diesen Teufel anstatt einer Glühbirne in den Flur schrauben. Verstehst du, Ivica?
Er beugt sich über den Jungen und schnippt ihm gegen das Ohr.
– Mein Junge, du wirst zur Glühbirne gemacht, wenn du nicht aufräumst, verstehst du das, ha?
Ivo verschwindet im Flur und wir hören, wie er sich ächzend an die Arbeit macht.
– Hat er schon was gegessen? fragt Josip seine Frau.
Tatjana nimmt ihm die Zigarette aus dem Mund und drückt sie im Aschenbecher aus.
– Was denkst du? Bin ich eine Rabenmutter? Natürlich hat er gegessen. Er ißt wie ein Scheunendrescher.
Der letzte Satz ist an mich gerichtet, der das Baby fest an sich preßt, damit es aufhört, ihm die Knie in die Rippen zu drücken.
– Ist sie nicht süß? Ein Wunder von einem Baby, du solltest sie behalten, sie paßt wirklich zu dir.
– Tatjana, hör doch mal, was du da redest.
Josip greift nach ihrem Hintern, Tatjana schlägt seine Hand weg.
– Soll mein Cousin denken, daß wir einen Kinderhandel betreiben, mh? Soll er das?
Tatjana greift tragisch nach meiner Hand.
– Das würdest du doch nie denken, würdest du?
– Niemals, sage ich.
– Na siehst du! Josip, *isusse*, nimm deine Pfoten weg …
– Ich bin dein Mann.
– Kümmer dich lieber um den Kaffee.
Josip kommt mit dem Kaffee an den Tisch, füllt die Tassen und zwinkert mir zu. Tatjana und er könnten ohne Probleme eine eigene

Fernsehserie füllen. Erst jetzt fällt mir auf, daß mein Cousin eine lange Unterhose trägt. Josip erklärt, das würde an dem Baby liegen.
– Letztens hat sie mir die Hose vollgekotzt. Ein einziges Mal kräftig gerülpst …
Er macht mit beiden Händen eine Bewegung vor seinem Mund, die an den Trick eines Zauberers erinnert.
– … und raus kam die Soße. Frag Tatjana, ob ich lüge. Ich mußte in Jeans zur Arbeit. In Jeans! Das macht keinen guten Eindruck, verstehst du?
Ich nicke und versuche, das Baby auf meinem Arm stillzuhalten. Tatjana reicht mir den Teller mit Wurst. Ich nehme mir zwei Scheiben und eine Semmel dazu.
– Hier.
Ich greife nach der Plastiktüte, die ich mit dem Koffer neben meinem Stuhl abgestellt habe.
– Ich habe euch Äpfel mitgebracht.
– Du bist ein Lieber.
Tatjana stellt die Tüte auf das Küchenbord, ohne hineinzusehen. Niemanden scheint es zu kümmern, daß ich das Baby noch immer halte. Ich will nicht unhöflich sein und esse mit der linken Hand.
– Was ist geschehen, Branko? will Josip endlich wissen, Bist du im Bus eingeschlafen und an Zagreb vorbeigefahren? Wohl zu heftig in deinen Geburtstag reingefeiert, was?
– Er hat Geburtstag? wirft Tatjana ein, als wäre ich nicht im Raum.
– Wir haben doch gestern darüber gesprochen, daß wir ihn anrufen, sagt Josip.
– Ach, red nicht.
Tatjana wünscht mir alles Gute und küßt mich auf die Wange.
– Jetzt beruhige dich, sagt Josip.
– Wie soll ich mich beruhigen? Dein Cousin hat Geburtstag, und ich habe keinen Kuchen im Haus, sowas auch! sagt Tatjana und lacht. Auch ich muß lachen. Josip klopft mir über den Tisch hinweg auf die Schulter.
– Herzlichen Glückwunsch!
– Danke.
– Na bitte, sagt Tatjana.

Wir stoßen mit den Kaffeetassen an.
– Also, was hat dich hierher verschlagen? will Josip wissen, Hat dir deine Kompanie zusätzlichen Urlaub geschenkt? Heutzutage ist ja alles möglich.
Er beugt sich vor und spricht halblaut weiter.
– Wir sehen es jeden Tag im Fernsehen, weißt du? Diese Bundesarmee ist überall. Ein Haufen Verrückter zieht durchs Land und mordet, während wir hilflos zusehen. Mir dreht sich der Magen um, wenn ich nur daran denke. Frag Tatjana. Ihre Mutter betet jeden Morgen, daß das Gemetzel aufhört. Sie hat noch immer das Haus auf Plitvice. Erinnerst du dich, wie wir als Kinder dort schwimmen waren? Du würdest die Gegend heute nicht mehr wiedererkennen. Und Osijek? Als sie das Feuer eröffneten, dachte ich, das wäre es gewesen. Verstehst du? Verdammt, Osijek ist doch so nahe, das ist fast wie nebenan!
Tatjana nickt und fügt hinzu, sie hätte in einem der Dörfer eine Tante, die geflohen war. Auch ich nicke, ja, das sind schlimme Geschichten. Wir schweigen einen Moment lang, bevor Josip wieder den Faden aufnimmt:
– Vorgestern haben wir von dem Luftalarm über Zagreb gehört, bist du deswegen hier? Haben sie dich abkommandiert? Oder steckst du in der Klemme? Ist es das? Soll ich dir Geld leihen?
Tatjana sieht in ihre Kaffeetasse, ich verziehe das Gesicht.
– Hab dich nicht so, sagt Josip, Wir sind verwandt, in uns fließt dasselbe Blut, dieselbe Seele. Ist es das Geld? Nun sag schon, ist es das?
– Nein.
Ich schneide mir ein Stück *kobasica* ab, Josip bläst über seinen Kaffee und trinkt ihn in kleinen Schlucken. Wir sehen uns an, wir sehen nicht zu Tatjana. Ich werde schweigen, solange sie im Raum ist. Auch Tatjana begreift es endlich.
– *Joj*, wie die Zeit rennt! ruft sie überrascht und nimmt das Baby von meinem Arm, Ihr müßt entschuldigen, ich muß mit der Kleinen zum Arzt. Laßt alles liegen, wenn ihr fertig seid. Ich räume es später weg.
Sie drückt das Baby an ihre Brust. Ich trinke von meinem Kaffee und blicke Tatjana hinterher, wie sie im Schlafzimmer ver-

schwindet. Dann sage ich leise, so daß Josip sich vorbeugen muß, um mich zu verstehen:
– Ich geh nicht mehr hin.
– Nicht mehr was?
– Hin.
– *Jebemti boga!*
Josip springt auf, um die Tür zum Schlafzimmer zu schließen.
– Sag das noch mal!
– Du hast mich richtig verstanden. Mich werden die nicht abschlachten.
Josips Augen werden glasig. Er ist drei Jahre älter, und ich weiß, was durch seinen Kopf geht. Vor ihm sitzt jemand, der keine Frau und keine Kinder hat; vor ihm sitzt jemand, der vor Jugend und Kraft strotzt - - -
– Das kannst du doch nicht machen, Branko, wenn sie dich erwischen, stellen sie dich an die Wand.
Ich schüttle den Kopf.
– Lieber an die Wand als an die Front.
Für einen Moment sieht es aus, als würde sich Josip nervös seine Hände in die Hosentaschen schieben. Ratlos wischt er über die lange Unterhose, dann greift er nach dem obersten Küchenregal und holt eine Flasche *rakija* herunter.
– Du mußt noch arbeiten, erinnere ich ihn.
– Ich melde mich krank.
– Doch nicht wegen mir …
– Natürlich wegen dir, *budala!*
– Warte mal, keiner erwartet - - -
– Halt deinen Mund. Willst du auch ein Glas?
Josip zieht den Korken mit den Zähnen heraus und nimmt zwei Gläser aus dem Regal. Wir trinken. Tatjana kommt mit dem angezogenen Baby in die Küche, um sich zu verabschieden. Josip will wissen, wo sein Sohn herumlungert.
– Draußen vielleicht, antwortet Tatjana, Woher soll ich das wissen?
Ihre Worte sind kühl. Sie hat die offene Flasche *rakija* entdeckt.
– Wir sehen uns später, sagt sie nur an Josip gewandt.

– Es tut mir leid, erkläre ich.
Tatjana geht mit dem Baby.
– Es tut mir wirklich leid, wiederhole ich und sehe Josip an.
Josip winkt ab.
– Das muß dir nicht leid tun. Es liegt allein an mir, daß sie wütend ist. Wir hatten in letzter Zeit etwas Ärger. Wegen des Alkohols. Weißt du, der Job ist nicht leicht, und dann die Geschichte mit meiner Leber. Und manchmal, wenn ich betrunken heimkomme, na ja, ich weiß nicht, was ich tue und fange einen Streit an, verstehst du? Das sind so die Dinge, an die sie sich erinnert, sobald sie eine Flasche auf dem Tisch stehen sieht.
Ich wische mir über den Mund, klar, das verstehe ich.
– Es ist in diesen Zeiten verdammt schwer, das Geld zusammenzuhalten, spricht Josip weiter, Außerdem ist da draußen dieser Krieg …
Josip verstummt und schaut auf seine rechte Hand. Sie haben ihn nicht in die Armee eingezogen, weil ihm Daumen und Zeigefinger fehlen. Er hat sie als Junge an eine Sau verloren, die sich nicht ärgern lassen wollte. Bevor ihm die Sau die ganze Hand wegfraß, erschlug Josips Vater sie mit der Axt. Die Finger waren natürlich nicht zu retten, aber am nächsten Abend gab es für den kleinen Josip ein Fest und die Sau am Stock gebraten zur Wiedergutmachung.
– Ich weiß, was du denkst, sagt Josip und pocht mit der verstümmelten Hand auf den Tisch, Aber du kannst mir glauben, ich wäre lieber sonstwo als in dieser Wohnung.
– Ich weiß.
– Einen Scheißdreck weißt du.
Eine Fliege landet auf meinem Glasrand. Ich beobachte sie und bereue es, gekommen zu sein. Ich versuche, an all die Orte zu denken, die ich hätte aufsuchen können. Nur zwei fallen mir noch ein. Es ist nicht zu spät dafür. Ich weiß, wie ich in den Augen meines Cousins dastehe. Es kümmert mich nicht, damit kann ich leben. Die Frage ist, ob er - - -
– Da draußen geht es um die Zukunft, unterbricht Josip meine Gedanken.

– Unsinn, sage ich.
– *Unsinn?* Was ist los mit dir? Sie schlachten deine Brüder, sie vergewaltigen deine Schwestern, und alles, was du zu sagen hast, ist *Unsinn*? Fällt dir nichts Besseres ein? Weißt du, wenn dein Vater noch leben würde …
– Was dann?
– Dann … dann wäre alles anders, du würdest es nie wagen …
Josip zögert, ich fordere ihn heraus:
– Verdammt, sprich dich aus! Na, los!
– … dein Land zu verraten.
Das ist billig, darauf reagiere ich nicht. Ich sehe wieder in mein Glas. Die Fliege ist hineingeklettert.
– Ich möchte eine Weile hierbleiben, Josip, sage ich beherrscht, Keiner weiß, wo ich bin. Ich werde meiner Mutter schreiben, sobald sich die Situation beruhigt hat. Ist das für dich in Ordnung?
Mein Cousin antwortet nicht. Er starrt eine Weile vor sich hin, dann schießt plötzlich seine rechte Hand vor und stößt gegen mein Glas.
– Meine Hose! rufe ich.
– Kein Problem, ich habe sie, sagt Josip ruhig.
Ich springe auf und greife nach einem Küchentuch. Erst mein Hemd, dann meine Hose, wenn das so weitergeht, stehe ich bald ohne Klamotten da. Am Waschbecken feuchte ich das Küchentuch an und wische hektisch über den Fleck, mache ihn damit größer und größer und gebe schließlich auf. Als ich mich wieder an den Tisch setze, hat Josip die drei Finger seiner rechten Hand zu einer Faust geballt. Sein Gesicht leuchtet rot. Es erinnert mich an unsere Kindertage, an denen wir zusammen durch die Stadt streunten. Josips Ausdruck ist wie damals – trotzig, leicht mürrisch –, und als er spricht, ist seine Stimme ein Intervall zu hoch:
– Gut, du bleibst hier. Ich kann ja meinen eigenen Cousin nicht an die *milicija* verraten, oder?
– Danke, sage ich.
– *Budala,* sagt Josip, ohne mich anzusehen, und öffnet seine Hand, *Kakva Budala,* wiederholt er und wischt die Reste der Fliege am Tischtuch ab.

3

Das Zimmer war vor der Geburt ihres zweiten Kindes die Speisekammer – ein Schlauch, dessen Wände noch immer nach geräuchertem Schinken, Zwiebeln und Wurst riechen. Die Decke ist in einem blassem Gelb gestrichen und das Fenster so hoch angelegt, daß kaum Licht einfällt.
– Wir nehmen Ivo solange mit zu uns ins Bett.
– Danke.
– Mach es dir gemütlich. Ich schau mal, wo sich der Kleine rumtreibt.
Josip wendet sich ab und will die Tür hinter sich schließen.
– Warte.
– Mh?
– Ich wollte mich nur ...
Josip steht ihm Türrahmen, eine Hand an der Klinke, die Augenbrauen nach oben gezogen.
– Spuck's schon aus.
– ... wollte mich eben nur bedanken, ich weiß, daß es dir gegen den Strich geht, aber ...
Ich zucke mit den Schultern, es fiel mir schon immer schwer, mich zu bedanken. Was auch immer mein *aber* heißt, Josip kann sich den Rest denken.
– Bis nachher, sagt er und läßt mich allein.
Ich setze den Koffer ab und sehe mich um.
Fast der gesamte Boden ist mit Spielsachen, Kleidung und Comic-Heften bedeckt. Bunte Zeichnungen schmücken die fahle Tapete, ein Plakat von der Sesamstraße hängt über dem Kopfende des Bettes. Das Bett selbst ist eine chaotische Ansammlung von Stofftieren, Malbüchern und Bausteinen. Ich fege alles herunter und lege mich hin. Meine Beine hängen ausgestreckt über den Rand und die Matratze sackt so tief, daß sie den Boden berührt. Neben dem Geruch nach Speisekammer stinkt der Raum stechend nach Urin. Ich bewege mich etwas, der Plastikbezug unter dem Laken knirscht. Still liege ich da und versuche, der Atmosphäre etwas abzugewin-

nen. Es wundert mich, daß mich nichts davon an meine eigene Kindheit erinnert. Und es wundert mich auch, daß ich von allen Orten ausgerechnet hier gelandet bin. Ich könnte sonstwo sein. Ich könnte mich längst erschossen haben. Ich schüttle den Kopf, befreie ihn von dem letzten Gedanken und richte mich wieder auf.

In der Küche spüle ich das Geschirr und trockne es ab. Ich wische die Krümel vom Tisch und stelle Wurst und Margarine in den Kühlschrank. Die Flasche *rakija* kommt zurück auf das oberste Küchenbord.
Eine Viertelstunde später bin ich gerade dabei, in einer alten Sportzeitung zu lesen, als Josip mit Ivo zurückkehrt.
– Rate mal, wo ich ihn gefunden habe?!
Ivo starrt auf seine Turnschuhe, sein Vater gibt ihm einen Klaps auf den Hinterkopf, der Junge rennt heulend in sein Zimmer.
– Idiot! sagt Josip und dann an mich gewandt: Er trieb sich mit zwei Freunden auf dem Hof herum. Sie versuchten, einen Welpen in eine Plastiktüte zu stecken. Habe ich mir also Ivo gepackt und ihn gefragt, was er da treiben würde. Krieg spielen, sagte er. Was für ein Krieg soll das sein? wollte ich wissen. Da fing er an zu flennen und stammelte, der Welpe wäre ein verrückter Serbe, der jetzt dran glauben müßte.
Josip macht eine hilflose Geste mit der linken Hand. Ich habe keine Ahnung, was sein Problem ist.
– Sag mal, erschreckt dich das gar nicht? fragt er mich.
– Wir waren doch auch nicht besser.
– Was soll denn das heißen?
– Ich weiß noch, daß wir ein paarmal versucht haben, die Schafe vom alten Krca zu bumsen.
Josip wird rot.
– Da war ich nicht dabei.
– Nein?
– Wovon redest du überhaupt? Das eine hat doch mit dem anderen nichts zu tun. Ich habe keine Ahnung, wovon du redest.
Er schaut sich suchend auf dem Tisch um, erblickt dann die Flasche *rakija* auf dem Küchenschrank und seufzt.

– Was soll's. Ist eh zu früh, richtig?
Er sieht auf seine Armbanduhr.
– Komm, zieh dir Schuhe an, Tatjanas Bruder hat vielleicht was für dich.
Ich lege die Sportzeitung zur Seite und gehe in das Kinderzimmer, um meine Schuhe zu holen. Ivo sitzt auf dem ungemachten Bett und hat einen Comic im Schoß. Er sieht ängstlich auf, als ich hereinkomme, dann lächelt er und schaut wieder in seinen Comic.
Ich streichle ihm über den Kopf, nehme meine Schuhe und ziehe sie in der Küche an. Josip steht vor dem Badezimmerspiegel und reibt sich übers Kinn, als würde er nachdenken, ob eine zweite Rasur nötig ist.
– Vielleicht lasse ich mir einen Bart stehen. Ich glaube, ein Bart wäre gar nicht mal so übel. Dann bringt mich Tatjana bestimmt um, aber was soll's, ein Mann muß ab und zu was riskieren, meinst du nicht?
Er sieht mich im Spiegel an, ich habe keine Antwort auf diese dämliche Frage. Ich riskiere im Moment eine Menge mehr als nur die Wut einer Frau.
– Können wir jetzt? frage ich.
Zwei Minuten später verlassen wir die Wohnung, beide ohne Jakkett in Hemden, Zigarettenschachtel und Feuerzeug deutlich sichtbar in den Brusttaschen.

4

Ich kenne Križevci. Es ist drei Jahre her, daß ich hiergewesen bin, dennoch wirkt die Stadt auf mich unverändert. Dieselben Risse auf den Straßen, dieselben schiefen Bürgersteige und bröckelnden Fassaden. Die Geschäfte wirken trist. Eingestaubte Schuh- und Modeläden, Kioske und Supermärkte mit sonnengebleichten Plakaten in den Schaufenstern und abblätternden Aufklebern an den Eingangstüren. Es ist eine Kleinstadt wie viele andere und noch unberührt vom Krieg, obwohl nachts die Fenster verdunkelt werden. Zweimal waren bisher die Sirenen zu hören, hat Josip erzählt. Flieger hatten es auf die Mühle abgesehen gehabt, aber geschehen ist am Ende dann doch nichts.

– Wie lange ist es her, daß du hier warst? fragt er mich, Drei oder vier Jahre? Ein paar Mädchen fragen andauernd nach dir.

Ich sage nichts dazu, denn ich weiß, daß mein Cousin lügt. Seine Übertreibungen sollen mir ein heimisches Gefühl geben. Ich habe mich hier noch nie zu Hause gefühlt. Jeder wußte, daß ich vom Land kam. Ich mache mir nichts vor, Križevci ist nur eine weitere Haltestelle.

Josip nimmt mein Schweigen als Aufforderung und erzählt mir, was neu gebaut ist und wer wo einen Laden eröffnet hat. Er plaudert und der seichte Klatsch einer Kleinstadt zieht an mir vorbei und wird angenehm untermalt von dem warmen Wetter und der beinahe sinnlichen Ruhe in den leeren Straßen.

– Was ist?

Josip hat mir gegen den Hinterkopf geschlagen.

– Sag mal, hörst du mir überhaupt zu? Ich habe dich gefragt, wie dir der neue Springbrunnen gefällt.

Ich folge seinem Blick nach links. Ein schwacher Strahl tröpfelt aus einem Drachenmaul und sammelt sich in dem Becken zu einer flachen Pfütze. Das letzte Mal, als ich an diesem Brunnenrand saß, war es ebenfalls Herbst gewesen. Ich alberte mit ein paar Jungs herum und wartete, daß die Spätvorstellung im Kino anfing. Anstatt der Wasserpfütze befand sich damals eine

Schicht von Blättern im Becken, jetzt ist kein einziges Blatt zu sehen.

– War der Brunnen nicht schon immer hier? frage ich.

– Natürlich war der schon immer hier, denkst du, den hat sich jemand neu ausgedacht? Jetzt ist er aber restauriert, Mensch, alles ist hier restauriert. Auch der Drachenkopf, sag bloß, das hast du nicht bemerkt?

– Doch, schon.

– Doch, schon? Was soll denn das heißen?

Plötzlich lache ich los. Ich schwanke zwischen Hysterie gegenüber der Situation, in der ich mich seit heute morgen befinde, und Sympathie für den armen Josip. Vielleicht ist das so, wenn man in solch einer Stadt aufwächst, vielleicht empfindet man bei jeder kleinen Veränderung Stolz. Ich kann es nicht beurteilen, denn das Dorf, das ich verlassen habe, ist kein Maßstab. Nichts hat mich dort mit Stolz erfüllt.

– Ja, lach ruhig, sagt Josip mit einem trotzigen Nicken, Du wirst dich noch wundern. Ich sage dir, in dieser Stadt hier kommst du weiter, du mußt dich nur ein wenig gedulden. Geduld ist wichtig. Und du mußt natürlich die richtigen Leute kennen, sonst läuft nichts.

Ich schnappe nach Luft und setze mich auf den Brunnenrand. Ich schüttle den Kopf, ich will nicht albern sein.

– Was ist? Glaubst du, ich kenne die richtigen Leute nicht? hakt Josip nach und grinst.

– Das habe ich nicht gesagt.

– Dein Glück, Cousin. Ich sag dir, Križevci erlebt einen Boom. Der Springbrunnen ist nur der Anfang. Wenn ich könnte, würde ich in die Politik gehen, aber die nehmen keine Krüppel.

Ich räuspere mich und wechsle schnell das Thema, ich will über alles reden, nur nicht über Josips fehlende Finger.

– Was arbeitet Tatjanas Bruder?

– Mirko ist ein Fuchs, glaub mir das, ein echter Fuchs. Der hat seine Nase überall drin, hauptsächlich im Fleischhandel. Verstehst du was davon?

– Vom Fleisch?

– Ja.
– Habe mal beim Schlachten zugesehen.
– Na bitte!
Wir überqueren die Hauptstraße und betreten einen Kiosk. Josip kauft eine Tageszeitung, ich blättere durch ein Pornoheft und lege es wieder weg.
– Komm, laß uns schnell noch einen Kaffee trinken, so viel Zeit muß sein.
Auf dem Hauptplatz ist eine Kellnerin vor dem *Putnik* gerade dabei, Plastiktische und -stühle aufzustellen. Die Straße hat ein leichtes Gefälle, und es sieht aus, als würden sich die Tische und Stühle jeden Moment in Bewegung setzen. Josip stößt mir den Ellenbogen in die Rippen und ruft dann laut zur Kellnerin hinüber:
– He, Malena, Sonne meines Herzens, wird der erste Kaffee schon serviert?!
Die Kellnerin dreht sich um, sie hält eine Hand über ihre Augen, als könnte sie uns so besser sehen, dann lacht sie und verschwindet in der Cafeteria.
– Die ist verrückt nach mir, sagt Josip, Und wenn Tatjana nicht wäre, hätte ich sie längst geheiratet. Ihr Mann starb vor zwei Jahren auf der Baustelle. Ein Kran kippte auf ihn. Scheißanblick, kann ich dir sagen. Malena ist lange nicht drüber hinweggekommen.
Wir setzen uns in den Schatten eines Baumes, teilen die Zeitung und klopfen Zigaretten aus den Schachteln. Malena bringt Kaffee, Josip stellt mich vor und will wissen, ob sie sich an mich erinnert. Nein?! Wie ist das möglich? Ich versuche mitzulachen, Malena sagt, sie muß die anderen Tische rausstellen, und geht wieder in die Cafeteria, Josip zieht zufrieden an seiner Zigarette.
– Das hättest du nicht tun brauchen, sage ich nach einer Pause.
– Was?
– Du weißt genau, was ich meine.
– Hör mal---
– Nein, hör du jetzt. Mir wäre es ganz recht, wenn nicht jeder wüßte, daß ich in der Stadt bin, verstehst du?

Josip nippt von seinem Kaffee, sieht mich nicht an, dann fragt er:
– Wie lange willst du dich denn verstecken?
– So lange, bis es vorbei ist.
Josip lacht, und ich kann mir denken, wie mein eigenes Lachen vorhin geklungen haben muß, als wir über den Springbrunnen sprachen. Verächtlich, herablassend.
– Bis es vorbei ist? wiederholt Josip, He, was meinst du damit? Keiner kann sagen, wie lange es dauern wird. Hast du plötzlich hellseherische Fähigkeiten entwickelt? *Šlusaj,* Branko, was bedeutet denn für dich *bis es vorbei ist*? Nächste Woche, mh?
Josip schiebt seine Tasse beiseite und beugt sich über den Tisch.
– Also wirklich, da stelle ich dich dieser bezaubernden Kellnerin vor, die ich seit meinen Kindertagen kenne. Nebenbei bin ich voll damit beschäftigt, einen Job für dich an Land zu ziehen, und du kommst mir mit blöden Sprüchen. Zusätzlich mache ich mir Gedanken, wo du die nächsten Tage wohnen wirst, und *du* fragst *mich,* warum ich *dich* Leuten vorstelle?
Josip läßt seine Worte einige Sekunden in der Luft stehen, dann lehnt er sich zurück und fügt beinahe erschöpft hinzu:
– Entschuldige, aber so, wie du es dir denkst, läuft das hier nicht, Cousin.
Ich habe das Gefühl, geohrfeigt worden zu sein. Seitdem ich in diese Stadt gekommen bin, fehlt mir die Kontrolle. Ich bin auf Hilfe angewiesen, und wenn es etwas gibt, womit ich überhaupt nicht klarkomme, dann sind es solche Situationen. Josip kann mit mir machen, was er will, und ich muß spuren. Er kann mich einer Kellnerin vorstellen, mich auf die Straße setzen oder – wenn er Spaß daran hat – im Radio verkünden, daß sein desertierter Cousin unbehelligt durch die romantischen Straßen Križevci spaziert.
– Es muß ja nicht jeder erfahren, setze ich an, Daß ich---
– Wenn ich einen auf heimlich mache, unterbricht mich Josip, Wird es sich jeder denken können, verstehst du das nicht?
– Ich verstehe das, lenke ich ein.
– Gut. Sehr gut.
– Aber wie geht es weiter, Josip? Ich meine, *was* ist mein Problem?

– Was für ein Problem?
– Na, warum bin ich nicht an der Front?
– Oh, das …
Josip nagt an seiner Unterlippe und denkt nach. Er trinkt seine Tasse leer und läßt den Kaffeesud auf dem Tassenboden kreisen. Ich glaube, ihm ist jetzt erst bewußt geworden, daß ich eine Erklärung für meinen Aufenthalt in Križevci brauche. Und diese Erklärung sollte plausibel sein, so plausibel, daß sie mir jeder abnimmt. Ich warte und sehe mir dabei die Leute an, wie sie auf dem Bürgersteig aufeinandertreffen und kurze Gespräche führen. Sie setzen sich an die Cafétische und geben ihre Bestellung auf, sie scheinen so arglos. Hin und wieder hält ein Wagen, jemand überquert die Straße, lehnt den Arm auf das Wagendach und spricht mit dem Fahrer durch das heruntergekurbelte Fenster. Ich sehe kaum Jugendliche, doch das wird sich ändern, sobald die Schule zu Ende ist. Erst am Abend kommt etwas Leben in die Stadt.
Als Malena den letzten Tisch auf die Terrasse stellt, ruft Josip nach zwei *gemišt*.
Seine Unterlippe ist feucht und rot, er schnipst aufgeregt mit den Fingern und sagt:
– Ich hab's, verdammt, ich hab's!
Er grinst mich an.
– Du hast Krebs, Mann! Krebs im … wie nennt man das noch? Endstadium? Genau. Die Ärzte geben dir noch … mh, drei, sagen wir höchstens vier Monate. Kommt ganz darauf an. Na, was meinst du? Ist das nicht was?
– Krebs? frage ich leise, Du meinst, ich habe Krebs?!
– Genau.
– Du spinnst ja völlig.
Ich stehe auf. Ich werde mein Gepäck aus Josips Wohnung holen und direkt nach Zagreb fahren, damit sie mich meinem Trupp zuteilen. Mir reicht es.
– He, was tust du? Wo willst du hin? Komm, setz dich, setz dich wieder hin.
Ich setze mich wieder. Der Wein kommt. Ich trinke mein Glas leer und würde am liebsten nach einem zweiten verlangen. Alkohol

ist ein Fehler, Alkohol beruhigt mich, und eigentlich will ich auf dieser Welle der Wut weiterreiten. Mein Kopf schmerzt, der Kiefer ist verkrampft, ich muß aufhören, die Zähne zusammenzubeißen, und hier verschwinden, bevor etwas Schlimmes passiert.
– Du bist ein armer Irrer, erkläre ich meinem Cousin und reibe mir mit dem Handballen über die Stirn, Ein gottverdammter, armer Irrer.
– Hier, du kannst meines haben, trink ruhig.
Nachdem ich auch Josips Glas geleert habe, lehne ich mich zurück und atme tief durch. Die Kopfschmerzen verebben, es geht mir besser.
– Ist es wegen deinem Vater? will Josip wissen.
– Halt bloß die Schnauze, antworte ich leise.
– Wenn es wegen deinem Vater ist, können wir uns auch was anderes überlegen. Ich meine … Vielleicht Diabetis? Oder wie wäre es mit etwas Traumatischem? Vielleicht leichte Klaustrophobie oder …
Josip zögert, er sucht das richtige Wort, dann hat er es:
– … Schwindsucht?! Na, was hältst du davon? Schwindsucht klingt doch irgendwie echt und gefähr---
– *Halt doch endlich deine Schnauze!* unterbreche ich ihn gereizt. Köpfe drehen sich nach uns um, eine alte Frau in Schwarz bleibt stehen und schlägt ein Kreuz über ihrer Brust. Für einen kurzen Moment glaube ich, meine Mutter ist mir nach Križevci gefolgt, dann wendet sich die Alte ab und geht weiter. Josip hat die Lippen so fest zusammengepreßt, daß sie fast blutleer sind. Gut, sagt mir seine Mimik, dann werde ich eben schweigen, von mir aus, du wirst schon sehen, was du davon hast.
Der Augenblick zieht vorüber, die Leute wenden sich ab. Ich schaue hoch und sehe durch die Äste des Baumes vereinzelte Wolken und weiter oben die blasse Sonne. Ich beruhige mich allmählich, der Wein wirkt.
– Es tut mir leid, sagt Josip schließlich, Aber ich entschuldige mich nur, wenn du mir den Gefallen tust und nie mehr so mit mir redest. Haben wir uns verstanden?
Ich nicke, wir haben.

Ich zahle und verlasse mit Josip die Cafeteria. Zwei Straßen weiter weht der Geruch frischgebackenen Brotes warm und träge auf uns zu, und obwohl ich erst vor kurzem gefrühstückt haben, läuft mir das Wasser im Mund zusammen. Josip und ich bleiben vor der Bäckerei stehen. Wir schirmen unsere Augen ab und sehen durch die Frontscheibe. Die Verkäuferin in ihrem weißen Kittel und der Haube auf dem Kopf wirkt wie eine Krankenschwester, die den Kunden in Papier eingewickelte Babys über die Theke reicht. Es warten an die zehn Leute.

– Zu voll, wir können später noch Brot holen, was meinst du?

– Gute Idee, sage ich, und wir gehen weiter und haben den Streit vergessen. Es ist wie in unserer Jugend, kleine Dinge bringen uns in Rage, kleine Dinge vereinen uns wieder.

Ein Lastwagen versperrt die Straße, die zum Marktplatz hinunterführt. Zwei Männer sind dabei, einen der Hinterreifen zu wechseln. Ein Hund sitzt daneben, als würde er auf etwas warten. Wir laufen vorbei und Josip erzählt mir, daß der Marktplatz gesperrt werden soll. Das Gelände ist mit den Jahren zu klein geworden für die steigende Zahl von Ständen. Es lohnt sich für die Verkäufer nicht mehr, auf so engem Raum um Kunden zu kämpfen.

Josip zeigt auf eine Toreinfahrt.

– Mal schauen, ob Mirko da ist.

Der Marktplatz befindet sich auf dem ungenutzten Hinterhof einer Baufirma. Wer das nicht weiß, läuft daran vorbei. Der Eingang ist unauffällig und erinnert an das Seitentor einer mittelalterlichen Burg. Der Platz zwischen den bogenartigen Wänden reicht gerade aus, um einen Handkarren hindurchzulenken. Josip erklärt mir, daß die Lieferanten jedesmal fluchen. Sie müssen vor der Toreinfahrt halten, um entladen zu werden. Schon in diesem schmalen Gang stellen Händler Waren aus. Tücher und Sandalen, Lederbeutel, Ziegenkäse, billiger Schmuck und Plastikspielzeug. Ich bleibe dicht hinter meinem Cousin und nehme aus den Augenwinkeln die Gesichter wahr. Der Großteil ist noch verschlafen, die Alten geduckt und zahnlos, viele der Jungen zu jung, um im Krieg zu sein.

– Paß auf dein Geld auf!

Ich nicke, ziehe die Schultern hoch und beginne zu schieben. So betreten wir den Markt und werden sofort vom Geruch der Waren eingeschlossen. Wir kommen vorbei an Gemüse- und Obstständen, drängeln uns durch die wartenden Schlangen und ignorieren die Hände der Bettler. Die Gerüche mischen sich mit jedem Schritt neu – mal ist es der frische Duft von Kräutern und Äpfeln, mal ist es das Aroma von Lederwaren oder der unangenehme Geruch der schwitzenden Arbeiter, die die ganze Nacht durchgefahren sind und sich mit Kisten und Kartons durch die Gänge bewegen. Wir ducken uns unter Markisen und aufgespannte Sonnenschirme, mal sind wir geblendet und mal gehen wir im kühlen Schatten. Dabei ist überall das Scharren von Füßen und das Gedudel verschiedener Radiosender zu hören. Frauen mit Kopftüchern rufen ihre Preise aus, schütten Tomaten und Paprika, Zwiebeln und erdfeuchte Kartoffeln von den Waagen direkt in die Tüten oder Taschen. In den Ruhepausen atmen sie laut auf und strecken ihr Becken seitlich heraus. Sie wischen sich den Schweiß mit dem Ärmel von der Stirn, fuchteln Fliegen von der Ware und schlagen dann aus reiner Gewohnheit gegen den Geldbeutel an ihrer Seite, so daß das Klingeln der Münzen alle paar Augenblicke zu hören ist.
– Wir müssen hintenherum.
– Was?
– *Hintenherum!* Mirko ist bestimmt im Schlachthaus.
Als wir den Marktplatz verlassen und durch einen weiteren Bogengang in einen der Hinterhöfe kommen, verschwinden die vielen Gerüche, und der Gestank von Blut und Gedärmen gewinnt die Oberhand. Ein metallischer Geschmack legt sich mir auf die Zunge und läßt mich ausspucken.
– Die Schlachterei hat hier zur Zeit Hochbetrieb, sagt Josip und zeigt mit dem Daumen hinter sich, Die Bauern aus der Umgebung verkaufen ihr Fleisch schwarz an Mirkos Betrieb. Alleine haben sie keine Konzession, es auf den Ladentisch zu bringen. Indem Mirko es ihnen abkauft, umgeht er die miese Marktsituation, kann die Preise hochtreiben und das Doppelte einsacken. Klar ist er am Arsch, wenn sie dahinterkommen, aber die halbe

Stadt ist geschmiert, da drückt jeder für ein Kilo Filet beide Augen zu.
Ich erblicke durch einen drei Meter hohen, verdreckten Plastikvorhang den Weg, den die Rinder langgeschickt werden. Ich sehe die Arbeiter verschwommen, sie bewegen sich zielbewußt zwischen den aufgeschlitzten Tieren und schieben die Kadaver mit Schwung weiter. Ich höre das Klingeln der Metallhaken, an denen die Rinder aufgehängt werden, und das rauhe Ratschen von Messern, wenn die Haut zerteilt und mit einer souveränen Bewegung abgezogen wird.
Ein Mann lehnt neben dem Plastikvorhang an der Wand. Er ist bestimmt zwei Meter groß und so dürr, daß es scheint, als würden seine Knochen durch die Kleidung stechen. Er hat den rechten Fuß auf einen umgekippten Eimer gestützt und dreht sich eine Zigarette. Über seiner Brust trägt er ein verschmiertes Kettenhemd, das getrocknete Blut wirkt im Sonnenlicht unecht. Der Mann hat sich die Schiebermütze in den Nacken geschoben, seine Stirn leuchtet weiß. Er leckt die Zigarette an und klemmt sie sich in den Mundwinkel. Josip nickt ihm zu und fragt nach Mirko.
– Ist rüber nach Koprivnica. Was soll's denn sein?
– Wann wollte er wieder zurückkommen?
– Morgen. Gegen Mittag oder so.
Josip wendet sich mir entschuldigend zu, doch ich winke ab, spar dir deine Worte, sagt meine Geste, also spart er sie sich.

5

Wahrscheinlich hätte Josip mir davon abgeraten, hätte ich ihn nach seiner Meinung gefragt. Ich kaufe mir eine Karte für die Loge, sitze in der letzten Reihe und kneife die Augen angestrengt zusammen, um die Untertitel zu entziffern. Ich habe keine Ahnung, was der Unterschied zu den anderen Plätzen sein soll. Gut, ich sitze auf einem gepolsterten Stuhl und nicht auf den harten Holzbänken, die ächzend knarren, sobald jemand seinen Hintern auch nur einen Zentimeter anhebt. Das ist aber auch schon alles, was die Loge von den billigen Plätzen unterscheidet. Das und der Preis natürlich.

Nach einer Viertelstunde stehe ich auf und wechsle nach vorne in die sechste Reihe. Ich ziehe eine Papiertüte aus der Tasche meines Jacketts und esse gesalzene Kürbiskerne. Nach jedem Kern lecke ich mir unbewußt die Fingerspitzen ab und lasse die Schalen auf den Boden fallen. Im Foyer werden geröstete Nüsse und Kerne verkauft, fast jeder im Kino ist am Knabbern. In den ruhigen Stellen des Filmes sind es die einzigen Geräusche, die man hört – das Knacken der Schalen, das Knarren der Holzstühle und darüber das monotone Rattern des Projektors. Sein Lichtstrahl webt sich unermüdlich durch eine Wolke aus Zigarettenrauch, obwohl auf einem Schild steht, daß das Rauchen verboten ist. Niemand legt sich gerne mit den Soldaten an.

Mir ist es egal. Ich bin froh, wenn mich keiner anspricht, nehme das nervige Geplapper in meinem Rücken hin und beschwere mich nicht über die Stiefel, die gegen meine Sitzreihe drücken. Nur nicht provozieren lassen. Ich konzentriere mich lieber auf den Film – Gangster in Amerika. Nicht die Handlung ist es, die mich fesselt, ich mag mehr die Bewegungen, die Art des Redens. Ich lasse es auch bald sein, den Untertiteln zu folgen, und betrachte die auf- und zuschnappenden Münder, als würde sich hinter jeder Bewegung ein tieferer Sinn verbergen.

Amerika ist ein verrücktes Land, alle sprechen schlecht darüber, doch niemand macht so gute Filme. Was haben die Leute gegen die Amis? Manche erzählen von der chaotischen, korrupten Politik und davon, daß Amerika ein Land der Waffen ist. Erst einmal abwarten, was man über unser Land sagen wird, wenn der Krieg ein Ende gefunden hat. Und was tue ich, wenn es vorbei ist? Komme ich zurückgekrochen? Verstecke ich mich weiter?

Nichts von beidem, denn ich werde verschwinden. Das ist genau der Ausdruck, der paßt. Ich verschwinde. Und ich weiß ganz genau, wie ich das anstellen werde.

Meine Gedanken kehren zurück zur Leinwand, als ein Schauspieler an seiner Zigarette zieht. Es ist eine Szene, die mich plötzlich packt und Minuten dauern könnte. Ich kenne den Schauspieler, ich habe ihn schon in anderen Filmen gesehen, einer davon war ein Krimi. Sein Name ist De Niro, und wie er da an der Bar lehnt und an seiner Zigarette zieht, läuft die Szene in Zeitlupe ab. Die Einstellung ist perfekt, man weiß, was der Mann denkt, man weiß es ganz genau, und dazu dann Musik von den Stones, einfach perfekt. Ich begreife in diesem Moment, daß ich es sein könnte, der dort an der Bar sitzt und in Zeitlupe an seiner Zigarette zieht. Ich. Es ist ein Augenblick der Erleuchtung. Ich weiß, daß ich genau so sein möchte. Genau so hätte ich eine Chance. So und nicht anders würde ich es schaffen. So und nicht anders.

Nach der Vorführung stehe ich vor dem Kino und betrachte die Filmphotos in dem Glaskasten. Ich kaufe eine Karte für die Nachtvorstellung und nehme zwei Bier und eine Tüte mit gerösteten Kürbiskernen dazu. Diesmal reduziert sich der Film auf die Szenen, in denen De Niro ins Bild kommt. Ich sauge seine Gesten und Bewegungen wie ein Schwamm auf, kopiere und speichere sie in meinem Gehirn ab. Ich habe einen Charakter entdeckt, der weiß, was er tut.

6

Der Hausflur riecht streng nach gekochtem Kohl und Katzenpisse und wirkt wie ein dunkler, seit Jahren verlassener Tunnel, der sich in das Innere des Hauses bohrt und durch den ich mir meinen Weg ertasten muß, weil die Lichter bis zum obersten Stockwerk durchgebrannt sind. Das Licht am Ende des Tunnels. Ich kichere vor mich hin. Wäre ich tot, wäre das bestimmt nicht witzig.

Mein Körper ist zu schwer für meine Beine, wohingegen der Kopf leicht wie ein Ballon auf dem Hals hin- und herschwankt. Ich mache mir Sorgen, daß er sich löst, und drücke deswegen eine Hand fest auf meinen Scheitel.

– Scheißding! sage ich und lache.

Es sind noch zwei Stockwerke. Im nüchternen Zustand würde ich es problemlos schaffen, so bekomme ich aber meine Zweifel. Nicht nur warten die Stufen, ich muß auch die Wohnungstür aufschließen und dann das Bad erreichen.

Ein Stockwerk später gebe ich auf und lehne mit dem Hintern gegen das Geländer, mein Kopf sackt in den Nacken. Mensch, bin ich fertig! Ich ziehe den Reißverschluß herunter und lasse es laufen, wo ich gerade stehe. Das Gefühl ist so befreiend, daß ich mich vor Erleichterung nach hinten lehne und beinahe hintenüber in den Treppenschacht falle.

Ich steige zum nächsten Stockwerk hinauf. Vor Josips Wohnung fällt mir mehrmals der Schlüssel aus der Hand. Ich pruste los, als der warme Uringeruch vom unteren Stockwerk meine Nase erreicht, lache und schlage dabei mit der Stirn gegen die Tür.

– Scht, du Ochse! ermahne ich mich.

Im Flur ziehe ich mir die Schuhe aus und trete in die Küche, wo Tatjana mit einem Liebesroman in der Hand sitzt. Das Deckenlicht brennt nicht, auf dem Tisch steht eine Kerze, in dem sanften Licht sieht Josips Frau aus wie ein trauriger Engel.

– Das ist nicht gut für deine Augen, sage ich.

Sie lächelt, hebt die Schultern, was soll es, wer weiß schon, was gut für die Augen ist und was nicht. Ich setze mich ihr gegenüber und lege den Kopf in die Hände. So bleibe ich einige Minuten lang – blind und ohne Orientierung. Mir ist bewußt, warum Tatjana auf mich wartet. Sie will von mir hören, weswegen ich so plötzlich in ihr Leben geplatzt bin, und wahrscheinlich will sie noch viel lieber hören, wann ich wieder verschwinde. Die Familie ist in Gefahr, Josip könnte seinen Job verlieren, sollte herauskommen, daß er mich hier versteckt. Mit Josip kann ich rumalbern, er ist immer zu Risiken bereit. Tatjana dagegen ist ein anderes Kaliber. Ich hebe den Kopf und sage:

– Ich bin bald weg, ich werde euch nicht mehr lange zur Last fallen.

Tränen treten Tatjana in die Augen, und bevor ich weiß, was hier geschieht, hat sie meine Hände über den Tisch hinweg ergriffen.

– Josip hat mir alles erzählt, flüstert sie.

– Oh.

– Du mußt nicht gehen, du mußt davor nicht wegrennen. Hier ist dein zweites Zuhause, Branko, wann immer du es brauchst, denn ich weiß, du würdest das gleiche für uns tun, wenn wir zu dir kämen.

Sie zieht meine Hände an ihren Mund, und obwohl ich Tatjana wirklich gerne habe, schrecke ich beinahe zurück, als sie mir die Fingerspitzen küßt.

– Es tut mir ja so leid, Branko, es tut mir ja so leid. Wann immer du darüber reden möchtest, komm zu mir, ja? Aber wahrscheinlich willst du das nicht, das könnte ich gut verstehen, wirklich.

– Tatjana, ich---

– Ruhig, sag nichts, ich weiß, ich rede zuviel, entschuldige.

Ich sehe auf meine Hände, die von ihren Händen umschlossen sind. Als ich wieder aufblicke, fixiert mich Tatjana mit einem milden Lächeln. Es ist erstaunlich, wie viele unterschiedliche Nuancen von Lächeln diese Frau produzieren kann.

– Tut es weh? will sie wissen.

Mein Mund wird trocken.

– Tut es weh? wiederholt sie.

– Nein, nicht sehr.

– Entschuldige, bestimmt willst du nicht darüber reden? *Isusse,* was stelle ich auch für Fragen …
Mehr Tränen, das Pressen meiner Hände, noch mehr kleine Küsse auf meine Fingerspitzen.
– Zumindest bist du jetzt bei uns und nicht irgendwo dort draußen. Josip hat erzählt, du würdest dich schämen. Er sagt, die Armee hätte dich deswegen aus dem Dienst entlassen. Ist das nicht bittere Ironie, sag, ist es das nicht?
Ich muß ihr zustimmen, es ist mehr als nur bittere Ironie. Luftalarm über Zagreb, und ich sitze in Križevci im Kino und knabbere Kürbiskerne. Langsam entziehe ich Tatjana meine Hände.
– Schläft Josip schon?
– Er hat die Schicht gewechselt, weil er heute früh nicht auf Arbeit war. Er kommt erst gegen vier oder fünf.
Ich nicke, als ob ich eine Meinung dazu hätte, dann sage ich:
– Geh jetzt ins Bett, Tatjanica, ich bleibe noch ein wenig wach.
– Fühlst du dich in Ordnung?
– Alles bestens.
– Ich habe dir ein Glas *ajvar* neben den Brotkasten gestellt. Der ist selbstgemacht, probier mal.
– Mach ich.
– Und wenn was ist, dann weck mich, ja, machst du das?
– Okay.
– Und wenn du Schmerzen hast …
Sie spricht nicht weiter, und ich vollende für sie:
– Komme ich zu dir.
– Gut.
Sie geht um den Tisch herum und küßt meine schweißfeuchte Stirn.
– *Laku noč.*
– *Laku noč,* Tatjana.

7

Ich blicke auf und frage:
– Wie lange sitzt du da schon?
– Nicht lange.
– *Isusse,* bin ich müde.
– Wieso schläfst du auch hier am Tisch? Wieso legst du dich nicht hin?
Ich reibe mir das Gesicht und deute auf das Bier in Josips Hand.
– Kriege ich einen Schluck?
Josip reicht mir das Bier. Die Flasche ist angenehm kalt.
– Wie war dein Tag? fragt er.
– Habe einen Film gesehen.
– Gut?
– Weiß nicht.
Ich nehme einen zweiten Schluck und reiche Josip die Flasche zurück. Er dreht sie in seinen Händen und leert dann den restlichen Inhalt auf einen Zug. Danach stellt er die Flasche ab und wischt sich über den Mund, er nimmt Zigaretten aus der Brusttasche und wirft sie auf den Tisch. Ich schüttle eine aus der Packung, Josip gibt mir Feuer.
– Schön, nach Hause zu kommen, und es ist noch jemand wach, sagt er.
– Als wach würde ich mich nicht bezeichnen, sage ich und betrachte meinen Cousin durch den Rauch hindurch. Als von ihm nichts mehr kommt, sage ich:
– Sag mal, so richtig ticken tut es bei dir nicht, mh!?
Josip verzieht überrascht das Gesicht. Auch er ist müde, das kann ich an den feuchten, roten Augen erkennen.
– Was ... Wie meinst du das? murmelt er.
– Was hast du Tatjana erzählt?
– Ach so.
– Was *Ach so*?
– Ich mußte mir doch was einfallen lassen, sagt Josip und rutscht mit dem Stuhl ein Stück zurück, Sie hat gefragt, weswegen

du hier bist, na ja, da habe ich mir was einfallen lassen, das ist alles.
– *Alles?* Was? Was ist für dich *alles?* Was hast du ihr erzählt? Sie tat, als ob ich am Kreuz hängen würde.
– Wirklich?
– Josip, spuck aus, was es ist.
– Nennt sich Parkinson-Krankheit. Habe davon letzte Woche in der *Arena* gelesen. Paßt prima.
Für einen Moment verschlägt es mir die Sprache, dann sage ich:
– Und was genau ist diese Parkinsen-Krankheit?
– Parkinson, korrigiert mich Josip.
Ich schlage mit der flachen Hand auf den Tisch, meine Stimme ist gepreßt:
– Scheißegal, wie es heißt! Was hast du dir dabei gedacht?
– Ich mußte mir doch was einfallen lassen.
– Und was genau ist das, was du dir hast einfallen lassen?
– Irgendeine Nervenkrankheit, glaube ich.
– Glaubst du?!
– Bin ich mir eigentlich sicher.
– *Jebemti boga,* du Idiot …
Ich komme auf die Beine, ich bin auf halbem Weg, um den Tisch herumzugehen und meinen Cousin zu verprügeln. Josip sieht mich unschuldig an. Ich begreife, er hat keine Spur von Bosheit in sich. Es ist sehr schwer, auf solch einen Menschen wütend zu bleiben. Ich stehe vor ihm und sage flüsternd:
– … also wirklich, was für ein Blödsinn schwimmt dir denn durch den Kopf? Mensch, was mache ich denn mit einer Nervenkrankheit? Soll ich wie ein Schwachsinniger rumsabbern oder was? Josip, denkst du denn auch einmal nach? Tust du das?
Josip hebt abwehrend die Hände.
– Versteh doch, die Leute haben mich auf Arbeit angesprochen. Sie haben gefragt: Sag mal, ist das nicht dein Cousin, den wir heute im *Putnik* gesehen haben? Was macht er hier, müßte er nicht an der Front sein? Und ich? Was sollte ich ihnen deiner Meinung nach antworten, mh?
Josip verstummt. Ich gehe zum Waschbecken und spritze mir so

lange kaltes Wasser ins Gesicht, bis ich glaube, wieder klar denken zu können.
– Haben viele nach mir gefragt?
– Nur die, die dich vom Sehen kennen.
– Jemand von der *milicija*?
Josip zögert und gibt schließlich zu, daß einer von der *milicija* dabeigewesen ist, ja.
– Er ist aber Verkehrspolizist und völlig in Ordnung, glaub mir.
– Und die anderen?
– Es tat allen mächtig leid, ist ja kein Spaß, mit einer Nervenkrankheit rumzulaufen, weißt du? Mach dir also bloß keine Sorgen, die haben mir jedes Wort geglaubt.
– Und was, wenn nicht?
Schulterzucken, abgewandtes Gesicht. In diesem Moment schlägt die Uhr im Wohnzimmer fünfmal. Wir sehen uns über den Tisch hinweg an, dann steht Josip auf und holt zwei Bier aus dem Kühlschrank. Ich greife nach der *kobasica*, die auf einem Holzbrett liegt, und schneide mehrere Scheiben ab. Josip reicht mir einen Teller und stellt Käse auf den Tisch. Er öffnet das Glas mit *ajvar* und hält es mir entgegen, damit ich daran rieche. Es riecht gut. Ich tunke eine Scheibe *kobasica* in die dicke, rote Soße und stecke sie mir in den Mund. Es schmeckt angenehm scharf. Ich trinke einen Schluck Bier hinterher und merke, daß ich ruhig bin. Ich habe die Sache im Griff, ich werde das schon meistern.
– Es wird schon klappen, sagt Josip, als hätte er meine Gedanken gelesen.
– Iß und sei still, erwidere ich und halte ihm ein Stück *kobasica* mit dem Messer entgegen.

8

Wir schlafen bis in den späten Morgen hinein und werden durch Ivos Geschrei geweckt. Wie sich herausstellt, hat der Junge eine Musikkassette in den Toaster geschoben, um zu sehen, was passiert. Als er die Kassette nicht mehr herausbekam und die ganze Küche anfing, nach geschmolzenem Plastik zu stinken, schrie Ivo um sein Leben.
Josip verprügelt den Kleinen, während ich den Toaster runter in den Müll schaffe. Auf dem Hof betrachte ich die dreckiggrauen Fassaden der Hochhäuser. Sie umschließen mich wie eng beieinanderstehende Bäume. Ich muß gähnen. Wer weiß, wenn ich lange genug hier stehenbleibe, finde ich vielleicht Gefallen an ihnen. Ich spucke aus. Es ist unumgänglich, ich muß hier verschwinden. Gewöhnung ist eine gefährliche Sache. Sobald ich einen Job habe, werde ich meine Sachen packen und eine eigene Wohnung suchen.
Ich schmeiße den Toaster in eine der Tonnen und kehre in das Haus zurück.

– Du störst uns nicht, mach dir deswegen keine Sorgen.
– Ich will keine Last sein. Und Ivo braucht sein Zimmer.
– Ivo braucht kein Zimmer, er braucht Handschellen. Komm, laß uns in der Cafeteria frühstücken, ich halte den Gestank hier nicht aus.
– Wo steckt Tatjana?
– Was weiß ich? Sie fährt das Baby spazieren oder kauft ein. Du weißt doch, wie Frauen sind. Komm, verschwinden wir, bevor sie zurückkommt. Ich sterbe vor Hunger.
– Und was machen wir mit Ivo?

Es ist Mittagszeit und in der Cafeteria herrscht Hochbetrieb. Ivo bekommt eine Eistüte und ein Comic-Heft, während wir uns gebratenen Fisch bestellen. Malena hat heute frei, und Josip ist deswegen schlecht gelaunt. Eine Stunde später tref-

fen wir durch Zufall Tatjanas Bruder vor dem Zeitungskiosk.
– Du kennst meinen Cousin? Branko, das ist Mirko. Mirko, das ist Branko.
Wir geben uns die Hand, nicken einander zu, keine Spur des Erkennens.
– Er braucht einen Job, weißt du. Es geht ihm nicht besonders gut, hast du was frei?
Mirko nickt, seine Augenbrauen ziehen sich zusammen, als würde er konzentriert nachdenken, obwohl ich mir sicher bin, daß er ganz genau weiß, welche Jobs frei sind und welche nicht.
– Wie alt bist du?
– Dreiundzwanzig.
– Armee?
– Hat die Parkinson-Krankheit, sagt Josip etwas zu hastig.
Mirko weicht einen halben Schritt zurück.
– Ach, sieh an.
– Das ist eine Nervensache, erklärt Josip und legt mir seine Hand auf die Schulter.
– So, so.
– Nicht ansteckend, fügt Josip hinzu und zieht mich näher zu sich, damit Mirko sieht, daß auch wirklich keine Ansteckungsgefahr besteht.
– Nicht wahr, Branko?
Ich nicke, Josip sieht Mirko erwartend an, Mirko sagt:
– Wäre auch verdammt gefährlich, stell dir vor, alle meine Männer würden plötzlich durchdrehen, das wäre eine Scheiße.
Wir drei lachen, ich fast lauter als die anderen. *Was tue ich hier? Warum mache ich das alles mit?* Josip beklopft meine Schulter, ich spucke auf den Boden. *Weil ich das Geld brauche, weil ich meinen Plan habe.* Ich mag den Klang: *Plan.*
– Schon mal einen Lastwagen gefahren?
– Ein paarmal.
– Gut, wir liefern Frischfleisch an verschiedene Restaurants und Kneipen in der Umgebung. Das könntest du machen. Wäre dir was anderes lieber?

Das ist keine Frage. Würde ich jetzt *Ja* sagen, würde mir Mirko erklären, daß er sich meldet, sobald etwas Passenderes frei wird. Damit wäre die Sache erledigt.
– Ich fahre den Lastwagen, sage ich.
– Dann ist ja alles geritzt. Morgen früh um sechs geht es los. Wir arbeiten auch sonntags, Donnerstag ist frei. Kennst du unseren Ladeplatz?
– Nein.
– Siehst du da drüben den weißen Wagen?
– Den Kombi?
– Genau den, da wird morgen früh dein Laster stehen, den Rest erklärt dir Rudi. Er wird am Laster auf dich warten.
Ich unterdrücke den Drang, die Hand auszustrecken, um mich zu bedanken. Das wäre weibisch. Hier sind Kerle gefragt, die nehmen, was sie bekommen und es wortlos tun. Ich kenne die Regeln, ich bin kein Idiot. Mirko stellt den Kragen seiner Jacke hoch.
– Jungs, ich muß weiter, ich habe noch ein paar Dinge zu erledigen. Und du, Josip …
Er boxt ihm spielerisch gegen die Schulter.
– … beweg mal deinen Hintern und schau vorbei. Ich habe erstklassigen Hummer auf meiner Liste, zarter als ein Babyarsch.
Josip verspricht es ihm. Mirko boxt erneut gegen Josips Schulter und verabschiedet mich mit einem zugekniffenen Auge, bevor er die Straße überquert.
– Was für ein Arschloch, sage ich halblaut.
– Aber eines, das weiß, wo die Kohle fließt, glaub mir das.
– Leider.
– Zu deinem Glück, Cousin, zu deinem Glück.
Wir spazieren in Richtung Schwimmbad. Als wir am Eisladen vorbeikommen, frage ich, wo Ivo abgeblieben ist. Josip sieht sich überrascht um und beschließt mit einem Schulterzucken:
– Der weiß schon, wie er nach Hause findet.
– Du bist mir ein Vater, sage ich.
– Besser als gar kein Vater, antwortet er und geht weiter.
Es ist Spätherbst, und die zwei Becken des Schwimmbades sind leergepumpt. Das Laub hat sich auf dem Boden gesammelt und

bildet in den Ecken dunkle Haufen. Der Maschendrahtzaun um das Bad herum ist alt und eingerissen, an einigen Stellen klaffen Löcher von über einem Meter. Wer umsonst hineinkommen will, hat es leicht. Es ist sehr still hier, als hätten wir die Stadt verlassen. Die einzigen Geräusche kommen vom angrenzenden Handballplatz, an dessen Rändern Körbe befestigt sind. Ein paar Jungen dribbeln mit einem Basketball. Ich erinnere mich nicht, hier jemals jemanden Handball spielen gesehen zu haben. Die Tore werden nur für Fußball genutzt.

– Nicht viel los in deiner Traumstadt, stelle ich fest und zünde mir eine Zigarette an.

– Genau da täuschst du dich, Cousin, Križevci scheint nur leer. Der Tourismus ist hier nicht aufzuhalten. Unser Hotel ist pausenlos ausgebucht, mußt bloß nach Mitternacht in die Bars oder Discos gehen, da trifft dich der Schlag, so voll ist es. Die Stadt ist gefragt. Nicht nur Zagreb oder Koprivnica, nein, diese Stadt hier ist richtig *in*. Sie erwacht erst in der Nacht.

– Viele Touristen also?

– Eine Menge. Ganz besonders im Sommer. Du kommst einen guten Monat zu spät. Ein Großteil der Touristen konnte ja in diesem Jahr nicht ans Meer. Sie fuhren so weit, wie sie durften. Das Land ist billig, also was soll es? Außerdem ist Kroatien im Aufbau. Vielleicht reizt die Touristen auch die Gefahr, was weiß ich, was in ihren Köpfen vorgeht. Ich weiß nur, daß sie das Geld haben, und solange das so ist, sind sie willkommen.

Wir setzen uns auf das Geländer und schauen den Basketballspielern zu.

– Und wie sieht es jetzt aus?

– Nicht viel los, dennoch genug. Ich glaube, die haben gerade Herbstferien in Deutschland. Ein paar Engländer treiben sich herum, auch Holländer und Amerikaner habe ich gesehen. Die multikulturelle Stadt Križevci, na, ist das ein Titel? Der zergeht einem doch auf der Zunge.

Ich versuche mir vorzustellen, wie es wäre, als Tourist hierherzukommen. Was reizt die Leute an solch einer Umgebung? Gibt es Seiten, die ich nicht kenne?

– Ich werde eine Wohnung suchen. Heute noch, sage ich ohne großen Zusammenhang.
– Jetzt gleich?
– Jetzt gleich.
Josip steht auf und schiebt sich die Hände in die Vordertaschen seiner Hose. Er sieht in Jeans und flatterndem Hemd entspannt aus. Jünger und nicht wie jemand, der eine Frau und zwei Kinder am Hals hat.
– Du bist mir einer, sagt Josip, Ich dachte, du kannst die Stadt nicht ab, und dann willst du dir eine Wohnung suchen? Du bist mir einer!
Ich grinse ihn an. Wenn Josip wüßte, wie sehr er meinen Plan mit seiner Begeisterung für dieses Kaff hier leitet und lenkt, dann würde er anders über mich reden. Ich bin ihm dankbar für die Informationen, Križevci könnte für eine Weile meine Stadt werden.
– Okay, worauf warten wir dann noch? sagt Josip, Los, laß uns eine Bude für dich finden.

9

Der Sonnenaufgang schrumpft im Rückspiegel zu einem glühenden Fleck zusammen, und meine empfindlichen Augen haben endlich die Möglichkeit, sich von dem grellen Morgenlicht auszuruhen. Mein Kopf dröhnt, und ich bereue es sehr, gestern Abend nicht die Finger von Josips *rakija* gelassen zu haben.

Auf dem Beifahrersitz liegt eine Straßenkarte und die Liste der Restaurants und Kneipen, die ich abklappern muß. Aus dem Radio knistert Folklore, das Fenster ist heruntergekurbelt, ein milder Wind weht durch die Fahrerkabine. Der Wetterbericht hat den letzten warmen Tag des Jahres angesagt. Ich kann mich nicht beschweren, bis auf meine Kopfschmerzen ist es ein prächtiger Morgen.

Als ich aus der Stadt hinausfuhr, war sie leer und idyllisch, so daß ich mir einen Moment lang ernsthaft vorstellen konnte, mein restliches Leben hier zu verbringen. Ich sah mich in Mirkos Firma aufsteigen, eines Tages sein Stellvertreter werden und eine Frau finden. Ich sah meine weinende Mutter, wie sie bei der Hochzeit an meiner Frisur herumzupft und vor Glück nicht reden kann; und ich sah meine kleine Schwester Blumen streuen. Mir wurde von diesen Bildern nach kurzer Zeit so schlecht, daß ich aus dem Fenster spucken mußte.

Ich krame in meiner Hemdtasche und finde die zerknautschte Packung Aspirin, die ich am Morgen aus Josips Medizinschrank mitgehen ließ. Ich zerkaue drei Stück und verziehe das Gesicht. Um den Job zu feiern, sind wir gestern durch die Kneipen gezogen. Jeder, den Josip ansprach, sagte, er würde sich melden, sobald eine Wohnung frei wird. So muß es sein. Sie haben mich akzeptiert. Genau so muß es sein.

Hinter dem nächsten Hügel biegt ein Konvoi von Armeelastern rumpelnd um die Kurve. Ich gehe mit der Geschwindigkeit herunter und fahre rechts auf den Grasstreifen. Die Straße ist schmal, lärmend ziehen die getarnten Wagen vorbei, Köpfe nicken mir zu, Hände winken. Ich hebe die Hand und erwidere das Hupen, während mir der Schweiß kalt den Rücken herunterläuft.

Die nächsten Minuten bin ich abwesend und überquere die Glogovnica, ohne auf das Wasser hinunterzusehen. Es sind ungefähr dreißig Kilometer bis nach Koprivnica, der nächstgrößeren Stadt. Auf diesem Weg liegen meine ersten fünf Stationen. Ich fahre beherrscht, sehe im Rückspiegel kurz meinen ängstlichen Blick und rufe plötzlich laut:

– SCHEISS AUF DIE ARMEE, SCHEISS EINFACH AUF SIE!

Es ist vorbei mit der Ruhe. Ich trete aufs Gas. 70, 80, 90, 100. Ich nehme in den Kurven die ganze Straße ein. Sollte Gegenverkehr kommen, dann ist es vorbei. Und das ist in Ordnung, das ist ein Preis, den ich zahlen kann.

Ich lache. Ich lache wie ein Irrer. Mein Mund ist trocken, heiß brodelt es in meinem Magen, aber ich lache laut, pruste die Panik aus mir heraus. *Diese verdammte Armee!* Und ich dachte, ich stehe darüber, ich dachte es wirklich.

Einige Minuten später schneide ich einen gelben Fiat, der hinter einer Biegung angeschlichen kommt und hastig ausweicht. Ich nehme den Fuß vom Gas und höre auf zu lachen. Meine Zähne sind fest zusammengebissen. Mir sind einige Tropfen Urin in die Unterhose gelaufen. Im Seitenspiegel sehe ich den Fiat im Graben liegen.

Der Parkplatz vom *Plavi Dom* ist verlassen. Niemand sitzt um diese frühe Uhrzeit auf den von Weinranken überdachten Bänken. Die Tische sind übersät mit Laub und Ästen, ein halbvoller Bierkrug steht verlassen auf einem Fensterbrett. Ich parke am Vordereingang und hupe zweimal, bevor ich aussteige. Nachdem ich meine Hose auf Flecken überprüft habe, gehe ich auf das Restaurant zu. Ein Mädchen öffnet mir. Sie ist höchstens achtzehn und trägt ihr schwarzes Haar offen. Fragend blinzelt sie mir entgegen.

– Was ist?

Sie muß kurzsichtig sein, denn auf meinem Laster steht in großen Buchstaben unübersehbar rot auf weiß *MESAR MIRKO*.

– Ich bringe das Fleisch, erkläre ich und sehe auf den Zettel in meiner Hand, Zwanzig Kilo *pljescavice,* fünfzehn Kilo *čevapcici* ...
Ich lese ihr alles vor, sehe nach jeder Bestellung auf, um ihr Nikken aufzufangen. Sie hält den Kopf vorgebeugt, kommt nicht näher, sondern bleibt im Türrahmen stehen.
– Nein, keinen Fisch, unterbricht sie mich.
– Keinen Fisch?
– Wir haben gestern angerufen, keinen Fisch.
– Okay, keinen Fisch.
Mit einem Kugelschreiber kritzle ich ein Fragezeichen hinter die Bestellung.
– Das war's. Wohin soll ich es bringen?
Während sie mich um das Restaurant herumführt, bemerke ich den goldenen Ring an ihrem Finger.
– Verlobt oder verheiratet?
Sie wird rot, entblößt beim Lächeln winzige, eng beieinanderstehende Zähne, dann sagt sie:
– Verlobt.
– Aha.
– Seit einer Woche. Und das hier ...
Sie bleibt vor einer Metalltür stehen, trommelt kurz mit den Fingernägeln ihrer rechten Hand dagegen.
– ... ist der Eingang zur Küche, durch ihn kommst du in den Kühlraum. Hier, so mußt du drehen, dann drücken.
Sie macht es mir vor, zweimal. Als ich an der Reihe bin, den Griff zu drehen, fühle ich die Wärme ihrer Hand auf dem Metall.
– In Ordnung.
Ich trage die Styroporbehälter in den Kühlraum, lege obendrauf den Lieferschein und – wie es mir Rudi an diesem Morgen kurz vor der Abfahrt erklärt hat – ein Päckchen mit geschnetzelter, in Marinade eingelegter Rinderleber, eine Spezialität der Fleischerei. Als Aufmerksamkeit, hat Rudi gesagt, denn man darf nie vergessen, die Kunden bei Laune zu halten.
Als ich auf die Terrasse trete, ist das Mädchen gerade dabei, die Tische zu wischen. Ihr Hintern dehnt die Jeans, sobald sie sich

vorbeugt. Ich sehe, daß sie auf Zehenspitzen stehen muß, um auch den hinteren Tischrand zu erreichen. Diese Geste verleiht ihr etwas Zerbrechliches, und ich empfinde das Bedürfnis, ihr zu helfen. Ich will die Tische für sie sauberfegen und wischen; ich will sie fragen, ob sie wirklich verlobt ist, und ob sie heute Abend schon etwas vorhat.

– Ich fahre dann.

– Bis zum nächsten Mal, sagt sie, ohne sich umzudrehen.

Ich gebe Gas und hoffe, daß mir erneut ein Wagen entgegenkommt.

10

Nach elf Restaurants, fünf Delikatessengeschäften und sechs Kneipen ist es später Nachmittag, und ich bin bis zum Kragen mit *piva* und selbstgebranntem *šljivovac* abgefüllt. Ich esse an meiner letzten Station ausgiebig zu Mittag, erbreche mich eine Stunde darauf genauso ausgiebig am Straßenrand und habe Mühe, den Weg nach Križevci zurückzufinden. Ich halte auf dem Parkplatz hinter der Fleischerei, lehne die Stirn gegen das Lenkrad und erwache erst wieder, als ein muffig riechendes Stück Stoff in meinen Mund will. Ich wische es weg, richte mich auf und schlage hart mit dem Kopf gegen ein Bücherbord. Eine Tischlampe wankt und fällt wenige Zentimeter von meinem rechten Ohr auf das Bett.

Der Raum ist dunkel und riecht nach abgestandener Luft. Während ich mich orientiere, öffnet sich die Tür und das Gesicht eines Jungen schaut herein. Seine Ohren stehen ab, links um einiges schlimmer als rechts. Es ist mitleiderregend. Zumindest könnten ihm die Ohren gleichmäßig abstehen.

– Ah, du bist schon wach.

Es ist keine Frage, dennoch nicke ich, bekomme einen Stuhl zu fassen und ziehe mich an ihm hoch. Meine Knie zittern. Das Licht aus dem Flur reicht aus, um die Ziffern auf meiner Armbanduhr zu erkennen. Halb acht, verdammt, ich bin lange weg gewesen.

– Komm, Papa hat *kavu* gemacht. Möchtest du *kavu*?

– Gerne, antworte ich. Kaffee fehlt mir jetzt mehr als erholsamer Schlaf. Ich fühle mich träge und wie unter Wasser. Als ich auf die Tür zugehe, sehe ich, daß der Junge es mit den Mädchen wirklich schwer haben wird. Seine Zähne sind schief, und er hat dunkle, wie Leberflecken wirkende Sommersprossen in einem ovalen, leicht nach unten gezogenen Gesicht.

– Wie heißt du? frage ich und fahre dem Jungen mit der Hand durch die kurzen Haare.

– Stef.

– Stef, ich bin Branko.
Der Junge nickt, das weiß er schon.
– Hier entlang.
Wir gehen den Flur rechts herunter, kommen an einer Toilette und einem Schlafzimmer vorbei und marschieren durch die Küche in das Wohnzimmer, wo der dürre Riese sitzt, den Josip und ich am Markttag vor dem Schlachthaus eine Zigarette haben drehen gesehen.
– Schau an, wach und munter, begrüßt er mich.
– Munter noch nicht, sage ich, Aber wach, ja.
– Setz dich. *Kavu?*
Ich umfasse die Tasse mit beiden Händen. Der Kaffee ist süß und stark. Ich leere die Tasse und verbrenne mir die Zunge.
– Gib dem Herrn noch eine Tasse, Stef, er kann ihn gebrauchen.
Stef kommt mit der Kanne und gießt nach.
– *Hvala.*
Der Junge lächelt und bleibt abwartend am Tisch stehen. Es ist ruhig im Haus. Kein Radio, kein Fernseher.
– Mein Name ist Nenad, manche nennen mich Mrvica, such's dir aus.
Ich sehe ihn überrascht an, der Kerl ist kein Winzling, wer hat ihm nur diesen unpassenden Namen gegeben?
– Mrvica?
– Zwei Meter und sechs Zentimeter, aber der Verstand ist nicht der beste. Meine Mutter sagte immer: Wenn du nicht aufpaßt, wird dich dein Verstand irgendwann ins Grab bringen.
Nenad klopft sich an die Brust.
– Hat er aber nicht, er hat mich zum Schlachter gemacht. Und das ist meilenweit entfernt vom Grab, wenn du mich fragst. Das kleine Gehirn hatte ich schon immer, konnte mir nie was merken, war miserabel in der Schule und dachte zu langsam.
– Verstehe.
– Na, sieh an, dann sind wir ja Kumpels!
Nenad gibt mir einen Klaps auf die Schulter, und ich weiß, daß ich ihn nie Mrvica nennen werde.
– Was genau ist geschehen? Ich meine …

Ich hoffe, daß Nenad meinen Satz weiterführen wird.
– Du hast im Koma gelegen. Stirn auf dem Lenkrad, Sabber am Kinn. Du hast geschnarcht wie ein Zug, das ist alles. Ich konnte dich nicht wecken, und ich wollte dich da auch nicht sitzen lassen. Also habe ich dich hergeschleppt.
Ich nippe von meinem Kaffee.
– Es war eine harte Tour.
– Deine erste, was?
– Meine erste.
– 'ne Menge getrunken, ha?
– 'ne verdammt große Menge.
– Da gewöhnst du dich am besten gleich dran, das ist üblich. Ohne würdest du dich unbeliebt machen, mit machst du dich zum Trinker. Job ist Job. Die Kunden erwarten das, sei nett und halte durch.
Nenad lacht, Stef lacht, ich hebe die Schultern ratlos und lache mit.
– Bist du jetzt wieder sicher auf den Beinen?
– Mhm, glaub schon.
– Soll ich dich heimfahren?
– Ist schon in Ordnung, ich kann etwas Luft gebrauchen.
Stef gießt mir noch einen Kaffee nach, wir plaudern eine Weile, und bevor ich weiß, was genau ich gesagt habe, sind wir für den nächsten Mittwochabend verabredet.

11

Josip kommt am Mittwochabend nicht mit, weil er weiß, daß er am Morgen darauf in den Seilen hängen wird. Mir macht das nichts aus. Meine nächste Tour geht Freitag früh über Varazdin, Zwischenstop auf dem Kalnik, einem Gebirgszug westlich von Križevci.

Ich leihe mir für den Abend Josips Auto. Auch wenn die Diskothek im Zentrum liegt und ich die Strecke locker laufen könnte, sieht es nicht gut aus, zu Fuß anzukommen. Außerdem habe ich Nenad versprochen ihn abzuholen.

Als ich vor seinem Haus halte, wird die Gardine an einem der Fenster zur Seite geschoben und Nenad winkt mich rein. Ich parke in der Auffahrt und lasse den Schlüssel stecken, ich habe nicht vor, lange zu bleiben. Ich habe Durst auf ein kaltes *pivo* und will mir Frauen ansehen.

Die Tür ist nur angelehnt, Vater und Sohn sitzen vor dem Fernseher. Der Ton ist laut gestellt, die Bilder sind zuckende Blitzlichter, die meine Augen blenden. Ich bereue es, das Haus betreten zu haben.

– Schau, was das für eine Scheiße ist, sagt Nenad zur Begrüßung, Setz dich hierher und sieh es dir an.

Er klopft auf den freien Sessel.

– Sie haben ein Waffenembargo durchgesetzt, spricht er weiter, Diese verfickte UNO. Erst die EU, dann die UNO. Das ist alles, was sie fertigbringen. Waffenembargo! Erinnerst du dich an den Golfkrieg gegen diesen … na, wie hieß noch mal der Typ?

– Hussein, sage ich.

– Richtig, da ging es um was, da mußten alle durchgreifen, weil es um was ging, verstehst du? Aber hier bei uns, da geht es um nichts, deswegen zappeln sie herum und wissen nicht, was sie tun sollen. Was wir brauchen, sind eine Handvoll Amerikaner, die schon Hussein in den Arsch getreten haben. Das brauchen wir. Nicht die UNO mit ihrem Waffenembargo.

Ich höre ihm nur halb zu und sitze, als würde ich dem Sessel miß-

trauen. Mein Hintern berührt nur die Kante, ich schaue über den Fernseher hinweg auf die Wand dahinter, ich will hier raus.
– Schau's dir an. Verdammt soll ich sein, wenn die nicht vollkommen spinnen!
Ich wende den Blick von der Wand ab und sehe den Schreck in Nenads Augen. Es ist keine Furcht, es ist schieres Grauen. Ich wünschte, ich könnte so fühlen. Stef dagegen starrt interessiert auf den Bildschirm. Er ist ein Kind, was er sieht, fasziniert ihn. Zadar wird belagert, die Altstadt bombardiert.
– Wir waren dort vor einigen Sommern, sagt Nenad und fährt dem Jungen über den Kopf, Stef, erinnerst du dich?
– Können wir los? frage ich halblaut, den Blick jetzt auf meine Hände gerichtet. Und dann kommt es, wie ich es erwartet habe, wenn auch sehr spät. Nenads Kopf schwenkt herum, die alte Frage, die neue Antwort.
– Sie haben mich entlassen, sage ich, Nervenleiden.
Nenad springt beinahe auf die Beine.
– *Isusse,* das tut mir leid. Stef, mach sofort den Kasten aus, hörst du?
– Ich will aber einen Film sehen ...
– Dann mach den Film an.
Nenads Hand knetet mitfühlend meine Schulter. Jeder fühlt mit mir, jeder kann sich in mich hineinversetzen. Es ist solch eine bedauernswerte Farce, daß ich mir manchmal wünsche, dieses verdammte Nervenleiden wirklich zu haben.
– Ich beeile mich, ja?
Während Nenad sich zurechtmacht, sehe ich mich in dem Haus um. An der Wand über dem Doppelbett hängt eine Photographie von Stefs Mutter. Ein schwarzer Rand rahmt das Bild. Ihr Blick wirkt entrückt, als wäre ihr das Leben nicht wichtig. Um ihren Kopf herum schwebt ein milchiger Heiligenschein, der kitschige Trick eines Photographen.
Ich verlasse das Schlafzimmer, Nenad erwartet mich im Flur.
– Bereit? fragt er.
Ich verabschiede mich von Stef und gehe mit Nenad zum Wagen.
– Deiner?

– Von meinem Cousin.
Wir steigen ein, Nenad stellt das Radio an, ich verlasse die Ausfahrt im Rückwärtsgang und wende. Nenad kurbelt das Fenster runter und bietet mir seine Zigaretten an. Ich nehme eine, Nenad steckt die Schachtel wieder weg und fragt wie nebenbei:
– Sag mal, Sex und so, klappt das denn?
– Ja.
– Oh.
Ich fahre die Hauptstraße mit zwanzig entlang, mit dem Arm aus dem Fenster tuckere ich all den anderen Fahrern hinterher, die in der gleichen Art und Weise ihre Nummer abziehen – Leute grüßen, Pfiffe von sich geben oder einfach mal hupen. Die Gäste aus den Cafés und Kneipen starren, ich starre zurück. Nenad räuspert sich und sagt:
– Ich meine, bei mir ist es ja ganz okay, ich bin zwar ein wenig langsam im Kopf, aber ein Nervenleiden, ich meine, was genau passiert denn da?
– Du verlierst manchmal die Kontrolle, das passiert.
– Ach du meine Güte!
– Und manchmal, da wachst du auf und weißt nicht, wer du bist.
– Oh, *mili bože.*
– Aber um ehrlich zu sein …
Ich lege eine Künstlerpause ein, weil die Wagenkolonne zum Halten gekommen ist. Eine Frau redet mit dem Fahrer zwei Wagen vor uns. Es wird gehupt, Köpfe recken sich aus Fenstern und versuchen, einen Blick auf den Hintern der Frau zu erhaschen.
– … rede ich nicht gern darüber.
– Kann ich gut verstehen, ehrlich.
Ich sehe Nenad kurz an, dann kurve ich um die Frau herum, die noch immer an dem Wagen lehnt – ein Glanz von Nylon, ein Hauch Parfum und vorbei.
Wir parken auf dem Rasenstück, das zur Kirche gehört. Von Josip weiß ich, daß die Autos am Wochenende sogar den Kircheneingang blockieren. Wir stehen hinter einem roten BMW mit deutschem Nummernschild. Die Laterne über unseren Köpfen taucht uns in ein gelbes Licht.

– Partytime! ruft Nenad und legt mir den Arm um die Schulter. Ich bin mir sicher, daß Josip und er sich großartig verstehen würden.
Die Schlange der Wartenden ist kurz, Nenad grüßt ein paar Leute, und ich beobachte ihn dabei und bin erstaunt über den Wandel, der während der kurzen Fahrt mit meinem neuen Kumpel vorgegangen ist.
Nenads Ähnlichkeit mit seinem Sohn ist nicht zu leugnen. Sie haben die gleiche Gesichtsform, das gleiche hellbraune Haar. Wahrscheinlich wird Stefs Körper mit den Jahren so zäh werden wie der seines Vaters. Nenad hat mir erzählt, er hätte nach der Schule auf dem Bau geschuftet und schwarz mitgeholfen, Häuser aus dem Boden zu stampfen. Hauptsächlich in Zagreb und für ein paar Monate in Krk und Zadar. Er hat sogar einige Polaroids von den Gebäuden, die er mit hochgezogen hat.
Wirkt Nenad in seinem Zuhause bedrückt und gebeugt, so strahlt er in der Öffentlichkeit mit seinem gebügelten Hemd und dem edlen Samtjackett eine Atmosphäre aus, die ich nicht einordnen kann, bis mir einfällt, wo ich das schon mal gesehen habe. In Filmen. Er ist der Leidende, der Mut gefaßt hat. Er ist der Held, der nach einer Niederlage seine Rückkehr feiert. Nenad strahlt Stolz aus, Stolz und Courage.
Wir zahlen an der Kasse und sehen uns die Tanzfläche an. Zwei Pärchen und ein Mann mit langen Haaren bewegen sich zur Musik von Michael Jackson. Teenies sitzen an den Tischen, es ist eindeutig zu früh, um mehr zu erwarten. An der Bar sieht es besser aus. Ich erkenne eine Gruppe von Mädchen, die mir Josip irgendwann mal vorgestellt hat. Alle sind älter als ich. Sie wären garantiert beleidigt, wenn ich sie als Mädchen bezeichnen würde.
– Na, was meinst du? ruft mir Nenad ins Ohr, als unsere Bestellung kommt.
Ich klicke zur Antwort mit meiner Flasche gegen seine. Wir lehnen an der Bar, trinken und bestellen eine zweite Runde. Eine Stunde vergeht. Die Tanzfläche füllt sich. Nenad hängt sein Samtjackett über den Barhocker und geht tanzen. Zwei Mädchen fallen mir auf, sie waren mit Josip in der gleichen Klasse. Ich er-

innere mich sogar an ihre Namen. Vera und Dragana. Vera bemerkt meinen Blick, und ich schaue schnell weg.
Mein Problem ist, daß ich keine Ahnung habe, ob ich will oder nicht. Tief in meinem Inneren verspüre ich nicht die geringste Lust, eines dieser Mädchen näher kennenzulernen. Und was ist der Besuch in einer Disco sonst wert? *Ja, was zum Teufel tue ich eigentlich hier?* Ich weiß, ich will nicht über mich sprechen oder meine Gedanken teilen. In den Nächten, in denen ich mich befriedige und leise keuchend auf dem Bett liege, sehne ich mich nach Nähe. Nicht nur vor, sondern vielmehr nach dem Höhepunkt. Es ist eine unberechenbare Sehnsucht. Der Kopf will in diesen Momenten etwas anderes als der Körper. Aber da gibt es zum Glück den Plan, und der Plan sagt: *Bau keinen Mist, Branko, geh vorwärts, sieh dich nicht um.*
Mir fällt De Niro ein. Was würde De Niro an solch einem Abend tun? Worauf würde er sich einlassen? Eines ist sicher – De Niro würde seinem Plan treu bleiben, genau das würde er tun.
Ich hebe meine Bierflasche.
Auf De Niro.

– Das Problem ist, sagt Nenad atemlos, nachdem er sich auf den Barhocker geschwungen und das Bier abgesetzt hat. Schweiß glänzt auf seiner Stirn, und da sind dunkle Flecken unter seinen Achseln. Ich warte darauf, daß er weiterspricht, Nenad sieht auf die Tanzfläche und schweigt.
– Was ist das Problem? frage ich.
– Was?
– Du hast gesagt …
– Oh, tut mit leid. Das Problem ist, daß ich nicht weiß, wie es weitergehen soll. Siehst du die Kleine dort, die mit den Locken, die sich gerade Feuer geben läßt?
Ich schaue hinüber, ja, ich sehe sie, zierlich und jung, doch, wie mir Nenad erklärt, Mitte dreißig.
– Ein oder zwei Jahre älter als ich, Nataša ging mit ihr in dieselbe Klasse. Als wir heirateten, war sie Brautjungfer. Was hältst du von ihr?

– Nett.
– Ja, nett und frei.
Nenad kratzt sich am Hals, streicht über seine kurzen, gegelten Haare und sieht mich an.
– Weißt du, es gibt Dinge, die lernt ein Mann nur einmal im Leben und vergißt sie nie. Diese Dinge kommen in einem bestimmten Alter, und verpaßt er sie, dann sind sie weg und können ihm nicht mehr beigebracht werden. Kapiert? Der Umgang mit Frauen ist solch eine Sache. Verstehst du das?
– Und wo hast du den Scheiß her?
Nenad greift sich zwischen die Beine und sagt:
– Vom Großen Chef!
Wir lachen, klacken unsere Flaschen aneinander.
– Jetzt mal ernst …
Nenad rutscht ein Stück näher, als ob irgend jemand uns bei dem Lärm belauschen könnte.
– … die Regeln gehen mir entsetzlich auf die Nerven, kannst du mir folgen?
Ich frage, was für Regeln, Nenad lacht auf, gibt mir eine Kopfnuß, fährt durch mein Haar, als wäre ich sein Sohn.
– Mann, sage ich, Laß den Mist.
– Ist ja alles noch dran.
– Dennoch, Finger weg von meiner Frisur.
Ich streiche mein Haar wieder zurecht. Wenn ich etwas hasse, dann sind es Leute, die mir durchs Haar fahren.
– Junge, wie alt bist du?
Ich werde rot, ohne zu wissen, warum.
– Dreiundzwanzig.
– Dreiundzwanzig, ha?! Schau, ich werde im Januar dreiUNDdreißig, das sind zehn Jahre Unterschied, aber komm ja nicht und erzähl mir, daß sich irgendwas im letzten Jahrzehnt verändert hat. Gab es eine Revolution? Natürlich nicht. Also denk mal nach, was wäre, wenn ich hingehe und die Kleine dort anspreche? Ich meine, ich kenne sie seit Jahren. Sie … Soll ich dir sagen, was wäre? Es würde etwas Ernstes passieren. So sind wir Menschen gemacht. Und die Frage ist, kann ich das noch? Bringe ich das noch? Mh?

– Ich weiß nicht, woher soll ich das wissen?
– *Budala,* das ist es ja, *du* weißt es nicht, und *ich* weiß es nicht, und wahrscheinlich weiß *sie* es auch nicht.
Ich habe keinen Schimmer, worauf das Gerede hinauslaufen soll. Ich weiß nur, daß es sich keiner in einem Ort wie Križevci erlauben kann, wild durch die Gegend zu bumsen. Genau das sage ich Nenad auch.
– Genau das meine ich doch, schnappt er erleichtert auf, Ich wußte doch, daß du mich verstehst.
Nenad schaut über die Tanzfläche und wippt mit dem Kopf. Ich weiß nicht, wie betrunken er ist, ich habe aber das Gefühl, daß er nicht mehr lange durchhalten wird. Aus der stolzen Pose ist die leidende Pose geworden. Vielleicht denkt er an seine verstorbene Frau. Ich würde mich nicht wundern, wenn er jeden Moment in Tränen ausbräche. Aber Nenad überrascht mich. Er rollt eine Minute lang die Flasche zwischen seinen Handflächen, dann legt er den Kopf in den Nacken und lacht plötzlich laut los. Es ist ein einsames Lachen. Er sieht mich an, grinst entschuldigend und stellt die Flasche auf die Theke. Ich hoffe, er sagt jetzt nichts.
– Was habe ich schon für eine Wahl, sagt er und geht wieder auf die Tanzfläche.
Ja, was schon für eine? denke ich und bleibe, wo ich bin. Vera und Dragana sind verschwunden, ich beobachte die Leute um mich herum, sehe in die flackernden Lichter und trinke mein Bier automatisch und ohne es zu schmecken.
Ich brauche eine Weile, bis mir Nenads Worte bewußt, wirklich bewußt werden. Dann steigt die Sehnsucht in mir auf und zieht mich hinaus. Ich will weg von diesen Leuten, ich weiß nicht, wohin, ich weiß nur, ich will weg. Als ob draußen etwas auf mich wartet. Als ob es Signale aussendet und mich zu sich ruft. Gleichzeitig fürchte ich mich davor und möchte dieser Sehnsucht entfliehen, indem ich mich hineinstürze in dieses einfache Leben hier. Ich wäre so gerne wie Josip, dessen einzige Sorge am Morgen ist, daß ihm das Baby auf die Hose kotzt. Ich wäre so gerne wie Nenad, der vor dem Fernseher sitzt und den beim Anblick von Kriegsbildern das Grauen packt.

Für einen Moment flackern die Nachrichten vor meinen Augen auf, und alles in mir krümmt sich. Ich schließe die Augen. Was auch immer dort draußen geschieht, es liegt hinter mir. Weit hinter mir.

Ich atme tief durch und öffne die Augen.

Keine Bilder mehr.

Ich spüle den sauren Geschmack in meinem Mund mit einem Schluck Bier herunter und gehe tanzen. Nicht um der Bewegung willen, sondern der Nähe wegen. Meine Hände und Arme streifen Hüften und Brüste, meine Schultern stoßen gegen Schultern. Die Erregung steigert sich, sie führt mich tiefer in das Gedränge hinein. Es ist Sex, und es ist Nähe. Niemand muß es mir erklären, ich habe längst schon begriffen, daß mir in dieser Nacht keine Selbstbefriedigung helfen wird.

Bald tränen meine Augen, weil ich die Bewegung um mich herum nicht versäumen will. Das Wippen von Hüften, das Schwingen von Brüsten. Ich studiere die Gesichter, suche sie nach einer mir gleichen Geilheit ab. Make-up, gestyltes Haar, konzentrierte Mimik. Alles um mich herum ist unantastbar, tabu, während zwischen meinen Beinen die Lust lauert und ich das Verlangen unterdrücke, mir eine der Frauen zu packen. Ich würde es ihr sofort besorgen, hier auf dem Boden, während sie an mir zerren und versuchen mich wegzuziehen. Ich will mir nehmen, was ich brauche, und damit in der Nacht verschwinden. Ich will.

Doch gibt es nach Nenads Worten Dinge, die du einmal lernst und nie vergißt. Sie sind in deinem Blut, lassen sich nicht verleugnen. Und so wie mein Vater meine Mutter beim ersten Mal fand, wird es ewig weitergehen. Ich glaube daran, es ist ein großer Kreis, der unweigerlich zu Ehe und Kindern führt. Nicht mein Kreis zwar, dennoch existiert er.

Ohne mir dessen bewußt zu sein, habe ich seit einer Weile ein Mädchen angesehen. Mein Blick wird erwidert, sie lächelt, sie nickt, sie tanzt näher heran und nickt erneut. Ein Mädchen wie alle anderen Mädchen – schön, wenn du sie liebst, ansonsten nur eine von vielen. Der Kreis zieht sich enger, und ich will dem Mäd-

chen erklären, daß das alles nur ein Mißverständnis ist, daß meine Geilheit und nur meine Geilheit zu dem hier führen.
Und was, wenn es bei ihr derselbe Trieb ist? Kann ich das Risiko eingehen?
Ich sehe sie kommen, sie sieht mich gehen.

12

Fahren, nur fahren gibt mir mein Gleichgewicht zurück. Durch Zagreb und in Richtung Velika Gorica. Autos rauschen vorbei, einige hupen, andere weichen aus, die Straße gehört mir. Am Ufer der Odra halte ich und pisse von der Böschung auf den Fluß hinunter. Sobald ich Sisak erreiche, will ich umdrehen und wieder zurückfahren. Ich weiß, es wird mir danach besser gehen, und ich weiß auch, daß das Ganze bald ein Ende haben muß. Ich kann nicht tagsüber trinken und nachts durchmachen, ich muß einen Rhythmus finden, der mich nicht kaputtmacht.

Von Sisak aus nehme ich die Straße nach Potok und weiche einer Baustelle aus. Ich rumple über grobe Landwege, verirre mich wie der letzte Trottel und komme erst nach einer Ewigkeit wieder auf eine asphaltierte Straße, vollkommen ahnungslos, wo ich gelandet bin. Es beginnt zu regnen. Ich fluche. Der linke Scheibenwischer beginnt zu klemmen und gibt seinen Geist auf. Ich muß mich beim Fahren weit nach rechts beugen, um durch die Beifahrerseite ein Stück von der Straße zu erkennen. Nie hätte ich gedacht, daß der Tag so enden würde.

Ich verfluche die alte Karre meines Cousins und seine gesamte Familie dazu; ich verfluche Nenad und seine Idee, in die Disco zu gehen. Ich verfluche Križevci und das Kaff, aus dem ich komme, meine Mutter, meine Schwester und ganz besonders meinen Vater, der an Krebs starb und bis zu seinem Ende ein mieser Kerl war. Ich verfluche das Land und die verdammte Armee, aber am meisten verfluche ich meine eigene Dummheit und holpere über Brücken und Schlaglöcher und bin mir sicher, nie wieder nach Križevci zu finden. Ein Abgrund wird sich vor mir auftun, ich werde in einem Bach oder Weiher landen und elendig ersaufen. Dreiundzwanzig Jahre alt und auf dem Höhepunkt meiner Potenz.

Dörfer ziehen vorüber, dunkel und leblos wie angefahrene Tiere, die sich bis zum Straßenrand geschleppt haben und dann liegengeblieben sind. Die Straße findet kein Ende. Wenn sie so weiter-

geht, könnte es passieren, daß ich aus Versehen über die ungarische Grenze fahre.
Ich bin gerade dabei, mir eine Zigarette anzuzünden, da erblicke ich die Gestalt in letzter Sekunde, weiche ihr aus und schliddere in den Graben, wo der Wagen mit einem puffenden Geräusch liegenbleibt. Nichts ist geschehen, kein Krachen, kein Platzen von Reifen. Ich hebe meine Zigarette vom Boden auf und schaue in den Rückspiegel.
Dunkelheit, rötlich erhellt von meinem Rücklicht.
Ich lege den Rückwärtsgang ein und gebe ein wenig Gas, mühsam hebt sich der Wagen aus dem Graben. Als ich mit allen vier Reifen wieder auf der Straße stehe, drücke ich den Knopf für das Warnblinklicht und steige aus.
– Hallo? Alles okay?!
Ich glaube, in der Gestalt eine Frau erkannt zu haben. Vielleicht täusche ich mich, der Regen kommt in Böen herunter, es kann sogar ein Tier gewesen sein. Nach dem Rausch des Fahrens und der Öde der Landstraße ist es ein Wunder, daß ich nicht an jeder zweiten Ecke eine Frau stehen sehe.
– He, hallo?!
Es sieht aus, als würde sie aus dem Regen hervortreten. Sie hält mit der einen Hand einen Pappdeckel über ihren Kopf und rafft mit der anderen den Mantel vor ihrer Brust.
– Alles in Ordnung?
Sie nickt, jetzt kann ich ihr Gesicht erkennen. Nasse Haarsträhnen hängen ihr in die Augen. Das Warnblinklicht läßt sie auftauchen und verschwinden, auftauchen und verschwinden.
– Steig ein, fordere ich sie auf und lasse mich wieder in den Wagen fallen. Mein Herzschlag hat sich beruhigt, es ist alles in Ordnung, nichts ist geschehen, nur meine Kleidung ist durchnäßt. Ich spüre den Regen bis auf die Unterwäsche.
Das Innenlicht geht an, als die Frau sich auf den Beifahrersitz setzt. Sie ist älter als ich, im Alter von Nenad. Und sie ist gezeichnet. Erst im Licht sehe ich die bitteren Züge eines Menschen, der einige Male zu oft den Kopf hinhalten mußte. Ihr Mund ist ein farbloser Schnitt und sagt ohne Worte: *Leckt mich.*

Ich lache erschrocken auf, als ich das sehe.
– Was ist so komisch an mir? fragt sie.
– Nichts …
Ich hebe abwehrend beide Hände.
– … ich lache nur wegen der Situation.
Sie senkt den Pappdeckel und läßt ihn auf den Wagenboden fallen, dann streicht sie sich die nassen Haarsträhnen aus dem Gesicht und sagt:
– Wenn du mich nach Hause fährst, zahl ich dir ein Bier.
Sie erwartet keine Antwort, sie will nur, daß ich tue, was sie sagt. Ich frage sie, wo es langgehen soll. Sie zeigt nach vorne, also lege ich den Gang ein und fahre los, ohne sie ein zweites Mal anzusehen.

13

Sie lebt in Plovica, einem Dorf neun Kilometer von Vrbovec entfernt, und ihr Name ist Ivanka. Nur Ivanka. Sie arbeitet als Kellnerin in einer Kneipe, und zwar nur während der Nachtschicht, weil das mehr Geld bringt. Damit ich ihr glaube, öffnet sie ihren Mantel und zeigt mir ihren schwarzen Rock und die weiße Bluse.
– Das ist knapp gewesen, bemerkt sie und schließt ihren Mantel wieder.
– Wolltest du trampen?
– Habe es zumindest probiert. Normalerweise bekomme ich regelmäßig eine Freifahrt. Doch niemand geht bei diesem Wetter in die Kneipe oder fährt dich mal aus guter Laune nach Hause. Ich sah mich schon schwimmen.
Sie lacht kurz und trocken, dann wischt sie über die beschlagene Seitenscheibe und sieht hinaus. Ich glaube nicht, daß sie regelmäßig eine Freifahrt bekommt, doch ich behalte das für mich. Ein Tropfen löst sich aus meinem Haar und läuft mir an der Wange herab. Wäre ich allein, würde ich das Fenster herunterkurbeln und in den Wind brüllen. Meine Nerven sind überspannt, ich bin mit Adrenalin vollgepumpt, mein Körper verlangt Aktion. Ich will die Muskeln bewegen, mich nach allen Seiten ausdehnen. Statt dessen knirsche ich mit den Zähnen, bis mein Kiefer schmerzt, und lasse das Fenster verschlossen und die Hände auf dem Lenkrad. Ich beuge mich zur Seite, um die Straße besser zu erkennen.
– Deine Scheinwerfer sind nicht gerade die besten, sagt Ivanka.
– Das ist nicht mein Wagen.
– Dennoch, das ist gefährlich.
Wir schweigen. Ich habe keinen Schimmer, was ich mit dieser Geistererscheinung anfangen soll. Wir werden also gemeinsam Bier trinken, klar, und dann werde ich verschwinden. Falls sie das vorhin mit dem Bier ernst gemeint hat. Meine Stimmung ist unter Null und sinkt beständig. Es war ein Fehler, diese Frau mitzu-

nehmen. Ich möchte sie an Ort und Stelle aussetzen. Dann wird mir klar, daß ich ohne sie wahrscheinlich nie den Weg zurück nach Križevci finden werde. Zumindest nicht in den folgenden Stunden. Ein wenig Diplomatie ist angesagt.
– Ich will nicht unhöflich sein, sage ich, Aber das mit dem Bier ist wirklich nicht nötig.
– Doch, doch, ist schon okay, ich bin wirklich froh, daß du mich mitgenommen hast.
Sie wendet mir ihr Gesicht zu, wir sehen uns an. Ich bin überrascht, sie lächeln zu sehen. Es macht sie nicht schöner, es macht die Situation aber leichter.
– Es ist spät, bemerke ich lahm.
Ihr Lächeln zerfasert.
– Wenn du meinst.
Ich meine es, nicke, ja, ich meine es wirklich. Ivanka fragt, ob ich eine Zigarette hätte. Ich reiche ihr die Packung und mein Feuerzeug.
– Ich mach's dir für fünfzig, sagt sie mit abgewandtem Gesicht und bläst eine Wolke Rauch gegen die Frontscheibe. Ich nehme den Fuß vom Gas, jetzt sehe ich gar nichts mehr von der Straße. Ich kurble mein Fenster herunter, Regen weht herein und kühlt mein Gesicht, der Rauch im Wageninneren löst sich auf.
– Fünfzig? Fünfzig was? frage ich mit dem Kopf auf ihrer Seite und dem Blick auf die Straße. Sie kann nicht Dinar meinen. Fünfzig Dinar sind Klimpergeld.
– Mark.
Ich lache.
– Woher soll ich deutsches Geld haben?
Sie ist erstaunt, lacht auch und zieht dann übertrieben lange an der Zigarette, bevor sie trocken bemerkt:
– Du siehst so aus.
Ich schaue an meinen Klamotten hinab. Jeans, gebügeltes Hemd, Jackett darüber.
– Wie? Wie sehe ich aus?
– Wie jemand mit Geld.
Gut zu wissen, denke ich und sage mit einem Kopfschütteln und

ohne sie dabei anzusehen, daß das so nicht ist. *Ich habe einfach Geschmack,* will ich hinzufügen, kann es mir aber verkneifen.
Wir kommen an eine Abzweigung. Ivanka erklärt mir, wie ich weiterfahren muß. Sie zeigt an mir vorbei aus dem Fenster, und ich kann sehen, daß ein Pflaster auf ihrem Handrücken klebt. Rechts die Straße runter geht es nach Križevci, sie selbst wohnt fünf Minuten von hier entfernt. Wir fahren nach links.
Der Regen läßt nach und hört auf dem nächsten Kilometer völlig auf, so daß ich den funktionierenden Scheibenwischer ausstellen kann.
Plovica besteht aus einer Hauptstraße mit dunklen Häusern und rissigem Asphalt. Die Gebäude wirken geduckt, als würden sie lauernd auf ein Opfer warten. Ich fahre im Schrittempo an ihnen vorbei und sehe die Spiegelung der Scheinwerfer in den Fenstern, sehe die reglosen Gardinen dahinter.
– Dort, an der Bäckerei rechts, es ist gleich das erste Haus.
Es ist ein schmaler Bau, wahrscheinlich nur zwei Zimmer, Bad und Küche. Das Haus klebt wie ein Bauklotz zwischen der Kirche und einem Bauernhof.
– Hier wohne ich.
Ich stelle den Motor ab. Wir sitzen im Dunkeln, Ivanka raucht zu Ende, dann dreht sie ihr beschlagenes Fenster ein Stück herunter und wirft den Zigarettenstummel in die Nacht.
– Ich könnte dir einen blasen, sagt sie.
Ich weiß nicht, was das soll. Sie weiß, daß ich kein deutsches Geld habe. Ich verspüre auch keine Lust, mit ihr in dieses winzige Haus zu gehen und ein Bier zu trinken. Ich habe überhaupt keine Lust auf sie und fühle bis in die Fingerspitzen, daß mit dieser Frau einiges nicht stimmt. Wahrscheinlich ist sie mit ihrem Leben in einer Sackgasse gelandet. Nicht heute oder gestern, sondern schon vor langer Zeit. Schlimmer als ich, viel schlimmer. Aber das ist ihr Problem und nicht meins. Ich weiß nur, daß ich ihre Traurigkeit nicht teilen will.
Eine Windböe trift den Wagen und bringt ihn zum Schwanken, dann ist es wieder still und ich wende mich Ivanka zu und betrachte sie im schwachen Licht der Armatur. Tragische große Au-

gen übertrieben geschminkt, die Nase leicht schräg, darunter ein schmaler, schlaffer Mund. Sie nimmt es hin, daß ich sie anstarre, und weicht meinem Blick nicht aus. Sie blinzelt kein einziges Mal.

Ich knöpfe meine Hose auf. Ivanka beugt sich vor, legt ihr Gesicht in meinen Schoß. Ich wühle meine Hände in ihr feuchtes Haar, spüre die Hitze ihrer Kopfhaut, rieche meine eigene Erregung. Und als es mir kommt, drücke ich ihren Kopf tiefer und halte ihn fest, ich lasse ihren Mund nicht entkommen und genieße das würgende Geräusch, das sie von sich gibt.

Ihre Augen sind glasig, als sie sich aufrichtet, sie sind auch wütend, aber sie sagt nichts, sondern steigt nur aus. Für einige Sekunden höre ich die Nacht und das Tröpfeln der Dachrinnen, dann schließt Ivanka die Tür hinter sich und geht auf das Haus zu. Sie blickt kein einziges Mal zurück; sie weiß, daß ich ihr mit den Augen folge.

Erst als die Haustür ins Schloß fällt, starte ich den Wagen. Ich weiß, sie hat bekommen, was sie wollte; und ich habe gegeben, was ich wollte. Wir sind quitt.

14

Die Tage werden zu Wochen und bekommen einen Rhythmus. Ich gewöhne mich an das Ausliefern in den frühen Morgenstunden und ganz besonders an den Alkohol, den ich nicht ablehnen darf. Um Mitternacht lege ich mich hellwach ins Bett, damit ich um fünf wieder fit bin. Ein paarmal fahre ich nach Plovica und hinterlasse Päckchen mit frischer Wurst in Ivankas Briefkasten. Ich will nicht klingeln, ich will sie nicht sehen.

Auf diese Weise vergehen zwei Monate, und ich habe das sichere Gefühl, mich eingelebt zu haben. Ich habe meinen Plan nicht vergessen. Die Zeit wird kommen, dann werde ich mich in Bewegung setzen und nicht mehr stillstehen. Doch dazu muß erst mal das Geld stimmen. Alles muß stimmen, Kleidung und Auftreten eingeschlossen, erst dann ist die Zeit reif.

Immer öfter gehe ich mit Nenad einen trinken und lerne auf diese Weise andere Schlachtermeister kennen. Ich sitze mit ihnen abends in der Kneipe und gehöre dazu. Nur mit der Wohnung klappt es nicht. Das Angebot ist eher mickrig. Es gibt zwar genug freie Zimmer zur Untermiete, aber das kommt für mich nicht in Frage. Deswegen habe ich beschlossen, mich zu gedulden und es noch ein paar Monate bei Josip und Tatjana auszuhalten. Ich habe Ivos Zimmer gestrichen und kaufe das Essen für die Familie ein. Wann immer ich allein auf Tatjana treffe, gibt es keine bösen Worte. Sie sieht mich als Schwerkranken, ich füge mich. Josip meint, Tatjana wird mich nie ausziehen lassen, sie hätte einen Narren an mir gefressen. Um so überraschter bin ich, als ich an einem Samstagabend eine Nachricht von Tatjana auf dem Tisch vorfinde. Sie hat für mich eine 2-Zimmer-Wohnung in der Nähe vom *autobusni kolodvor* gefunden. Ich kann Anfang des nächsten Monats einziehen, die Miete ist ein Witz.

Im ersten Moment bin ich enttäuscht, ich sehe den Zettel und fühle mich abgeschoben. Der Moment dauert keine fünf Sekunden, dann spüre ich, wie aufgeregt ich werde. Langsam spreche ich den Straßennamen aus.

– Gunduliceva.

Das klingt gut, es klingt verheißungsvoll. Meine erste Wohnung. Ich schreibe Tatjana eine Notiz und lege sie neben meinen Zettel auf den Tisch. Sie wird sie lesen, wenn sie nachts aufsteht, um dem Baby das Fläschchen aufzuwärmen. Ich bin mir sicher, sie wird sich über meine Worte freuen. Ich lösche das Licht und betrete Ivos Zimmer, um meine letzte Nacht dort zu verbringen.

Zweiter Teil

Winter

15

Der Winter ist schlimm. Ich kann mich nicht erinnern, jemals so gefroren zu haben. Wenn ich am Morgen in den Laster steige, ist es so, als würde ich einen Kühlraum betreten. Die Heizung braucht eine gute Viertelstunde, bevor sie warmläuft, die Minuten bis dahin sind eine Qual.

Ich probiere alles mögliche. Ich trage mehrere Pullover unter meiner Lederjacke, und ich habe zwei paar Handschuhe und so viele Socken an, daß ich kaum in die Stiefel passe. Die Verkleidung reicht für den Weg von der neuen Wohnung zum Laster am Marktplatz. Dort angekommen hieve ich mich in den Fahrersitz und breche dabei in Schweiß aus. Dann beginnt der Schweiß abzukühlen. Ich zittere wie ein alter Mann vor mich hin und kann kaum die Hände kontrollieren, während sie das Lenkrad umklammern. Erst nach der vierten Station geht es besser. Ich bin abgefüllt mit Alkohol, der Wagen ist warmgelaufen, ab da läßt sich der Tag ertragen.

In diesen Wintermonaten ist die Sonne unsichtbar. Meine Haut verliert mehr und mehr ihre Bräune, und ich fange an, mich nach Wärme zu sehnen.

Nach der Arbeit esse ich in einem Restaurant, das mir Nenad empfohlen hat. Es befindet sich keine fünfzig Meter von der Tankstelle entfernt am westlichen Ortseingang von Križevci. Sie servieren hauseigene *krvavice,* die in der Umgebung legendär sind. Dazu Kartoffelbrei und deftiges Sauerkraut. Mir gefällt die Atmosphäre. Arbeiter setzen sich zu mir an den Tisch, lesen Zeitung, plaudern oder schweigen, sprechen über den Krieg und die Kälte. Sie rauchen und trinken Bier, Schnaps oder Cognac. Manchmal spielen sie Karten, starren aus den Fenstern auf das dichte Schneetreiben und fragen sich, wann diese schrecklichen Zeiten vorüber sein werden. Die Lieder aus dem Radio erzählen vom Frühling, sie erzählen von tanzenden Mädchen und saftigen, grünen Wiesen. Die Männer lachen, wenn sie das hören; es bringt sie in Stimmung, es tut ihnen gut.

Um Mitternacht schließt die Kneipe, doch keiner der Gäste will nach Hause. Die Männer sind froh, um einen Tisch herum zu sitzen und in Gesellschaft zu sein. Viele von ihnen sind ledig und wissen, daß sie eine leere Wohnung mit einem kalten Bett darin erwartet. Wenn dann gegen ein Uhr der Wirt die letzte Runde ausruft, tun die Männer, als ob sie ihn nicht hören würden, scherzen mit der Kellnerin, die abrechnen will, und fluchen schließlich, weil sie sich ungerecht behandelt fühlen. Auf der Straße geht es schnell. Kein Händedruck, kein Schulterklopfen. Sie verbergen sich in ihren Mänteln und Jacken, schlagen die Kragen hoch und ziehen Hüte und Mützen tief in ihre Stirn, bevor sie sich in alle Richtungen verstreuen. Morgen ist ein neuer Tag, man sieht sich dann, nicht?! Auch ich folge dem Ritual, stolpere über die vereisten Straßen, laufe einige Minuten neben diesem oder jenem Kumpel her, der den gleichen Weg hat, und trenne mich dann mit einem knappen:

– *Hajde, vidimo se!*

– *Z'bogom!*

In meiner Wohnung schmeiße ich dann den Holzofen an und lege zwei Stück Kohlen darauf. Ich kauere mich unter die Decken und warte auf den Schlaf. Und wenn kein Schlaf kommt, brüte ich über meinen Lehrbüchern und denke über meinen Plan nach.

Zu Weihnachten besuche ich Josip und Tatjana. Ich habe Geschenke für Ivo und die Kleine eingekauft, deren Namen ich mir nicht merken kann.

– Hier, ich schreibe ihn dir auf.

Ich lache verlegen, als Tatjana ein Stück Papier holt und in großen Blockbuchstaben PRISCILLA schreibt. Es ist der Vorname von Elvis Presleys Frau, die Tatjana kurz vor der Geburt ihres zweiten Kindes im Fernsehen gesehen hat. Es war eine Komödie, und Tatjana hat trotz der Schmerzen, die sie im letzten Monat der Schwangerschaft pausenlos plagten, lachen müssen.

– Wer soll denn das aussprechen?! frage ich albern.

– Sprich's mir nach, fordert sie mich auf, Pris-cil-la.

– Pris-cil-la?

– Gut, wiederhol es.
– Pris-cil-la.
– Na, siehst du. Geht doch. Brich dir dabei nur keinen ab. Ivo, komm mal her!
Ivo kommt in die Küche getrottet. Ich habe ihm eine Sammlung von Comic-Heften geschenkt, die den Jungen bis zum Frühling beschäftigen werden.
– Mh?
– Wie heißt dein Schwesterchen?
– Pritschilla.
– Los, hau ab und lies deine Comics!
Ich unterdrücke ein Lachen, Tatjana gibt mir einen Klaps auf den Hinterkopf.
– Mach dich nicht lustig, das ist ein schöner Name.
– Er könnte schlimmer sein, meldet sich Josip zu Wort.
– Was willst du schon wieder? Ich dachte, du kümmerst dich um die Pute?!
– Ich kümmer mich um die Pute, aber---
– Dann tu das gefälligst und laß mich mit deinem Cousin flirten. Ich seh ihn ja fast nie.
Sie zwinkert mir zu. Das stimmt natürlich nicht. Jeden Donnerstag bin ich hier, um den Babysitter zu spielen.
– Komm, laß uns ins Wohnzimmer gehen, sagt sie, Der Koch kann dann in Ruhe für das Essen sorgen.
Tatjana hakt sich bei mir unter und schließt die Tür hinter uns. Im Wohnzimmer ist der Weihnachtsbaum geschmückt, es ist festlich und warm. Kerzen brennen, es duftet nach Tannennadeln und gebackenen *strukljen* mit Apfel und Zimt. Wir setzen uns auf das Sofa, Tatjana ist plötzlich ernst.
– Ich muß dir etwas erzählen, Branko, und du mußt versprechen, daß du nicht böse wirst.
Sie wartet meine Antwort nicht ab, sondern steht wieder auf und geht zu der Kommode, um Punsch in mein Glas zu füllen.
– Hier, trink das, dann können wir reden.
Ich trinke, die Augen auf Tatjana gerichtet, vorsichtig.
– Deine Mutter hat sich gemeldet.

Ich huste. Ich sehe es sofort vor mir, wie Mutter in dem unterkühlten Postgebäude des Dorfes steht und alle Telefonnummern wählt, die sich in ihrem zerfledderten Adressbuch befinden. Hat meine kleine Schwester etwas damit zu tun? Nicht Jelenica, nein, ausgeschlossen. Daß sich Mutter gemeldet hat, bedeutet einfach und klar, daß mich die *milicija* sucht. Mir wird übel bei dem Gedanken. Es ist absurd, denn es hat mich mehr gequält, daß Mutter von meinem Desertieren erfährt, als daß die *milicija* dahinterkommt.
– Was hat sie gesagt? frage ich.
– Sie wollte wissen, ob wir von dir gehört haben.
– Und was hast du ihr geantwortet?
– Ich fragte sie, wieso wir was von dir gehört haben sollten, du wärst doch vor einigen Monaten nach Zagreb gefahren.
– Du hast meine Krankheit nicht erwähnt?
Tatjana sieht auf ihre Hände.
– Ich … Branko, ich konnte nicht. Ich meine … ich finde, du solltest das deiner Mutter selber sagen. Es wird ihr das Herz brechen. Du weißt ja überhaupt nicht, wie Mütter fühlen.
Nein, das weiß ich wirklich nicht. Ich weiß aber, wie die Armee fühlt, und ich weiß jetzt, daß die Armee meine Fährte aufgenommen hat. Sie müssen Nachforschungen angestellt und mit meiner Mutter gesprochen haben. Nicht einmal drei Monate hat es gedauert, und jetzt ist es geschehen. Keine Mißverständnisse mehr.
– Ist dir nicht gut? Willst du kurz ans Fenster?
Ich schüttle den Kopf, Tatjana bringt mir ein weiteres Glas Punsch und setzt sich wieder zu mir.
– Deine arme Mutter, sie macht sich bestimmt Sorgen. Warum meldest du dich nicht kurz oder schickst ihr einen Brief?
– Weil ich nicht will, daß sie gerade jetzt erfährt, was mit mir los ist. Ich will für eine Zeit alleine damit klarkommen.
Ich weiß, ich klinge gereizt. Das Glas in meiner Hand ist schon wieder leer. Ich drehe es in der Hand, zögere und sage dann:
– Hat sie irgendwas von der Armee gesagt?
– Nein. Wieso?
– Es kann sein, daß die Armee sich meldet, wegen …
Ich stammle, huste.

– … irgendwelchen Nachforschungen, neuen Fragen, du weißt schon.
Sie weiß es nicht, versteht aber, wovon ich spreche. Danke.
– Außerdem hat Mutter keine Ahnung davon, daß ich die Armee verlassen mußte, füge ich leise und mit gesenktem Blick hinzu. Ich bin der perfekte Schauspieler, solange der Film nach meiner Regie läuft.
– Aber Branko …
Tatjana ist gerührt von der Sorge, die ich mir um meine Mutter mache. Die Art, wie ich sie vor meiner Krankheit zu schützen versuche, veranlaßt Tatjana, mir auf dem Sofa näher zu kommen und mich in solch eine ungeschickte Umarmung zu schließen, daß ich kaum Luft bekomme. Ich stöhne laut auf. Josip taucht im Türrahmen auf.
– Was ist los? Wollt ihr miteinander ringen?
Tatjana läßt mich hastig los und rutscht einen halben Meter auf dem Sofa zurück. Sie wischt sich die Tränen aus den Augenwinkeln und rauscht dann an Josip vorbei ins Badezimmer.
– Was war los, Cousin, habt ihr einen melancholischen Moment geteilt?
Josip setzt sich auf den Platz, auf dem Tatjana gesessen hat. Er hat zwei Gläser und eine offene Flasche Cognac in der Hand. Er hält den Flaschenhals unter meine Nase und läßt mich daran schnuppern.
– Nein, danke, sage ich.
– Hab dich nicht so, sagt er und gießt uns ein.
– Es ist wegen meiner Mutter. Sie hat sich gemeldet.
– Ach nee?!
– Doch.
Ich erzähle von dem Gespräch mit Tatjana, Josip pfeift zum Schluß. Das ist ernst, da gibt er mir recht. Wir stoßen an und trinken. Wir sind beide eindeutig nervös, wir wissen, daß die *milicija* jetzt ein Auge auf mich hat.
– Denk mal, der Spaß hat eben erst angefangen, sagt Josip und schaut in sein leeres Glas hinein.
Ich nehme die Flasche aus seiner Hand und gieße ihm nach, zu mehr bin ich nicht fähig.

16

Ich rasiere mich gerade, als Nenad klopft. Es ist das erste Mal, daß mich jemand in meiner Wohnung besuchen kommt. Tatjana wollte schon mehrmals mit Josip zum Kaffee vorbeischauen. Ich habe ihnen aber versichert, daß es die Mühe nicht wert ist, deswegen neun Stockwerke hochzusteigen.
Ob es die Mühe wert ist, interessiert Nenad keine Sekunde. Er kommt herein, sieht sich um und verliert kein Wort über das, was er sieht. Er weiß, was Respekt bedeutet, und er denkt sich wahrscheinlich, daß ich besser leben würde, wenn ich die Möglichkeit dazu hätte.
– Wie spät ist es?
Im Badezimmerspiegel sehe ich, wie Nenad auf seine Armbanduhr blickt.
– Du hast noch Zeit. Um neun ist erst Einlaß.
Er betrachtet die um das Bett verstreuten Bücher und hebt eines auf.
– Also mal ehrlich. Ich kann dir sagen, mein Magen fühlt sich an, als hätte ich seit Wochen nichts gegessen.
Er legt das Buch wieder weg und lehnt sich in den Türrahmen des Badezimmers. Mit seiner rechten Hand hält er zwei Eintrittskarten hoch.
– Es gibt Leute, die würden uns dafür ein paar große Scheine hinblättern, ist dir das klar?
Wir haben die Karten über Mirko bekommen, sozusagen als Prämie, weil die letzten Monate sehr gut gelaufen sind. Nenad hat mir versichert, daß solch eine Prämie einmal in hundert Jahren ausgezahlt wird. Er hat auch gesagt, daß das Hotel berühmt sei für seine Silvesterparty – Essen und Trinken natürlich umsonst, dem entsprach auch der Eintritt.
Ich prüfe im Spiegel, ob ich sauber rasiert bin, dann klopfe ich mit dem Rasiermesser gegen den Rand des Waschbeckens und reinige die Klinge unter dem Wasserstrahl.
– Sieht mir nach einem Schnurrbart aus, stellt Nenad fest.

– Soll zumindest irgendwann einer werden.
– Zeig mal her.
Ich trockne mir das Gesicht ab und drehe mich um.
– Halt mal schräg. Mehr nach links.
– Und?
– Ist nicht übel, macht dich ein paar Jährchen älter.
– Was du nicht sagst.
Im Wohnzimmer trinken wir zur Einstimmung jeder zwei Gläser *rakija*. Ich lege Kohlen nach, damit es bei meiner Rückkehr warm ist.
– Bist du eigentlich nie einsam? fragt Nenad, als ich die Tür abschließe.
– Wie kommst du darauf?
– Du flirtest nie, deswegen. Außerdem …
– Was?
– … weiß nicht, hab das Gefühl, du wärst auch so zufrieden.
– Was spricht dagegen?
– Nichts, rein gar nichts. Hör mal, jetzt mach mal nicht so ein Gesicht, das war nett gemeint.
Ich weiß, ich sollte ihn nicht so ansehen, aber ich kann nicht anders.
– Kannst du dir vorstellen, daß ich mir das nicht ausgesucht habe? frage ich, Das hier …
Ich klopfe gegen die Wohnungstür.
– … und diese Stadt mit all ihren Leuten …
Ich zeige das Treppenhaus hinunter.
– … das alles?
Nenad reagiert nicht. Es ist so, als hätte er mich nicht gehört.
– Nicht? fragt er nach einer kurzen Pause.
– Vergiß es, sage ich, Laß uns feiern gehen.

17

– Uhoh, der Professor hat sich schick gemacht!
Es wird gepfiffen, einige klatschen, jemand wirft Konfetti in die Luft.
– Hehe, wer kommt denn da? *Guten Tag, meine Herre, haben Sies gut ausgeruht?*
Sie gackern, schlagen mir auf die Schulter, boxen mir leicht in den Bauch. Nenad kommt hinterher, er hat den Wagen geparkt und tanzt nun nervös und frierend von einem Fuß auf den anderen. Ich strecke die Brust heraus und versuche mich so aufrecht wie möglich zu halten, während wir durch den Hoteleingang gehen. Die Lobby ist gesprenkelt mit Farben, Girlanden hängen von den Lampen, bunte Lichter flackern über die holzgetäfelten Wände. Frauen in teuren Kostümen, Männer in Anzügen, einige haben sogar einen Smoking aufgetrieben. Ein Kellner bleibt vor uns stehen, und wir nehmen jeder ein Sektglas von seinem Tablett.
– Nobel sehen wir nicht aus, bemerkt Rudi, Aber wir haben zumindest Klasse, nicht wahr?!
– Und wir haben den Professor!
Sie lachen, und ich zeige ihnen die Faust – Daumen zwischen Zeige- und Mittelfinger gesteckt –, aber sie lachen nur.
Seitdem Nenad in die Runde geworfen hat, daß ich meine Nase nicht zwischen Frauenschenkel, sondern viel lieber in Lehrbücher stecke, bin ich gebrandmarkt. Deutsch hat jeder von ihnen auf der Schule gehabt, aber sich die Mühe zu machen, es intensiver als notwendig zu lernen, spricht für einen Intellektuellen.
– Sag mal, Professor, was machst du, wenn du alles drauf hast? Ich meine, wirst du uns verlassen und Diplomat oder vielleicht Dolmetscher werden?
Ich winke ab, jemand ruft laut *Jawoll*, die anderen pfeifen. Sie ahnen nichts, sie sollen nichts ahnen, deswegen lache ich mit ihnen und zeige mich nicht beleidigt. Es ist meine Sache, was ich vorhabe, und so soll es bleiben. Selbst Nenad drängt nicht. Als Josip

davon hörte, daß ich dabei bin, Deutsch zu lernen, fragte er mich nur, ob er mir helfen könnte. Bücher besorgen oder so.
Wir betreten den Ballsaal mit einer Spur Ehrfurcht in unseren Gesten und Worten. Die Tische sind gedeckt, das Geschirr funkelt, die Tischdecken sind grellweiß. Ich habe noch nie in meinem Leben so viele Kellner gesehen. Es liegt ein beständiges Raunen in der Luft, es prallt von all dem Glas und Kristall wider und verklingt mit einem hellen Echo zwischen den Kronleuchtern.
Mirko erwartet uns an einer der Tischreihen. Wir setzen uns, rücken unsere Stühle zurecht, legen Zigarettenschachteln und Feuerzeuge neben die Teller. Der Abend nimmt seinen Lauf.
Kurz nach elf sind wir mit dem Essen fertig, gehen auf die Tanzfläche oder hören betrunken der Band zu, die Folklore und Schlager spielt. Um zwölf stoßen wir an, umarmen einander ungeschickt und trinken weiter. Es bleibt gesittet, kaum jemand wird wirklich laut, die Kellner verlieren nie ihre Fassung, ihre Gesichter sind starr und professionell.
Gegen eins ziehe ich Nenad aus der Menge.
– Was?! ruft er, Was brauchst du?!
– Deinen Wagen.
– Was? WAS?!
Nenad hält sich ein Ohr zu und legt den Kopf schräg, damit ich in das andere Ohr sprechen kann. Ich bemerke den Schweißgeruch, der heiß aus seinem aufgeknöpften Hemd aufsteigt.
– DEINEN WAGEN!
Nenad lacht, er will mich auf die Tanzfläche ziehen, ich stemme mich dagegen.
– Komm, Nenad, hör zu, *ich brauche deinen Wagen!*
Langsam dämmert ihm, wovon ich rede. Die Schlüssel klimpern in meine Handfläche. Nenad tätschelt mir die Wange, ruft: *Wo iss'n die Kleine, kenn ich sie?!* in mein Ohr, bevor er auf der Tanzfläche verschwindet. Ich lache das erste Mal seit langem herzhaft und mit einer Wärme, die mir fremd ist. Dann werfe ich den Wagenschlüssel in die Luft und fange ihn sicher wieder auf.
Es ist anders als in der Nacht, in der ich aus der Disco verschwand. Dieses Mal bin ich nicht einfach nur angetrunken, ich bin stock-

besoffen. Keine Unsicherheit mehr, keine Furcht. Dieses Mal weiß ich, wohin ich will.

Ich verlasse die Party, ohne mich umzublicken. Die Nacht ist sternenklar, das neue Jahr hat etwas Reines, Unangetastetes. Ich bleibe stehen und starre in den Himmel hinauf. Ich spüre so viel Leben in mir, daß ich das Gefühl habe, ich könnte über das Licht zu den Sternen aufsteigen und sie berühren. Jetzt.

Ja.

18

Ivanka ist nicht zu Hause. Zumindest brennen keine Lichter, und niemand öffnet auf mein Klingeln. Ich sehe auf die Uhr. Ich werde warten. Wahrscheinlich arbeitet sie noch in der Kneipe. Wie lange wird das gehen? Bis drei? Oder länger? Egal, ich warte. Ich schaue in die Gegend und gähne. Der Rausch läßt nach, die Klarheit macht alles öde und häßlich. Ich hätte mir das besser überlegen sollen. Die Enttäuschung ist mir peinlich. Ich spucke aus und verlasse das Kaff.

Wenn ich wüßte, in welcher Kneipe sie arbeitet, dann …

Ich kurve eine Stunde ziellos durch die verschneite Gegend, vorbei an hell erleuchteten Dörfern, vorbei an Kneipen und Restaurants mit Reihen von geparkten Autos davor, mit Menschen, die Arm in Arm miteinander tanzen, so unbeschreiblich fröhlich.

… und wenn ich sie dann finde, dann werde ich …

Ich weiß nicht, was ich denke; ich weiß nicht, wohin ich unterwegs bin. Erst als ich den Abzweig Richtung Koprivnica nehme und zehn Minuten später vor dem *Plavi Dom* halte, kommt mir die Gegend vertraut vor.

Ich parke hinter einer Schlange von Autos und steige aus. Die Sterne sind auch hier hell und klar, nur die Luft scheint kälter zu sein. Ich war nach meiner allerersten Tour schon mehrere Male in dem Restaurant und kenne den Besitzer und die zwei Köchinnen mit Vornamen, aber das Mädchen mit seinem goldenen Verlobungsring habe ich nicht mehr wiedergesehen.

Der Tumult im Inneren ist gewaltig, viel fröhlicher und lauter als im Hotel. Ich trete ein und finde mich sofort in einem Kreis von Tänzern wieder, rotgesichtige Männer, die ihre Arme auf die Schulter des Nebenmannes gelegt haben und in einer langen Reihe durch den Raum stampfen. Es wirkt so, als ob sie auf mich gewartet hätten. Als hätten sie gewußt, daß ich durch die Nacht fahre, um genau in diesem Moment durch die Tür zu treten.

Die Tänzer nehmen mich auf. Der Rhythmus, der Lärm, das Grölen und Klatschen. Es ist, wie in einen Malstrom zu fallen, und es gibt nur einen Ausweg, ihn unversehrt zu verlassen – sich treiben lassen, sich nicht wehren, einfach nur ein Teil des Malstroms sein. Genau das tue ich, verschwitzt am ganzen Körper, Schritt für Schritt gehe ich mit, lache und tanze. Es gibt keine Pause, in der ich meine Lederjacke ausziehen könnte. Die Musiker sind in Hochform, ich sehe ihre Gesichter vorbeihuschen, gebleckte Zähne, die Konzentration in ihrer Mimik, die auf und ab wippenden Köpfe, unermüdlich. Sie jagen das Tempo weiter und weiter voran, und dann lassen sie plötzlich die Melodie fallen fallen fallen wie einen tonnenschweren Stein, der mit einem Knall den Boden berührt und für Stille sorgt.

Der Kreis löst sich auf, Füße scharren über den Boden, ein Glas zerbricht, die Hände verschwinden von meinen Schultern, und ich habe das Gefühl, als ob ich von einem hohen Gebäude senkrecht hinunterblicken würde, ohne Halt.

Jemand stützt mich, sonst wäre ich vornüber gefallen. Mir ist schwindelig, mein Blick ist unscharf. Ich greife um mich, fasse nach Stuhllehnen und Tischkanten. Jemand drückt mir ein Glas in die Hand. Ich leere es, ohne aufzublicken. Endlich sehe ich wieder klar und finde einen freien Stuhl. Ich setze mich und schäle die Jacke von meinem Körper. Keine Sekunde zu früh, denn der nächste Tanz hat eben begonnen, und wer steht, wird mit einbezogen.

Ich bleibe sitzen.

Die Lieder sind mir bekannt, meine Lippen formen die Worte, ein Gefühl von Nähe umschließt mich. Ich empfinde eine heiße, innige Verbundenheit mit diesen Menschen. Ich beginne zu klatschen, stampfe mit dem Fuß den Takt. Es ist ein betäubend angenehmer Rausch. Niemand wird hier und heute fragen, warum ich mich nicht an der Front befinde; niemand wird sich über meine Jugend wundern. Es wird auch niemand auf die absurde Idee kommen, den Krieg zu diskutieren oder sich Gedanken um die Zukunft zu machen. Hier ist Frieden. Die Zukunft liegt in der Luft, sie läßt sich atmen, sie erreicht jeden einzelnen von uns, und jeder einzelne von uns wird zu einem Teil von ihr. Ich sehe in den Gesichtern Spiegelungen meiner selbst. Es ist eine obskure

Reise durch die Vergangenheit – fremde Gesichter, die mich an bekannte Gesichter erinnern, Gesichter, die Emotionen auslösen und Trost spenden –, bis ich spüre, daß sich ein Kreis geschlossen hat. Erneut einer. Einer von vielen. Es geschieht in dem Moment, in dem das Mädchen an mir vorbeitanzt. Mit einem Lachen. Und ich stehe auf, um ihr zu folgen.

19

Natürlich erinnert sie sich nicht an mich, ich habe das auch nicht erwartet. Sie tut aber so, als ob sie sich erinnern würde, und stellt mir eine Frage, die jeder Idiot mit *Ja* beantwortet hätte.

– War das vielleicht im letzten Jahr?

Ich lache, streiche über meinen Schnurrbart.

– Der ist neu, sage ich.

– Ach.

Sie lächelt unsicher, ich sehe, daß sie wieder zurück in die Menge möchte. Ihr Gesicht ist gerötet, die Haut glüht von der Hitze und dem Sekt, die Pupillen sind groß und funkeln wie feuchte Murmeln. Sie trinkt hastig, leert in einem Schluck, wozu ich vier brauche.

– Ich habe an dem Tag deinen Ring gesehen und gefragt, ob du verlobt bist.

Sie nickt, ja, natürlich, daran kann sie sich erinnern, klar, aber ja. Der Ring ist noch immer an ihrem Finger, golden und einsam. Ich möchte meine Hand darüberlegen und ihr sagen, daß mir das nichts ausmacht.

– Ich heirate bald, sagt sie.

– Großartig!

– Ich bin auch schon schwanger.

Sie berührt ihren Bauch mit den Fingerspitzen ihrer linken Hand, als ob er eine zarte Seifenblase wäre.

– Gratuliere!

Ich beuge mich vor und rieche an ihrem Hals. Sie lacht auf und lehnt sich zurück, ihr Ellenbogen stößt das Sektglas zu Boden.

– He, was machst du da?

– Riechen. Riechen wie eine Mutter riecht.

– Eine angehende Mutter! korrigiert sie mich mit erhobenem Zeigefinger.

Und dann kommt meine Hand. Ich habe nichts unter Kontrolle, ich bin betrunken von der Nähe dieses Mädchens, von all den Kreisen, die mich umgeben. Ich will meine Finger genauso sanft

und sorgend auf ihren Bauch legen, wie sie es getan hat. Doch meine Hand landet im Schritt ihrer Jeans. Für einen verrückten Moment glaube ich, durch den Stoff hindurch ihre feuchte, verschwitzte Scham zu spüren. Sie ist erregt, sie ist erregt von mir, ich spüre es.
Das Mädchen schlägt mit der linken Hand zu, trifft mein Ohr, mein Kinn, den Hals. Ich sehe, wie ihre Augen aufflammen, und ich sehe die andere Hand, wie sie den ersten Schlägen folgt, und empfinde dabei eine beinahe perverse Faszination für meine Finger, die sich fester um ihre Scham schließen und drücken und pressen, als würden sie eine Frucht befühlen. Jemand lacht mein Lachen. *Aber das kann doch nicht ich sein, wie kann ich jetzt lachen?* Aber ich lache, während ihre Schläge härter werden und sie sich verzweifelt umblickt.
Wahrscheinlich wäre sie alleine mit mir fertig geworden, ich bin mir da nicht sicher. Auf jeden Fall bin ich erleichtert, als ein paar der Gäste sich einmischen. Ich lande im Schnee, keine Beleidigungen und keine Schläge mehr, nur ein kurzer Flug in das pudrige Weiß. Jemand stellt sich über mich und breitet meine Lederjacke über mir aus.
– Schlaf dich aus, Junge, sagt eine sanfte Stimme an meinem Ohr, und dann ist Ruhe.

20

Sollte ich tot sein, denke ich müde, *dann lohnt es sich nicht, tot zu sein.* Mit diesem Gedanken ziehe ich die Jacke enger um meine Schultern und lehne den Kopf gegen die Tür.
Wie auch immer ich es geschafft habe, in den Wagen zu kommen, es fehlt mir die Erinnerung daran. Ich spüre nur, daß ich eine Weile im Schnee gelegen haben muß, denn meine Kleidung ist naß und klebt kalt und unangenehm an meinem Körper.
Ohne den Alkohol im Blut wäre ich wahrscheinlich längst nicht mehr am Leben. Und jetzt, wo ich auf den Vordersitzen liege, zusammengekauert und frierend, stelle ich mir zum ersten Mal die Frage, ob sich die Mühe wirklich lohnt. Ob es Sinn macht, warm zu werden, zu reden oder durch die Gegend zu laufen, um einen neuen Tag zu erleben. Es ist alles so unglaublich anstrengend, daß ich mit dem Gedanken spiele, so lange in diesem Wagen liegenzubleiben, bis es mit mir vorbei ist. Erfroren. Tot. Weg.

Die Sonne weckt mich. Ich öffne die Augen und sehe durch die vereiste Windschutzscheibe. Schnee liegt auf den Bänken des *Plavi Dom,* reiner unberührter Schnee auf den Tischen. Eines der Fenster ist eingeschlagen, Papierschlangen hängen in Fetzen vor dem Eingang und erinnern an zerrissene Netze. Bier- und Weinflaschen haben als Basis für Feuerwerksraketen gedient und liegen jetzt umgekippt auf der Erde. Mein Atem steht starr in der Luft. Ich setze mich auf und kratze das Eis von der Innenseite der Windschutzscheibe.
Mein Auto ist das letzte, das sich auf dem Parkplatz befindet. Um es herum ziehen sich dunkle Reifenspuren durch den Schneematsch.
Es dauert eine Weile, bevor es mir gelingt, den Wagen zu starten, dann röhrt der Motor auf und die Reifen greifen. Ich gebe zuviel Gas und das Heck bricht aus. Ich lenke dagegen, komme auf matschigen Asphalt, auf dem der Wagen zitternd stehenbleibt, weil der Motor abgesoffen ist.

Ich lehne die Stirn auf das Lenkrad und atme tief durch. Ich friere und schwitze gleichzeitig. Mein Kopf ist voller Nebel und fühlt sich doppelt so groß an. In meinen Ohren ist ein hohes Pfeifen, und ich spüre ein Zerren an den Haarwurzeln. Zusammengekauert bleibe ich einige Minuten sitzen, bevor ich mich zusammenreiße und den Wagen erneut starte. Ich muß nach Hause. Ich muß ein Bad nehmen und dann schlafen. Schlafen, verdammt lange schlafen.

Die vereisten Straßen zwingen mich, nicht schneller als sechzig zu fahren, mehr traue ich mir eh nicht zu. Kroatien scheint zu Neujahr verlassen zu sein, kein Auto kommt mir entgegen. Erst als ich vor meinem Wohnblock halte, aussteige und den Wagen abschließe, begreife ich, daß ich nicht mit Josips Auto unterwegs gewesen bin. Der Wagen hier gehört Nenad.

Ich steige wieder ein, wende und fahre in die Stadt. Vor der Kirche stehen die Leute an, um den ersten Gottesdienst des neuen Jahres zu besuchen. Meine Mutter und meine kleine Schwester tun im Moment genau dasselbe. Sie frieren auf Holzbänken, Augen geschlossen und Gebete murmelnd, sie singen Lieder und sagen an den richtigen Stellen amen.

Nenad öffnet in Pyjamahose und mit blutunterlaufenen Augen. Seine Brust ist nackt und haarlos. Ich habe ihn mir nicht so dünn vorgestellt. Er steht barfuß auf dem Teppichboden und hält sich am Türrahmen fest, er neigt den Oberkörper leicht vor und blinzelt in den Tag hinaus. Es sieht nicht aus, als ob mein Kumpel überrascht wäre, mich vor seiner Tür zu sehen.

– Na, wer sagt's denn, der Branko.

– Ich habe deinen Wagen zurückgebracht, sage ich.

– Frohes neues Jahr, alter Freund! ruft er und zieht mich rein, Oder habe ich dir schon zum neuen Jahr gratuliert?

Ich kann mich nicht daran erinnern. Ich kann mich an sehr wenig erinnern, was in den letzten vierundzwanzig Stunden geschehen ist. Ich weiß noch, daß ich vor einem Spiegel stand und mich rasierte, der Rest ist verschwommen.

Nenad legt mir eine Hand um den Nacken und küßt mich auf die linke und dann auf die rechte Wange und wiederholt:

– Frohes neues Jahr!
– Hier, sage ich und krame den Wagenschlüssel aus meiner Hosentasche.
– War's schön?
– Was?
– Ob's schön war? Aber sag mal, du zitterst ja am ganzen Körper. Frierst du?
– Ein wenig.
– Nun komm schon rein. Ich mach dir einen Kaffee. *Issuse,* ist das da draußen kalt! Komm schon, komm schon rein.
– Könnte ich ein Bad nehmen?
– Du kannst duschen, ich habe keine Wanne. Na komm schon, steh nicht herum, Branko, stell dich an die Heizung.
Im Haus ist es so warm, daß mir das Atmen schwerfällt. Ich breche in Schweiß aus, zittere gleichzeitig von der Kälte in meinen Knochen und muß mich beherrschen, nicht mit den Zähnen zu klappern.
Nenad kommt aus dem Schlafzimmer und reicht mir ein Handtuch.
– Laß dir Zeit, spül dir die Kälte so richtig aus den Knochen, danach wird es dir besser gehen. Ich werde uns in der Zwischenzeit Kaffee und etwas zu essen machen. Eier mit Speck und Tomaten? Ich wußte doch, das würde dir gefallen.
Ich gehe in das Bad und schließe die Tür hinter mir. Als ich das Handtuch auf eine Stange gehängt habe, stelle ich mich unter die Dusche und halte mein Gesicht in den Wasserstrahl. Das tut gut, heißes Wasser auf kalter Haut, das tut so gut. Ich öffne den Mund und fange das Wasser auf. Jemand klopft. Ich drehe den Kopf, das Wasser läuft mir ins Ohr, von einem Ohr zum anderen. Ich habe noch nie etwas so Entspannendes gespürt. Ich schließe die Augen, als ich sie wieder öffne, steht Nenad vor mir.
– Branko?
Nenad greift an mir vorbei und stellt das Wasser ab, er packt mich an den Schultern.
– He, Kumpel, hörst du mich?
Ich höre ihn, kann aber nicht antworten. Ich würde gerne wissen,

warum er das Wasser abgestellt hat. Er ist keiner von den Geizigen. Vielleicht ist das Frühstück fertig. Oder er will auch mal duschen.
– Du auch? frage ich.
– Komm her, ich helf dir.
Er will mir aus der Dusche helfen, als wäre ich ein kleiner Junge. Ich sehe an mir herab und sage überrascht:
– Was habe ich an?
– Deine Sachen, *budala,* du stehst mit deinen Klamotten unter der Dusche.
– Meine Klamotten?
– Ich geb dir frische Sachen, steig schon raus.
– Wie komme ich hierher?
– Du hast mir den Wagen gebracht.
– Was?
– Den Wagen, meinen Wagen, weißt du das nicht mehr?
Nenad lacht, ich möchte mitlachen und spüre, wie meine Beine nachgeben. Das Zimmer bewegt sich mitsamt Nenad von mir weg. Ich verdrehe die Augen nach oben und sacke ohnmächtig auf die Fliesen.

21

Die nächsten drei Wochen verbringe ich mit Lungenentzündung bei Nenad im Gästebett. Er hat eine seiner Tanten kommen lassen, damit sie mich am Vormittag pflegt. Am Nachmittag werde ich von Stef umsorgt, der mir Tee und Suppe kocht, später am Abend sitzt Nenad neben dem Bett auf einem Stuhl, und wir plaudern. Josip und Tatjana schauen mehrmals vorbei, sie bringen Äpfel und Comics, und ich kann sehen, daß sie erleichtert sind, daß es jemanden wie Nenad gibt, der sich um mich kümmert.

Die Tage verwandeln sich zu einem trägen Brei in meinem Kopf, Zeit verliert völlig ihre Bedeutung, und als ich schließlich auf wackligen Beinen und mit einem Zittern in den Händen wieder auf die Straße trete, habe ich das Gefühl, besiegt worden zu sein. Ich will aufgeben, meinen Plan vergessen und mich anpassen. Hier leben, hier sterben. Ich bin kein sehr religiöser Mensch, und obwohl ich an Gott glaube, halte ich mich von der Kirche fern. In mir steckt ein urwüchsiger Aberglaube, und ich sehe meine Krankheit als ein Zeichen, daß ich auf den falschen Weg geraten bin.

In meiner Wohnung hat sich nichts verändert. Die Wände, die Möbel, meine Sachen, die Bücher. Nein, nichts ist anders. Ich bleibe am Fenster stehen. Auch die Häuser und Straßen sind gleich, der Winter hat dasselbe Gesicht, die einzige Veränderung hat in mir stattgefunden.

Ich schlafe in dieser ersten Nacht unruhig und erwache in der Kälte des Morgens in panischer Angst. Meine Hände sind in die Bettdecke gekrallt, ich habe die Beine so sehr angezogen, daß meine Knie schmerzen.

Ich habe von Ivanka geträumt.

Es ist ein wiederkehrender Fiebertraum, den ich während meiner Genesung in Nenads Haus mehrmals hatte. Nur eine flackernde Erinnerung ist mir davon geblieben und an diesem ersten Morgen in der Wohnung in meinen Schlaf zurückgekehrt.

In meinem Traum sehe ich Ivanka mit einem Pappkarton über dem Kopf am Straßenrand stehen und mir zuwinken. Ich halte an, und sie kommt zum Wagen, steigt aber nicht ein, sondern spricht durch das Fenster mit mir. Ich kurble das Fenster herunter, weil ich sie nicht verstehen kann.
Was? frage ich.
Nichts, antwortet sie.
Dann steige ich aus und sehe sie das erste Mal im Tageslicht. Es regnet nicht mehr, und ich will wissen, warum sie den Pappkarton über ihren Kopf hält, worauf Ivanka mir antwortet: *Es könnte wieder regnen.* Da muß ich ihr recht geben. *Wieso steigst du nicht ein?* frage ich sie, und Ivanka zuckt mit der Schulter, was soviel heißen soll wie, keine Ahnung, aber ich glaube, daß sie doch eine Ahnung hat. Also frage ich noch mal: *Wieso steigst du nicht ein?*, und erneut zuckt sie mit der Schulter und sagt dann, sie würde auf jemanden warten. Sofort verspüre ich Eifersucht. Ich spüre sie auch noch lange nach dem Erwachen und wünsche mir, der Traum hätte an dieser Stelle geendet.
Dem ist aber nicht so.
Ein Wagen kommt näher. Ein weißer Mercedes. Ich kann den Fahrer nicht erkennen, da die Scheiben getönt sind. Ivanka geht auf den Wagen zu, öffnet die Beifahrertür und steigt ein. Ich sehe ihren Umriß im Wageninneren, sie sitzt aufrecht neben dem Fahrer und nimmt den Pappkarton vom Kopf. Ich will hingehen und gegen die Scheibe klopfen, ich will ihr irgend etwas zum Abschied sagen. Ich will ihr sagen, daß ich fühle, daß ich etwas für sie empfinde. Ich kann ihr dieses Gefühl nicht erklären, aber ich will, daß sie es weiß. Doch ich bleibe, wo ich bin, stehe am Straßenrand und versuche, den Fahrer hinter den getönten Scheiben zu erkennen.
An dieser Stelle erwache ich immer, eine Sekunde nachdem sich Ivankas Silhouette zum Fahrer hinübergebeugt hat, um mit dem Kopf in dessen Schoß zu versinken. Der Mercedes fährt an und verschwindet, und ich erwache schweißgebadet und mit angezogenen Knien.

Hier und jetzt im kalten Licht des Morgens wird mir bewußt, daß der Traum genauso wie die Krankheit zu meiner Bestimmung gehört. Ich muß zu Ivanka.

22

Ich halte vor dem Haus und zerkaue zwei Aspirin, bevor ich aussteige und den Kragen meiner Lederjacke hochschlage. Ein eisiger Wind weht, kein Mensch ist mir auf der Straße begegnet. Es ist später Nachmittag, etwa eine Stunde vor der Dämmerung. Ich hätte früher kommen können, doch ich mußte Sachen erledigen, die sich in den Wochen meiner Krankheit angesammelt haben. Außerdem habe ich gehofft, daß Ivanka um diese Uhrzeit zu Hause ist. Wenn sie noch immer nachts kellnert, beginnt ihre Schicht spät.

Ich klingle länger als zu Neujahr, lehne mich regelrecht gegen den Klingelknopf. Niemand öffnet. Ich stelle mich an eines der Fenster und schirme die Augen ab, um besser hineinsehen zu können. Die Vorhänge sind zugezogen. Ich suche die Hintertür, umrunde dabei die danebenliegende Kirche, wobei ich auf den Pfarrer treffe. Ich nicke ihm zu, der Pfarrer nickt zurück und bleibt abwartend stehen. Ich murmle eine Entschuldigung und verschwinde.

Von jetzt an warte ich im Wagen.

Es wird dunkel. Die Abenddämmerung begräbt den Tag wie ein schwarzes Kissen unter sich. Mit dem leise gestellten Radio und der laufenden Heizung verstreichen die ersten zwei Stunden recht schnell. Ich hänge meinen Gedanken nach, werde dann doch nervös und verlasse den Wagen, um erneut zu klingeln.

Wieder nichts.

Ich gehe zum danebenliegenden Bauernhaus. Eine Frau ist gerade dabei, die Schweine zu füttern. Sie leert einen Eimer voller Küchenabfälle in einen Trog; das Licht einer 100-Watt-Lampe wirft ihre Umrisse dabei scharf und kantig auf den Schnee zu meinen Füßen.

– *Dobru večer!* Ich suche Ihre Nachbarin. Ivanka. Wissen Sie vielleicht, wo sie arbeitet, oder wann sie von der Arbeit zurückkommt?

– Die Ivanka?

– Ja.
– Die arbeitet nicht mehr.
– Die arbeitet nicht mehr?
– Nein, die arbeitet nicht mehr.
– Was …? Ich meine, wohnt sie denn noch nebenan?
– Ich denke schon.
– Dann ist sie zu Hause?
– Haben Sie geklingelt?
– Habe ich.
– Und?
– Sie macht nicht auf.
– Dann ist sie vielleicht nicht zu Hause.
– Vielen Dank. Hat Sie Verwandte hier?
– Wer?
– Ivanka.
– Die Ivanka? Ihre Mutter lebte hier. Das ist lange her. Sie hat einen Onkel. Er hat auch hier gelebt. Das ist nicht so lange her.
– Ansonsten niemand?
– Niemand.
– Vielen Dank für die Hilfe.
Die Frau wendet sich ab, schwingt den Abfalleimer wie einen Korb und betritt das Bauernhaus. Ich kehre zum Eingang zurück, fahre mir durch die Haare und lehne mich gegen die Klingel.
Ich weiß, ich kann schlecht die Nacht vor ihrer Tür verbringen, aber ich könnte ihr eine Nachricht schreiben. Nein. Ich verwerfe den Gedanken. Eine Nachricht ist nicht genug. Ich will sie sehen, darum geht es mir.
Ich verbringe eine weitere Stunde im Wagen. Die Heizung läuft, und das Radio lenkt mich ab. Meine Augen tränen vom Zigarettenrauch und weil ich die Haustür unentwegt anstarre, als könnte ich Ivanka durch reine Gedankenkraft dazu bringen, sie zu öffnen.
Die Fenster bleiben dunkel, nichts geschieht.
Ich sehe am Haus hoch. Der Kamin der Nachbarn speit weißen Rauch, der von Ivanka tut nichts. Ich gehe ein letztes Mal auf die Tür zu, klingle und klopfe, dann drücke ich wütend auf die Tür-

klinke. Die Tür ist unverschlossen. Mein Lachen hallt laut auf der verlassenen Straße.
Ohne mich umzusehen, betrete ich das Haus.

Im Inneren ist es überraschenderweise kälter als draußen. Es ist in dem Haus sogar kälter als in meiner Wohnung, wenn ich nach der Spätschicht heimkomme. Ich bin mir sicher, das Haus ist verlassen, und zwar länger als nur für ein paar Tage. Ein abgestandener Geruch nach Staub und Kohle liegt in der Luft.
Ich schalte das Licht in der Küche an und finde stehengelassenes Besteck, einen Teller mit einem Stück Fleisch darauf, Kartoffeln mit Soße, Porree. Das Messer lehnt am Tellerrand, die Gabel liegt auf dem Tischtuch, Zinken nach oben. Ein Glas steht neben dem Teller, es hat einem stumpf glänzenden Rest auf dem Boden. Ich rieche daran, es ist Wein. Auf einer Kommode befinden sich eine Vase mit verwelkten Blumen, eine Handtasche, eine alte Ausgabe von *Arena* und aufgeschlagen die Tageszeitung *Vjesnik*.
Ich beuge mich darüber und lese das Datum in der oberen rechten Ecke.
9. Januar, 1993.
Heute ist der zweiundzwanzigste.
Ich sehe mir die Seite an, die Ivanka gelesen haben muß, bevor sie ging. Milosevic hat den Bürgerkrieg für beendet erklärt. Niemand nahm diese Lüge ernst. Ich tippe das Fleisch und die Kartoffeln mit dem Zeigefinger an. Sie fühlen sich an wie aus Gummi.
Im Wohnzimmer steht ein winziger Fernseher, ein Sofa und zwei ausgefranste Sessel. Ein Schränkchen ist gefüllt mit Liebesromanen, auf einer Kommode liegen Briefe und ein Schlüsselbund.
Ich finde Ivanka im Schlafzimmer, sie hängt von dem fünfarmigen Kronleuchter herab. Ich brauche das Licht nicht anzumachen, um mich zu versichern, daß sie es ist. Reglos stehe ich im Türrahmen und starre auf ihre Beine. Sie trägt Perlonstrümpfe, eine Laufmasche zieht sich von einem ihrer Knöchel hoch zum Knie. Es ist ein trauriger Anblick. Ich will hineingehen und ihr die Strumpfhose ausziehen, damit sie keiner mit diesem Makel entdeckt, doch ich bleibe, wo ich bin. Das Licht aus der Küche legt

mir meinen Schatten vor die Füße, er streckt sich bis in das Schlafzimmer hinein, erreicht Ivanka aber nicht. Ich bleibe stehen, ich gehe keinen Schritt näher.

Stunden später, als ich in meinem Bett liege und mit offenen Augen in die Dunkelheit starre, sehe ich sie im Regen. Ich sehe den Pappdeckel über ihrem Kopf. Die Farbe ihrer Haare. Die bestimmte Weise, in der sie den Kopf neigt. Das Pflaster auf ihrem Handrücken. Ich höre sogar das Trommeln der Regentropfen auf dem Autodach. Ich rieche den Kneipengeruch auf ihrer Haut. All diese Details sind deutlich und klar, das einzige, was ich nicht mehr rekonstruieren kann, ist Ivankas Gesicht. Ich habe es verloren.

Dritter Teil

Sommer

23

– Mensch, bei dir stimmt doch was nicht, dafür bekomme ich anderswo zwei Stangen.
Der Junge hebt die Schultern und nickt, klar, das wüßte er, zwei Stangen, ja.
– Das hier sind aber Camels!
– Blöd bin ich nicht, klar sind das Camels.
– Aber die hier …
Der Junge schüttelt die Stange.
– … die kommen aus Deutschland, verstehst du, die sind 1 A. Direkt aus München.
Ich fahre mir durchs Haar, trete von einem Fuß auf den anderen und tue so, als ob ich nachdenken müßte. Der Junge ist höchstens vierzehn, ich könnte ihm eine scheuern und ihn nach Hause jagen.
– Woran soll ich erkennen, daß die aus Deutschland sind? frage ich.
– Schau dir doch mal die Verpackung an.
Der Junge reicht mir eine der Schachteln. Ich drehe sie hin und her. Sie sieht aus wie eine von denen, die für die Hälfte des Preises an der österreichischen Grenze zu haben sind.
– Die sind nicht aus Deutschland, stelle ich fest.
– Was?! Spinnst du jetzt völlig, Mann?!
Der Junge weicht einen Schritt zurück.
– Ich reiß mir hier den Arsch auf, dir eine wirklich erstklassige Stange Camels zu besorgen, und du sagst mir offen ins Gesicht, die sind nicht aus Deutschland? Wo sollen die denn sonst herkommen? Was denkst du, wo ich die herhabe, mh? Was denkst du? Selbst gedreht oder was?
Der Junge wendet sich ab. Er wird die Camels auch woanders los, das ist kein Problem. Auch wenn er mit dem Preis runtergeht, loswerden wird er sie immer. Auch ich bin mir dessen bewußt und sage:
– Laß mich eine probieren.

– Was? Was willst du? Bin ich die Wohlfahrt? Gehst du in ein Restaurant und kostest, bevor du bestellst?
Der Junge winkt ab.
– Wo hast du sie aufgetrieben? frage ich.
– Hat mir mein Cousin aus München mitgebracht, hat sie im Polster einer Sofagarnitur rübergeschmuggelt. Dreihundert Stangen direkt aus Deutschland, unverzollt. Mann, das hier ist klasse Ware.
Er reicht mir die Stange, ich wiege sie in meiner Hand.
– Also ich weiß nicht, was ich davon halten soll, sage ich zögernd, Aber die sehen verdammt noch mal so aus, als ob sie aus Österreich kommen.
– Du bist ja irre, sagt der Junge und spuckt aus. Ich weiß, daß er jeden Moment nach der Stange greifen und davonrennen wird. Sein Körper ist angespannt, er sieht sich um. Wir haben uns auf dem Handballplatz am Schwimmbad getroffen, kaum jemand läßt sich um diese Uhrzeit hier blicken. Ich greife mir seinen Arm und kann die Angst in seinen Augen sehen.
– *Šta hóces još?* fragt er, als ob er nicht genau wüßte, was ich will, Dich könnte doch nicht mal Jesus überzeugen.
– Mensch, laß doch Jesus aus dem Spiel.
– Verdammt, was bist du nur für ein komischer – – –
Ich unterbreche den Jungen, indem ich ihm sein Geld in die Hand drücke und sage:
– Ich nehme die Stange.
Wir trennen uns ohne ein weiteres Wort. Der Junge vergräbt die Hände in seinen Hosentaschen und verschwindet die Straße hoch in die Innenstadt, während ich mich an das Geländer lehne und mir erst mal eine *Opatija* anzünde. Auch wenn ich weiß, daß die Camels hundertprozentig aus Österreich kommen, sind sie den Preis wert. Ich habe lange auf sie gewartet, jetzt habe ich sie, und darauf kommt es an. Stil ist wichtig.
Ein Pärchen schlendert vorbei. Er hat seine Hand in ihre hintere Hosentasche gesteckt, sie kann mir nicht in die Augen sehen und lehnt den Kopf an seine Schulter. Ich lasse sie vorbeilaufen, trete die Zigarette aus und nehme den Umweg durch die Stadt. Für

einen Augenblick bleibe ich stehen, als mich jemand um Feuer bittet, biege dann an der Kreuzung links in die *ulica* Petra Zrinskog ein, lasse den *autobusni kolodvor* rechts liegen und erreiche meinen Wohnblock, ohne daß mir jemand begegnet.

Das Hochhaus ist in einem schlimmeren Zustand als das von Josip und Tatjana. Es riecht feucht, die Wände sind beschmiert, Mülltüten stehen neben den Wohnungstüren. Der Fahrstuhl ist noch immer außer Betrieb. Ich nehme die Treppe, jeweils zwei Stufen auf einmal, Bauchmuskeln angespannt, die neun Stockwerke sind das ideale Training. Im sechsten Stock ist eine der Mülltüten umgekippt und hat vier Katzen angelockt. Sie fressen ungestört weiter und zerren Dosen und Joghurtbecher aus der Tüte hervor. Ich steige über sie hinweg und nehme meinen Schlüssel aus der Hosentasche.

Mein Hemd ist durchgeschwitzt, unter den Achseln haben sich dunkle Flecken gebildet. Ich hänge das Jackett über einen Stuhl und stopfe das Hemd in den Wäschekorb. Obwohl es Hochsommer ist, gehe ich nicht ohne Jackett auf die Straße.

Die Mausefalle in der Speisekammer ist leer, auch hinter der Badewanne liegt nichts. Ich beuge mich vor und sehe unter das Bett. Diese Falle ist verschwunden, die Maus hat sich mit ihr bis unter den Nachttisch geschleppt, eine verschmierte Blutspur führt dorthin. Ich stoße das Tier mit einem Besenstiel heraus. Die Schnauze ist halb geöffnet, die winzigen Zähne gebleckt und Millimeter von dem Köder entfernt – einem blassen, verstaubten Stück Apfel.

Ich öffne die Wohnungstür, biege die Klammern der Falle auseinander und lasse den Kadaver in den Hausflur fallen. Die Katzen werden sich darum kümmern.

Während das Wasser in die Wanne läuft, rasiere ich mich und schneide herausstehende Nasenhaare weg. Mein Schnurrbart ist ordentlich gestutzt, die Haare im Nacken sind noch kurz genug. Ich sehe mein Seitenprofil an. Ich bin zufrieden.

Ein weinrotes Hemd hängt vor dem Badezimmerfenster und wird von einer leichten Brise bewegt. Der Kragen ist gestärkt, das Hemd von Tatjana gewaschen und gebügelt, die Manschettenknöpfe liegen auf dem Wohnzimmertisch. Eine beige Bundfalten-

hose wartet auf dem Sofa, dazu farblich passende Strümpfe und meine Lackschuhe. Ich reiße einen schwarzen Slip aus der Plastikverpackung und lege ihn neben die Hose auf das Sofa, dann strecke ich mich und lasse meinen Kopf im Nacken hin- und herrollen.
Das Zimmer wirkt im Sonnenlicht besonders schäbig. Eingetrocknete Wasserflecken ziehen sich von der Decke die Wände herab und bilden skurrile Muster. In der Küche hat es irgendwann ein Feuer gegeben, und da es sinnlos ist, die rußigen Stellen neu zu streichen, hängt dort jetzt ein Plakat von Zadar – das kobaltfarbene Meer und einige Schiffe mit bunten Fahnen an den Masten. In der Wohnung ist der gesamte Boden mit Linoleum ausgelegt. Als ich einzog, befand sich im Wohnzimmer ein Teppich, den ich auf den Müll warf, weil er voller Flöhe war.
Ich fülle ein Glas mit Wasser, setze mich auf den Rand der Wanne und warte, daß sie volläuft. Ich rauche eine Zigarette und sehe an meinem weinroten Hemd vorbei aus dem Fenster auf die Stadt hinaus. Es ist zwar nicht Zagreb, aber es ist auch kein Kuhkaff. Josip hat auf seine anstrengende Art und Weise recht behalten. Križevci entwickelt sich wirklich interessant, und ich habe vor, von dieser Entwicklung zu profitieren. Der Lohn, den mir Mirko zahlt, wird nie für meinen Plan ausreichen. Križevci und sein Tourismus werden mich meinem Ziel näher bringen.
Nach dem Bad ziehe ich mich an und pomadiere mein Haar. Draußen dämmert es. Der Duft von geröstetem Paprika liegt in der Luft. Ich esse im Stehen ein Stück Brot mit *ajvar* und trinke ein Glas Milch dazu. Ich sehe ein letztes Mal in den Spiegel und streiche mir zufrieden über den Schnurrbart. Meine Haare wirken wie gewachst. Ich knöpfe das Hemd ein weiteres Loch auf, blecke die Zähne und muß für einen Moment an die Maus in der Falle denken. Es gibt schlimmere Schicksale. In einem Kaff wie Križevci zu bleiben gehört dazu.

Eine Gruppe von Kindern sitzt quatschend auf der Eingangstreppe und verstummt, als ich das Hochhaus verlasse. Sie rutschen zur Seite, damit ich vorbei kann. Für sie bin ich noch im-

mer der Neue, keiner kennt mich wirklich. Über ein halbes Jahr ist vergangen, und ich sehe noch immer keinen Grund, mich mit irgend jemandem aus der Gegend anzufreunden.
– *Kako ste?*
Die Kinder zucken mit den Schultern, ich habe auch keine ernsthafte Antwort erwartet.
Auf dem Teerplatz neben den Garagen spielen ein paar Jungen Basketball. Das Dribbeln hallt von den Häuserfassaden wider und klingt, als würde jemand einen Sandsack bearbeiten. Wann immer der Ball den Metallrand des Korbes trifft, erklingt ein sirrender Laut.
Drei Mädchen kommen auf mich zu und ziehen einen Welpen hinter sich her. Der Welpe versucht, sich aus dem Halsband zu befreien, und eines der Mädchen tritt ihm lachend in den Hintern. Eine Frauenstimme ruft von oben herunter, aber keiner reagiert. Ich bleibe stehen und lege den Kopf zurück. Es ist niemand zu sehen. Eines der Mädchen hält sich die Hand vor den Mund und lacht, die anderen Mädchen schauen zu mir rüber, sie werden rot und gehen schnell weiter. Ich habe nicht gehört, worüber sie gesprochen haben.
Es gefällt mir, bei solch einem Wetter unterwegs zu sein. Die abendliche Atmosphäre summt vor Energie, überall herrscht Spannung. Ich fühle mich irgendwie französisch. Wenn aus dem Nichts der Eiffelturm auftauchen würde, wäre ich nicht überrascht. Ich schlendere zur Stadtmitte, die linke Hand in der Hosentasche, in der rechten die Zigarette.
Der Popcornstand gegenüber vom Standesamt ist geöffnet, daneben steht eine Getränkemaschine. Der Verkäufer sitzt auf einem Hocker dazwischen und liest Zeitung. Die Getränkemaschine ist auf einer Höhe mit seinem Gesicht und pumpt eiskalte Limonade gläserne Wände hoch. Das Orange der Limonade läßt die Haut des Verkäufers wächsern erscheinen.
– *Dobru večer,* sage ich.
– *Dobru večer,* antwortet der Verkäufer.
Als ich am Park vorbeikomme, sind die Bänke besetzt mit Jungen, die auf den Lehnen sitzen, rauchen und reden. Zwischen ihren

Füßen stehen Bierflaschen, Zigarettenschachteln beulen die Ärmel der T-Shirts aus. Die vorbeilaufenden Mädchen bleiben stehen und lassen sich Feuer geben. Ihr Lachen perlt durch die Luft, ihre Stimmen ertrinken darin. Ich erinnere mich an das Gefühl. Es ist egal, was die Mädchen zu sagen haben, es ist nur wichtig, daß sie da sind.

Vor dem *Putnik* begleitet sich ein Hippie selbst auf der Gitarre, während aus den Boxen über ihm leise ein Schlagersänger von der Rose singt, die er heiß und innig liebt. Ich setze mich an einen freien Tisch und bestelle *kavu* und ein *gemišt*. Ich streiche mir das Haar an den Schläfen zurecht, schlage das linke über das rechte Bein und betrachte mein Spiegelbild im Schaufenster des Schuhladens gegenüber. Ich würde viel für ein Muttermal oder einen winzigen Leberfleck auf der Wange geben. Eine Narbe wäre auch nicht schlecht.

In den letzten zwei Monaten haben sie im Kino einige Filme mit De Niro gebracht. Ich habe sie alle gesehen und studiert wie meine deutschen Lehrbücher. Am meisten beeindruckten mich *Taxi Driver* und *Raging Bull*. Wenn man es von mir verlangen würde, dann könnte ich die Rollen problemlos nachspielen.

– *Hvala.*

Die Kellnerin verschwindet mit dem Tablett. Ich trinke den Kaffee, spüle mit einem Schluck Wasser nach und nehme danach das Glas kalten Weißweins in die Hand. Ein feuchter Ring bleibt auf dem Plastiktisch zurück. Ich nehme einen Schluck und stelle das Glas wieder genau auf den Ring. Ein Mädchen am Tisch schräg gegenüber beobachtet mich schon eine ganze Weile und schaut hastig auf ihre Hände, als ich ihren Blick erwidere.

Ich warte, daß sie wieder aufsieht. Ich habe Zeit.

Eine Schlange von Leuten wartet, um in die Disco eingelassen zu werden. Ich wäge ab, was ich tun soll. Es ist recht früh, das *Vuk* wird erst ab elf richtig voll, es lohnt sich nicht, jetzt schon hineinzugehen.

Im Kino spielen sie die grob geschnittene Version eines schwedischen Pornos. Eine Frau hat sich als Mann verkleidet und auf einem Schiff angeheuert, um von zu Hause abzuhauen. Natürlich entdecken sie die Matrosen und lassen die Frau dafür bezahlen. Ich bekomme die letzte Dreiviertelstunde mit. Im Foyer habe ich mir eine Tüte mit Kürbiskernen gekauft und esse sie, während ich mir das Gebumse ansehe. Ein Typ rechts von mir masturbiert, ein anderer zwei Reihen davor ist eingeschlafen.

Es sind wenige Frauen im Kino. Sie lehnen an den Schultern ihrer Begleiter, die stocksteif und erregt sind, aber sich geben, als ob sie das Ganze albern finden würden. Manchmal verschwinden die Köpfe der Frauen, und während sie ihren Begleiter befriedigen, starrt dieser konzentriert nach vorne und verhält sich, als ob er alleine ins Kino gegangen wäre.

Ich habe Nenad für heute abgesagt und vertraue darauf, daß er nicht allein in den *Vuk* kommt. Es ist auch ausgeschlossen, daß wir uns rein zufällig hier im Kino treffen. Meine Ruhe ist mir wichtig geworden.

Bevor ich das Kino verlasse, wasche ich mir die Hände und prüfe meine Frisur im Spiegel.

Die Schlange vor der Disco reicht jetzt bis auf die Straße. Autos auf der Suche nach Parkplätzen fahren vorbei, ein Säufer quatscht die Leute an und wandert die Reihe auf und ab. Ich gebe ihm etwas Kleingeld, der Säufer spuckt aus und läßt mich stehen.

Fünfzehn Minuten vergehen, bevor ich am Eingang ankomme. Ich nehme mir die Zeit, die Leute vor mir zu beobachten. *Vuk* ist eine Touristendisco, die nur im Sommer geöffnet hat und hauptsächlich Ausländerinnen zwischen dreißig und vierzig anzieht. Der Großteil kommt aus Deutschland, England und Holland, manchmal ist eine von diesen winzigen Chinesinnen dabei, schwedische Frauen habe ich noch nicht gesehen.

Niemand, den ich kenne, befindet sich in der Schlange. Der Türsteher grüßt mich mit Namen und winkt mich durch. Wie Nenad so schön sagen würde, es ist Partytime.

24

Ich stelle mein Glas auf dem kniehohen Tisch ab und lehne mich zurück. Die Tanzfläche ist von meinem Platz aus gut zu überschauen, gleichzeitig bin ich hier den Blicken der Tänzer ausgeliefert. Es ist ein Nehmen und Geben. Schau an, wer kommt, schau an, wer geht – und schau dir an, wer sitzt, schau dir an, wer schaut.

Ich sitze breitbeinig in dem Ledersessel, Arme auf den Lehnen, Hände ineinander verschränkt, und nehme erst nach einer Weile die Zigaretten aus der Innentasche meines Jacketts. Als ich mir eine herausgeklopft habe, gebe ich mir Feuer und lege die Schachtel auf den Tisch neben mein Glas und das Feuerzeug auf die Schachtel. Camel & Zippo. Souverän.

An meinem kleinen Finger prunkt der Siegelring meines Vaters. Ich spreize den Finger beim Trinken ab. Whiskey auf Eis. Danach ein Schluck Wasser und die obligatorische Serviette.

Mir ist eine mollige Blondine aufgefallen. Sie ist in meinem Alter und tanzt mit einer Frau, die um die vierzig sein muß. Es überrascht mich, daß die zwei sich von den Bewegungen her ähneln, wahrscheinlich schlafen sie im selben Bett und sind Lesben. Ich kenne das bei Pärchen. Kaum sind sie einen Monat zusammen, gewöhnt sich der eine die Eigenarten des anderen an. Die Sätze werden auf dieselbe Weise betont, sogar das Lachen ähnelt sich. In unserer Familie ist es nicht anders. Meine Schwester spiegelt meine Mutter, wahrscheinlich bin ich das Abziehbild meines Vaters.

Je länger ich mir die zwei Frauen ansehe, um so sicherer bin ich mir, daß sie keine Lesben sind. Während ich überlege, was so besonders an ihnen ist, legt die jüngere den Kopf schräg und sieht in meine Richtung.

Mutter und Tochter.

Ich bestelle ein zweites Glas und spitze den Mund, als ob ich nachdenken müßte. Ich denke nicht nach, ich beobachte. Die Blondine hat einen kräftigen Arsch, das gefällt mir, kräftiger

Arsch und ausladendes Becken, da kann man sich dran festhalten. Auch bei der Mutter fehlt nichts – schwere, große Brüste und Schmollmund. Sehr interessant.
Außer den zwei Frauen fällt mir eine Dunkelhaarige auf, die mit einer Gruppe von Leuten herumsteht und immer wieder auf die Tanzfläche hinausrennt, als würde sie jeden Song kennen. Ich fixiere ihre Begleiter. Schmächtige Jungs, die sich an ihren Bierflaschen festhalten und einander bei jedem Witz anrempeln. Ich sehe mir die Dunkelhaarige genauer an. Sie ist auf Abenteuer aus. Engländerin oder Deutsche.
Genau mein Fall.
Ich stehe auf und nähere mich der Tanzfläche, als ob sie mir gehören würde. Ein leicht schwingender Gang, der Körper Rhythmus und Stimmung sondierend, das Hemd bis zum Brustbein geöffnet, keine Goldkettchen oder sonstiger Schmuck, nur samtschwarzes Brusthaar – wenig, dafür aber gut sichtbar. Ich weiß, was die Frauen wollen.
Ich schiebe mich durch die Menge, bis mich nur noch ein Pärchen von der Dunkelhaarigen trennt. Sie hat die Augen geschlossen, ihre Haare hängen ihr ins Gesicht, sie ist vertieft in die Musik und sieht dabei weniger sinnlich als dämlich aus; eine von den Abgedrehten, die beim Sex von Gott reden und danach weinen. Kein Problem für mich.
Ich werde ihr Gott sein.

Ich umrunde das Pärchen und stehe schließlich vor der Dunkelhaarigen. Ich warte, daß sie die Augen öffnet, warte auf die Wirkung, die meine Männlichkeit auf Frauen hat. Mir fehlt zwar die Statur eines Bodybuilders, mir fehlen auch die Merkmale eines Beaus, dafür bin ich mir aber meines Auftretens sicher. Eine Frau bemerkt das.
In den Monaten, nachdem ich Ivankas Leiche entdeckt habe, bin ich mit jedem Tag mehr und mehr erwacht. Es gab nur noch das Vorwärts, es gab kein Zurückblicken mehr. Vergiß Omen und Zeichen. Ich gehe jetzt direkt auf mein Ziel zu, und sollten sie mich von links oder rechts unter Beschuß nehmen, ich werde

weitergehen, unaufhaltsam. Und das heißt morgens sechzig Liegestütze, mittags sechzig, abends dasselbe. Kein Fett mehr, kein übermäßiger Alkohol. Ich habe nicht nur meinen Lebensstil, sondern auch den Job gewechselt. Ich bin vom Lastwagen in die Schlachterei umgestiegen. Dort stemme ich jeden Tag Fleisch, nehme die ausgeweideten Rinderhälften vom Haken und bringe sie in die Kühlräume. Mirko hat mir bessere Arbeit angeboten und wollte mich zum Schlachter ausbilden, aber ich habe dankend abgelehnt. Sich abrackern ist genau das, was ich brauche, um in Form zu bleiben. Sobald es bequem wird, beginnt die Nachlässigkeit, und das möchte ich nicht. Aus mir ist eine Mischung zwischen Verlierer und zäher Hund geworden. Meine Augen wirken immer müde, und das ist ein Attribut, das besonders bei den Frauen ankommt. Ein anderes Attribut sind meine Schultern oder die Art, wie ich das Kinn vorschiebe oder meinen Mund nachdenklich spitze. Mir entgeht nichts. Ich habe vor dem Spiegel geübt; ich weiß, woran ich bin.
Bevor die Dunkelhaarige ihre Augen öffnet, falle ich ihr entgegen. Mein Gesicht stößt gegen ihre Brüste und rutscht zum Bauch herunter, während sie nach hinten fällt. Arme helfen uns auf. Als ich wieder stehe, lächelt mich die mollige Blondine entschuldigend an. Sie hält meinen rechten, ihre Mutter meinen linken Arm. Meine Ferse schmerzt, wo sie mir reingetreten ist.
– Das tut mir leid, sagt die Mollige auf deutsch, I'm really sorry, fügt sie hinzu.
Ich beachte sie nicht und sehe mich nach der Dunkelhaarigen um, die einige Meter entfernt wieder tanzt, Augen erneut geschlossen, als ob nichts geschehen wäre. Verdammte Schlampe.
– Es tut mir leid! wiederholt die Mollige, als wäre ich schwerhörig, I'm so, so sorry.
– Ich verstehe das.
– Sie sprechen Deutsch?!
Ich hebe bescheiden die Schultern, als ob es das Natürlichste dieser Welt wäre, in einem Nest wie Križevci deutsch zu sprechen.
– Mein Cousin lebt in Deutschland, sage ich.

Die Mutter mustert mich. Sie ist zwar größer als ihre Tochter, reicht mir dennoch nur bis ans Kinn.
– Sie haben Verwandte in Deutschland?
– Einen Cousin in Berlin. Berlin?! Die große Stadt!
Die zwei Frauen lachen, ich lache mit ihnen, dann zeige ich in die Luft und wirble mit den Fingern, um auf den Lärm aufmerksam zu machen.
– Wollen Sie sich nicht setzen?
Ich führe sie an meinen Tisch, wo sich drei Jungs fläzen und Cocktails trinken.
– Verpißt euch, sage ich auf serbokroatisch.
– Wer hat dich denn an den Eiern? fragt einer der Jungen.
Ich gebe ihm eine Kopfnuß.
– Hau ab.
Sie stehen auf, wanken ein wenig, überlegen sich die ganze Sache und verschwinden. Die Frauen nehmen Platz. Ich werfe meine Camels auf den Tisch und winke der Bedienung.
– Trinken Sie mit mir einen Whiskey auf Eis?
– Nein, vielen Dank, nur ein Mineralwasser.
– Ich nehme einen Martini.
Ich gebe die Bestellung auf, blicke dann die zwei Frauen an und beuge mich so weit vor, daß meine Ellbogen auf dem niedrigen Tischrand zu liegen kommen.
– Und wo kommen Sie her?
– Wir sind aus Nürnberg. Das ist auch in Deutschland, erklärt die Mutter.
– Daher kommen die Nürnberger Lebkuchen, fügt ihre Tochter hinzu, Aus Nürnberg.
Ich nicke und schätze die Tochter auf achtzehn, allerhöchstens zwanzig, die Mutter ist um die vierzig, da habe ich mich nicht getäuscht.
– Sie sind Mutter und Tochter, ja?
Beide lächeln und nicken.
– Seit wann sind Sie hier?
– Den dritten Tag. Wir machen Ferien. Sommerferien.
– Ich bin Ivo, sage ich und reiche der Mutter die Hand.

– Mathilda. Das ist meine Tochter Anne.
Ich behalte die Hand der Mutter länger als nötig in meiner, ich sehe ihr dabei in die Augen, auch während sie ihre Tochter vorstellt, weicht mein Blick nicht von ihrem.
Die Getränke kommen, wir stoßen an. Mathilda und Anne nehmen Zigaretten von mir, bedanken sich für das Feuer und schauen beim ersten Zug auf die Tanzfläche.
– Mögen Sie die Stimmung hier?
– Ja, sehr, sie hat etwas Uriges an sich, antwortet Mathilda. Ganz besonders, wenn Folklore gespielt wird und die jungen Leute miteinander tanzen. So was sieht man nicht oft.
Wir schweigen einen Moment, dann fragt Anne, woher ich komme. Ich erzähle, woher ich komme und was ich arbeite. Ich spinne eine glaubwürdige Geschichte zusammen, weite sie aus und betone einzelne Stellen mit dem Heben meines Glases.
Als die Frauen von sich erzählt haben – die Tochter mehr als die Mutter, weil die Mutter ihre Augen nicht von diesem südländischen Kerl nehmen kann –, bestelle ich eine zweite Runde.
– Auf Ihr Wohl! sage ich.
Die Frauen heben die Gläser, Mathilda ist auf Rotwein umgestiegen, wir stoßen an. Dann erklärt Anne, sie müßte auf die Toilette. Ich zeige ihr den Weg. Sie läßt uns allein. Mathilda hustet, ich leere mein Glas und behalte einen Eiswürfel im Mund. Mathilda nimmt sich eine zweite Camel und stellt fest:
– Sie erinnern mich an einen Schauspieler.
– Film?
– Ja, einen Filmschauspieler. Irgendwie … italienisch. Kennen Sie vielleicht Robert De Niro?
Ich schüttle den Kopf und höre zu, wie Mathilda von De Niro schwärmt. Sie drückt ihre halbgerauchte Zigarette aus und nimmt sich eine dritte aus meiner Schachtel. Ihre linke Hand liegt dabei auf dem Tisch und spielt mit einem Bierdeckel. Ich betrachte die unruhigen Finger und lege schließlich meine Hand darüber.
– Sie wohnen im Hotel?
Im ersten Moment will sie ihre Hand zurückziehen, läßt sie dann aber doch unter meiner liegen.

– Was?
– Wohnen Sie im Hotel?
Mathilda schluckt, nickt, die Zigarette zittert zwischen Zeige- und Mittelfinger. Sie sieht sich nach ihrer Tochter um, spürt das Gewicht meiner Hand auf ihrer.
– Ich werde Sie glücklich machen, sage ich, Ich werde Sie zur Frau machen, wollen Sie das?
Mathilda zieht ihre Hand weg und rutscht mit dem Ledersessel nach hinten.
– Sagen Sie mal ...
Ich zerbeiße den Eiswürfel und lecke mir über die Vorderzähne, ohne den Mund zu öffnen. Nachdem ich mich zurückgelehnt habe, verschließe ich die Hände im Nacken. Ihr Blick fällt auf meinen Schritt, wo der Stoff der Hose spannt und sich mein Schwanz deutlich abzeichnet.
– Also? frage ich.
So sitzen wir beide, abwartend. Ich warte auf eine Antwort, Mathilda auf ihre Tochter. Zwei Minuten später ist alles vorbei, Anne ist von der Toilette gekommen, ihre Mutter klagt über Kopfschmerzen, und Anne schlägt vor, in das Hotel zurückzugehen. Ich zahle die Rechnung, Mathilda zieht sich ein seidenes Jäckchen über, ihre Tochter lächelt mir zu.
– Es war nett, Sie kennenzulernen, Ivo.
– Soll ich Sie zum Hotel begleiten? frage ich.
Bevor die Tochter darauf antworten kann, bedankt sich auch ihre Mutter und sagt, es wäre sehr nett, wenn ich mit ihnen zum Hotel spazieren würde.
Auf dem Weg nach draußen geht sie vor mir, und ich lege ihr im Gedränge die Hand auf den Hintern und schiebe sie zwischen ihre Beine. Anne läuft hinter mir und sieht nur meinen Rücken. Wahrscheinlich denkt sie, wie schön es ist, einen Einheimischen kennengelernt zu haben. Und Mathilda beißt in diesem Moment garantiert die Zähne zusammen. Ich kann sie spüren, die Anspannung zwischen ihren Schenkeln.

Vor der Disco ist es überraschend kühl, wenig Leute sitzen auf den Terrassen der Cafés, die Parkbänke sind durchweg leer, vereinzelt laufen Pärchen Arm in Arm vorbei.
Das Hotel ist hundert Meter vom Zentrum entfernt. Auf dem Weg dorthin kaufe ich den Frauen an einem Stand Eiswaffeln, für mich ein Hot Dog mit Senf. Als wir vor dem Hotel ankommen, fragt sich Mathilda laut, warum sie die Disco überhaupt verlassen haben.
– Mir geht es schon besser, sagt sie, Die Kopfschmerzen sind verschwunden.
– Das liegt am Eis, erkläre ich.
– Ich könnte auf der Stelle einschlafen, sagt Anne.
– Wieso gehst du nicht schon rauf? Ich komme bald nach. Ivo und ich trinken vielleicht noch einen Cocktail, nicht?
Ich nicke, hebe die Schultern, klar, kein Problem.
Das Hotel hat eine in grau und rot gehaltene Lobby, von der aus zwei Schwingtüren zu dem luxuriösen Speisesaal führen, in dem zu Neujahr die Silvesterparty stattgefunden hat. Der Speisesaal ist jetzt dunkel, das Licht über dem Notausgang glüht wie ein schmales, grünes Auge. Während Mutter und Tochter sich erkundigen, ob ein Anruf für sie gekommen ist, zünde ich mir eine Zigarette an. Die Uhr über der Rezeption zeigt zwanzig nach eins. Einige Gäste sitzen an der Bar, die in blaues Licht getaucht ist und an ein Aquarium erinnert.
– Gute Nacht, Anne.
– Gute Nacht, Ivo.
– Bis nachher, Kleines.
Die Tochter gibt der Mutter einen Kuß auf die Wange und geht zum Fahrstuhl. Ich sehe ihr hinterher und lasse Mathilda warten. Auch wenn ihr Blick an meinem Rücken zieht und zerrt, lasse ich sie warten. Als ich mich ihr schließlich zuwende, ist mein Gesicht eine sinnlich-melancholische Grimasse, die alles heißen kann, nur nicht das, was sie wirklich ist.
– Sie sehen traurig aus, sagt Mathilda.
Ich zucke mit den Schultern und führe Mathilda an die Bar.
– Wieso sollte ich traurig sein? frage ich und lache falsch.

– Erzähl doch von dir. Was machst du? Wo arbeitest du? Mensch, ich bin so aufgeregt, daß ich gar nicht weiß, was ich so vor mich hinplappere. Ich meine, ich weiß ja nicht mal, ob dich das interessiert? Als ich dich da in der Disco sah, wie du auf dem Boden lagst, da ist mir ganz warm geworden ums Herz. Das passiert mir nicht oft. Ich bin verheiratet, weißt du, und daß Anne mit mir hier ist, liegt daran, daß wir durch Jugoslawien touren. Falls ich das noch Jugoslawien nennen darf. Ist ja alles so schrecklich geworden. Aber wem erzähl ich das? Mein Mann ist in Zagreb, er arbeitet für die deutsche Botschaft, weil doch Kroatien eines Tages in die EG aufgenommen werden soll. Wir finden das ganz wichtig, weißt du? Von uns aus hätte das schon viel früher passieren müssen. Ich meine, von uns Deutschen aus. Auch daß ihr jetzt in der UNO seid, wirklich toll. Eben deswegen ist mein Mann in Zagreb. Ich und Anne touren, während er auf Konferenzen sitzt. Ich meine, es läuft ja nicht schlecht mit uns, wir haben unsere guten und unsere miesen Tage. Er ist älter als ich, und er mag es nicht, wenn ich ihn in aller Öffentlichkeit anfasse. Aber wir reden viel miteinander. Besonders über Annes Erziehung, aber warum erzähl ich das, das interessiert dich sicher überhaupt nicht, oder? Wenn du mal in Deutschland bist, mußt du dir unsere Villa ansehen. Mein Mann würde dich sicher umbringen. Er ist ausgesprochen eifersüchtig. Er sagt, ich bin eine überreife Frucht. Damit will er sagen, ich bin von außen gealtert, innen aber noch immer süß. Nein, jetzt erzähl aber von dir. Ich meine, was machst du so? Ich sitze den ganzen Tag zu Hause hinter dem Computer und tippe Akten ab und mache mich nützlich. Letztes Jahr habe ich unseren ganzen Haushalt auf dem Computer untergebracht, dadurch haben wir ganze 2000 Mark eingespart. 2000 Mark! Mit dem Computer hat man eine bessere Übersicht und vergißt keine Rechnungen, man sieht auch leichter, wo gespart werden kann. Nicht daß wir schlecht verdienen würden. Ich meine, mein Mann. Ich bekomme nichts, das nennt man bei uns Hausfrau sein. Habt ihr das auch? Oder ist es hier üblich, daß sich die Frauen immer nur um die Kinder kümmern? Es gibt bei uns auch Hausmänner, aber das finde ich weibisch. Unsere Gesellschaft sollte sich schon an einige Regeln halten, ich meine, Männer können doch nicht von heute auf morgen mit Röcken rumlaufen oder Tampons kaufen. Das wäre doch völlig verrückt. Mensch, ich bin ja eine Plaudertasche, was wollte ich denn nur ... Ach ja, sag ruhig, wenn ich zuviel rede, ich bin furchtbar aufgeregt, anderes Land, andere Sitten, da weiß ich gar nicht, wo mir der Kopf steht. Es fängt schon beim Essen an. Sobald ich mich in einem Restaurant an den Tisch setze, habe ich das Gefühl, alles falsch zu machen. Das Brot falsch anzufassen und solche Dinge. Dennoch mag ich es, fremden Kulturen zu begegnen. Die Jugoslawen sind ja so anders als die Italiener. Ich meine, nichts gegen die Italiener, die sind ein ganz anderes Volk, vollkommen verschiedene Mentalitäten, ich weiß, doch ihr Jugoslawen liegt mir näher am Herzen. Ihr habt etwas Uriges an euch, etwas Bodenständiges. Wir haben in diesem einen Restaurant haltgemacht, das war auf dem Weg nach Zagreb, etwa hundert Kilometer vorher auf einer Landstraße. Mein Mann haßt es zu fliegen, und er mag auch den *autoput* nicht und sagt, der einzige Reiz auf einer Reise sei es, über die Landstraßen zu fahren. Deswegen nehmen wir immer die Landstraßen, auch wenn es länger dauert. Wir haben uns extra dafür eine Karte gekauft, die sich ausführlich mit den Landstraßen beschäftigt. Macht wirklich mehr Spaß ... Ach ja, das Restaurant. Da gab es Fisch, ganz frisch kam er auf den Holzkohlengrill. Und der Salat, ich konnte sehen, wie sie ihn am Tresen machten. Dicke, rote Tomaten, dazu Weißkohl angerichtet mit Öl, Essig, Salz und Pfeffer. Das war lecker. So was gibt es nicht überall. Und es kommt so natürlich auf den Tisch, daß man nicht das Gefühl hat, Gast zu sein, sondern jemand, der dazugehört, wenn du verstehst, was ich meine. Ups. Entschuldige, das muß der Wein sein. Bei Weißwein bekomme ich immer einen Schluckauf, was an dem Säuregehalt liegen soll, obwohl es komisch ist, daß ich bei Rotwein überhaupt nichts merke. Weißwein steigt mir schnell zu Kopf, Rotwein tut nichts. Aber bei Sekt, Mannomann, da muß ich mich vor hüten, ein Glas und ich bin beschwipst. Hast du schon mal Champagner getrunken? Das war auf der Hochzeit meiner Schwester vor fünfzehn Jahren. Meine Schwester wohnt in der Nähe von Hamburg. Hamburg ist eine große Stadt am Meer, im Norden von Deutschland. Also meine Schwester hat einen Zahnarzt geheiratet und bei dem Fest trank ich ein Glas Champagner. Natürlich habe ich keine Ahnung von solchen Dingen, aber ich fand, der schmeckte fad. Mein Mann wollte davon nichts wissen, er glaubt, ich wollte ihm den Abend verderben, wenn ich herummoserte, aber ich sage ja bloß meine Meinung, ob teuer oder nicht, seine Meinung wird man ja wohl sagen können, nicht? Macht es dir was aus, wenn ich mir deine Handflächen ansehe? Du hast sehr feine Hände, als wärst du ein Künstler, sicher malst du oder schreibst Gedichte oder bist geschickt mit Blumen. Magst du Blumen? Die letzten Blumen, die ich bei uns in den Garten setzen wollte, fielen beim ersten Regen um und lagen tot und platt auf der Erde. Mein Mann sagt, das würde daran liegen, daß ich die Samen nicht tief genug in die Erde gelegt hätte. Was weiß der denn schon davon? Ich meine, ich bin ja nicht dumm, und die Erde bewegt sich ja immer, da kann also alles mögliche passiert sein, warum die umgefallen sind. Kann auch eine Katze gekommen sein, die sie ausrupfte. Obwohl ich nicht glaube, daß Katzen bei Regen aus dem … Ups. Entschuldige, ich muß gleich mal auf die Toilette. Das mit dem Weißwein ist wie mit dem Tee. Er flutscht durch und füllt die Blase. Eine Freundin von mir darf Tee nicht mal von weitem sehen, sofort muß sie pinkeln. Sie hatte mal eine Blasenentzündung und solch eine Angst davor, daß diese chronisch wird, daß sie sich seitdem nirgends mehr hinsetzt, wo der Boden unter zwanzig Grad warm ist. Verrückt nicht. Und wann immer sie Tee trinkt, muß sie schrecklich pinkeln. Auch davor hatte sie Angst, daß es beim Pinkeln brennt, denn das ist ein Zeichen für Blasenentzündung, verstehst du? Wahrscheinlich kennst du so was gar nicht, du bist bestimmt auf dem Land aufgewachsen, ihr vom Land habt viel mehr Abwehrkräfte. Bist du vom Land? Du mußt mir ganz viel davon erzählen. Ich habe das Gefühl, als würde ich dich schon jahrelang kennen, dabei haben wir uns erst heute abend getroffen. Es ist doch unglaublich, wie klein die Welt ist. Ich hätte mit Anne auch woanders hingehen können, aber so ist es nicht gekommen. Wärst du vielleicht auch woanders hingegangen? Ich meine, warst du zufällig in der Disco oder hat dich auch etwas ganz besonders dazu gedrängt, ausgerechnet heute in diese *eine* Disco zu kommen? Solche kleinen Dinge beschäftigen mich ungemein. Eine Tante von mir ist sehr spirituell angehaucht. Sie liest aus Karten und hat Kontakt zu Geistern. Das erzählt sie aber nur, um den Kindern angst zu machen. Doch das mit den Karten stimmt, dafür lege ich meine Hand ins Feuer. Einmal hat sie mir vorausgesagt, ich würde einen wichtigen Brief kriegen. Tante Greta, sagte ich darauf, hör doch auf, ich bekomme jeden Tag Post. Darauf sagte Tante Greta, diesmal würde es andere Post sein. Was für Post? fragte ich sie. Wichtige Post, antwortete Tante Greta. Und was glaubst du, was am nächsten Tag für Post im Briefkasten lag? Du wirst es nie erraten. Rat doch mal! Ich bin mir sicher, du kommst nie darauf. Rat doch mal, mach schon, rat mal! Ach, bist du langweilig. Es war ein Brief von meiner alten Schulfreundin Gabi aus Bochum. Sie hatte Zwillinge bekommen, zwei Mädchen! Da war ich baff und habe gleich Tante Greta angerufen. Aber sag mal, das langweilt dich doch, du schläfst ja fast ein. Nein? Das war so eine Macke von Anne, als sie noch klein war, schlief sie laufend in der Schule ein, und wenn ich sie fragte, was sie sich wieder dabei gedacht hätte, im Unterricht einzuschlafen, sagte sie, ihr wäre langweilig gewesen. Na ja, zum Glück konnte sie Französisch in der elften Klasse abwählen. Das war ein echtes Grauen für sie, denn den Unterricht leitete eine Lehrerin, die meine Kleine haßte. Mit so was muß man im Leben klarkommen. Verstehst du überhaupt alles, was ich sage? Ich meine, wieviel Deutsch haben euch eure Lehrer beigebracht? Und habe ich richtig gehört, daß es auf euren Schulen Waffenkunde und solche Dinge gibt? Oder gab? Ist das jetzt anders? Und warst du in der Armee? Wäre Anne ein Junge, wäre sie jetzt in der Bundeswehr. Bei uns heißt das Bundeswehr, nicht Armee. Ich finde, Armee klingt zu sehr nach Krieg, und das muß ja nicht sein. Mein Mann wollte lieber einen Jungen haben, aber als dann nichts daraus wurde, war es auch egal, denn Anne war von Anfang an ein tolles Baby. Das hat jeder gesagt, der sie in den Arm nahm. War schon eine Süße. Hast du Bilder von dir, als du noch ein Baby warst? So was sollte man immer aufheben, das sind die Grundsteine eines Lebens. Mein Mann macht von allem und jedem Photos. Wir haben zu Hause sogar Bilder von unserem ersten Weihnachtsbaum. Damals hatten wir nicht viel Geld und kauften uns einen Baum, der nur achtzig Zentimeter hoch war. Aber schön war der Baum, kann ich dir sagen. Mußt dir mal die Photos anschauen. Wenn man sie sieht, denkt man, der Baum ist über zwei Meter hoch. Das macht die Perspektive, so ist es ja auch mit vielen anderen Dingen. Die Perspektive macht alles aus. Das ist mir ... Ups, entschuldige! Das ist mir zum Beispiel im Fernsehen aufgefallen. Alles kommt kräftiger herüber, so als ob es einen Trick gäbe, die Fernsehsachen mehr zu betonen. Dabei ist es nur die Perspektive der Kamera, die unsere Sichtweise verändert. Als ob man auf einem Haus steht und sich wundert, was so schlimm daran wäre, runterzuspringen. Manchmal sieht es überhaupt nicht so hoch aus, wie es dann zum Ende hin ist. Wollen wir jetzt nicht hinaufgehen? Es ist spät, und Anne wird mich gegen neun wecken, weil sie sich einen Reiterhof anschauen will. Aufs Reiten ist sie nämlich versessen, weißt du? Das hat mit diesen Kinderbüchern angefangen, Black Beauty und so, verstehst du? Manchmal setzen sich solche Sachen bei Mädchen fest und begleiten sie, bis sie erwachsen sind. Was soll's, ich meine, mich stört das nicht, ich mache ja auch ab und zu Dinge, die gar nicht zu mir passen. Zum Beispiel hier mit dir sitzen und deine Hand halten. Oder nach dem Duschen kein Wort sprechen. Das mache ich, weil ich dann nachdenken will. Mein Mann fand das am Anfang ganz toll, jetzt findet er es nur noch blöde, was wahrscheinlich daran liegt, daß er keine Geheimnisse vor mir hat. So denke ich zumindest. Jeder sollte seine kleinen Geheimnisse haben, sonst ist er zu nackt und angreifbar. Möchtest du eines von meinen Geheimnissen wissen? Du darfst es aber nicht weitererzählen. Ich habe es noch keinem gesagt, aber wenn du es hören willst, dann sage ich es dir. Also? Nun sag schon, möchtest du es wissen oder nicht? Es ist für mich wie ein besonderer Schatz, also was sagst du, ja oder nein? Ich sag's dir, auch wenn du es nicht hören willst, weil ich glaube, daß du es doch hören willst, dich nur nicht traust, es einzugestehen. Also das ist so – schau, es ist so, daß ich ... Guck mal, wie peinlich mir das ist, ich krieg die Worte nicht richtig hin, so peinlich ist mir das. Mh, also, es ist so, daß ich als Mädchen eine Phantasie hatte. Ich ... Also ich träumte immer davon, daß ein Mann kommt, ein Fremder, und daß er mich bei der Hand nimmt und sagt, Mathilda, komm mit, ich werde dir beibringen, was Lust heißt, und dann nimmt er mich mit auf sein Zimmer und reißt mir die Kleider vom Körper, und ich bitte ihn, daß er aufhört, ich würde ihn ja gar nicht kennen, und er sagt daraufhin, das bräuchte ich auch nicht, wenn er mit mir fertig wäre, würde er verschwinden und mich nie wiedersehen. Das ist etwas, was mich schrecklich erregt. Daß ein Fremder kommt und geht, und ich kann nichts dagegen machen. Und wenn ich allein bin und mich einsam fühle, stelle ich mir genau diese Situation vor, ich sehe den Fremden, und er hat solche Augen wie du, und er kommt auf mich zu und seine Hände fühlen sich an wie deine, und wenn er dann Mathilda sagt, ist es so, als ob er genau wüßte, wer ich bin, und das Gefühl habe ich bei dir, wenn du mich ansiehst oder mit mir sprichst, das Gefühl, daß du mich kennst und keine Erklärungen brauchst, was ich tue und wie ich es tue und was für mich der Sinn des Lebens ist. Der Fremde nimmt mich einfach wie ich bin, und ich glaube, das tust du auch, nicht? Ich meine, was hat das Äußere schon zu sagen? Ein paar graue Haare, etwas schwer um die Hüfte. Mein Friseur meint, ich sollte die Haare wachsen lassen, ich finde aber, daß es mich wie eine Großmutter aussehen läßt. Ich fühle mich wohler mit kurzen Haaren, und wenn sie grauer und grauer werden, dann sollen sie doch, so will es die Natur, also soll es auch so sein, nicht? Oder schau, hier, meine Falten. Erschrecken sie dich? Natürlich nicht, dabei benutze ich keine Creme, nur um die Augen herum, die sehen manchmal wirklich eklig aus, aber was interessiert dich das schon, du bist davon so weit entfernt wie die Erde vom Mond. Wie alt schätzt du mich? Nein, sag's nicht. Laß mich raten, wie alt du bist. Dreißig?

Jünger? Gehen wir hinauf? Ich habe mein eigenes Zimmer, Anne wird uns nicht stören. Bitte, komm. Ich kann nichts mehr trinken und wenn ich noch länger rede, werde ich noch ganz wirr im Kopf. Wollen wir hochgehen, oder willst du noch hier bleiben? Die Bar ist wirklich toll. Ich mag diese Unterwasseratmosphäre, das ist, als ob man in einem U-Boot sitzt. Obwohl ich noch nie in einem U-Boot saß, aber ich denke, so muß es in einem U-Boot sein. Gehen wir? Ja? Ich trink das hier nur noch schnell aus. Nein, laß mich zahlen, ich war den ganzen Abend dein Gast, also laß mich jetzt zahlen, oder gehört sich das nicht in eurem Land? Sind die Sitten hier anders? Ich will dir ja nicht auf den Schlips treten, wenn das so ist, sag es ruhig, ich bin mit allem einverstanden, nur mach schnell, ja. So, mein Glas ist leer, komm, laß uns gehen. Hier, nimm meine Hand, sonst falle ich um. Komm.

26

Das Hotelzimmer ist sauber, die Überdecke auf dem Bett glattgestrichen. Ein Blumenstrauß auf dem Nachttisch, ein aufgeschlagenes Buch, eine Lampe und ein leeres Wasserglas. Das Doppelfenster neben der Badezimmertür ist geöffnet, ich kann die Lichter des Kaufhauses gegenüber sehen.

Mathilda schließt die Tür und geht zum Nachttisch, sie knipst die Leselampe an, kehrt zurück zur Tür und schaltet das Deckenlicht aus.

– Möchtest du etwas trinken?

– Mh?

– Ob du noch etwas trinken möchtest?

Ich schüttle den Kopf. Warum fragt sie mich nicht, ob ich auf die Toilette muß? Gemeinsam haben wir an der Bar jeder an die fünf Gläser geleert, und sie fragt mich doch tatsächlich, ob ich *noch* etwas trinken will.

– Ich … Ich mache mich mal frisch.

Damit geht sie in das Bad und schließt die Tür hinter sich. Ich weiß, sie ist nervös. Ich stelle mich ans Fenster und denke nach. Wenn ich die Dunkelhaarige erwischen will, müßte ich mich beeilen. In zwei Stunden wird sich die Disco leeren, danach sitze ich auf dem Trockenen.

Ich ziehe das Jackett aus und hänge es über den Bettrand.

– Huch, hast du mich erschreckt!

Mathilda ist gerade dabei, sich das Gesicht abzutrocknen. Ich kann im Badezimmerspiegel sehen, daß die Mascara in ihren Augenwinkeln verlaufen ist. Ihre Stimme klingt brüchig, vielleicht hat sie geweint. Ich berühre sie an der Schulter, sie dreht sich um, und ich küsse sie, teile ihre Lippen mit meiner Zunge, stoße gegen ihren Gaumen. Mathilda versucht mich wegzuschieben, während ihr Körper nachgibt. Das ist es, was sie will, das ist es, was sie bekommt. Schließlich habe ich sie – träge und ergeben schiebt sich ihre Zunge über meine, und es wundert mich, daß solch ein kleiner Mensch solch eine große Zunge haben kann.

Erst zögernd, dann gierig saugt sie sich an mir fest. Ich umfasse ihren Hintern und quetsche ihn. Sie stöhnt. Ich sehe ihr dabei ins Gesicht, betrachte die geschlossenen Augenlider und die Bewegung der Pupillen darunter.
Mathildas Hände fummeln hektisch an meinem Gürtel herum, ihre Brüste sind zwischen uns wie zwei Kissen, ihr Schoß rammt meinen Oberschenkel mit hektischen Stößen.
Es gibt ein klatschendes Geräusch, als ich meinen Mund von ihr löse. Sie taumelt einen Schritt zurück, stößt sich am Waschbekken und hält ihre schmerzende Seite. Sie lächelt – halb ungewiß, halb freundlich.
Ich ziehe ihr das Seidenhemd aus dem Hosenrock und schiebe es hinauf. Ihr BH ist lachsfarben und mit weißer Spitze besetzt. Ich schiebe ihn wie das Hemd über die schweren Brüste.
– Oh mein Gott …
Ihre Finger schließen sich um meine Hoden, ich stoße ihre Hand weg, höre Mathilda sagen, wie sehr sie sich das gewünscht hat, wie sehr sie einen Mann braucht, wie sehr sie - - -
Ich ergreife sie an den Schultern, drehe sie um und pelle Hosenrock und Strumpfhose herunter. Sie wehrt sich, sie sagt, wir hätten doch Zeit und müßten uns nicht beeilen. Sie hat vergessen, daß es genau das ist, was sie wollte.
– Still, befehle ich ihr, Still!
Das Gummi ihres Slips reißt, ihre Beine werden von meinen Knien gespreizt, ich spucke mir in die Hand, verreibe die Spucke auf meiner Eichel und dringe in sie ein. Mathildas Stirn schlägt gegen die Wandfliesen, sie streckt mir ihren Hintern entgegen und stützt sich mit der einen Hand ab, während die andere mein linkes Bein umgreift und zu sich ranzieht.
Ich reite sie von hinten, bis sie schreit, daß sie nicht mehr kann, daß ich doch aufhören soll, daß ich doch bitte bitte aufhören soll. Ich schließe die Augen und stelle mir Ivanka vor. Kurz bevor es mir kommt, ziehe ich meinen Schwanz raus und spritze auf Mathildas Rücken. Sie lehnt laut keuchend an der Badezimmerwand. Ich beiße mir auf die Unterlippe, damit sie mein schnelles Atmen nicht hört.

– Dreh dich um.
Sie dreht sich um, erschöpft und irgendwie zerstört, alt und irgendwie nutzlos, bedauernswert zufrieden. Ihre Arme fallen um meinen Hals. Sie schluchzt und weint. Ich halte sie und warte, daß sie sich beruhigt. Als sie so weit ist, sich von mir zu lösen, ziehe ich den Reißverschluß meiner Hose hoch und gehe in das Nebenzimmer, um mein Jackett anzuziehen.
– Wo willst du hin?
– Ich geh noch in die Disco.
– Warte. Ich meine ... Wieso bleibst du nicht hier?
Ich lege den Kopf schräg und denke darüber nach, ob es sich lohnt. Am Tisch hat mir Mathilda ihre Zigarettenschachtel zugeschoben, in die sie vorher einen Geldschein gesteckt hat. Deutsches Geld, ein fein gefalzter Hunderter. Wieviel wird sie zahlen, wenn ich bleibe? Ihr Mann ist von der Botschaft, sie hat genug Geld. Und was mache ich mit dem Rest der Nacht, wenn ich die Dunkelhaarige nicht erwische? Was, wenn sie schon weg ist?
– Ich würde mich freuen, wenn du bleibst, bittet Mathilda und atmet tief ein, ihre Brüste heben sich, ihr Mund zittert. Sie bietet zwar einen erbärmlichen Anblick, aber sie hat alles, was ich will.
– Gut, sage ich, Gut, ich bleibe.

27

Ich vögle Mathilda in dieser Nacht viermal, bevor sie mich anfleht aufzuhören.
– Laß mich einfach nur neben dir sein und deinen Körper spüren, sagt sie und drückt sich an mich.
Ich liege da und habe das Gefühl, gewachsen zu sein. Ich bin ein Riese in einem Hotelzimmer, der eine Frau bis zu dem Punkt befriedigt hat, an dem ihr das Atmen schwerfiel. Mir gefällt das. Ich habe Mathilda für eine Nacht Schutz geboten. Ich habe sie getröstet, ihr zugehört und ihren Körper so gebraucht, wie sie es haben wollte. Mir ist egal, was morgen mit ihr passiert. Sie wird in den nächsten Tagen aus Križevci verschwinden und mich meinem Leben überlassen. Ich werde zu einer Erinnerung, die keinen Nachgeschmack hinterläßt. Es ist gut so, denn dasselbe kann ich über Mathilda sagen. Eine Frau mehr. Und es gibt so viele davon.
Ich liege still und warte, bis ihr Atem gleichmäßig ist, ehe ich mich anziehe und das Hotelzimmer verlasse.

Es ist früh, die Sonne hinterläßt eine goldene Spur, während sie über die dreckigen Wände meiner Wohnung wandert. Ich verstaue die drei Hundertmarkscheine in einer Keksdose, ziehe mich aus und nehme erneut ein Bad. Heute habe ich frei und will mein Versprechen einhalten. Tatjana hat mich gebeten, mit ihr, Priscilla und Ivo ins Schwimmbad zu gehen. Da ich ein Mann bin, der zu seinem Wort steht, spiele ich heute Familienvater.
Um halb zehn trinke ich zwei Espressi im *Putnik*, um Viertel vor zehn klingele ich an ihrer Tür. Josip schläft noch, Tatjana umarmt mich und sagt, sie dachte, ich würde nicht kommen. Ich trage den Kinderwagen hinunter und höre auf Ivos aufgeregtes Geplapper, während Tatjana das Baby schiebt. Ich könnte im Stehen einschlafen.
Das Schwimmbad ist um diese frühe Stunde schon voll, Kinder kreischen und rennen durch die Gegend. Das Tapsen von nackten Füßen, das Klatschen von Wasser. Die Leute warten an der Kasse

in einer schrägen Schlange, manche barfuß, andere in Plastiklatschen. Nachdem sie bezahlt haben, müssen sie durch ein niedriges Becken, um ihre Füße zu desinfizieren. Einige springen darüber hinweg, der Großteil marschiert durch. Ich sehe mehr Touristen als Einheimische. Offensichtlich ist sich keiner von ihnen zu fein, das heruntergekommene Schwimmbad zu besuchen. Ich zahle den Eintritt für mich und Tatjana, die Kinder dürfen umsonst rein.
Rechts vom Eingang liegt das Becken für Nichtschwimmer, links führen sechs Steinstufen zu dem Becken für Schwimmer hinauf. Dort oben befindet sich auch eine Tribüne, auf der man sich gut sonnen kann. Wir suchen uns einen Platz, von dem aus wir das kleinere Becken überschauen können. Tatjana breitet die Handtücher aus, während Ivo die Stufen zum Nichtschwimmerbecken hinunterrennt. Das Baby liegt auf einer Decke und schaut mit großen Augen in den klaren Himmel. Ich setze mich auf mein Handtuch.
– Kommst du nicht ins Wasser?
Tatjana steht vor mir und knotet sich die Seiten ihrer Bikinihose fester zu. Ihr Bauch hängt ein wenig, ich würde mich nicht freuen, nachts neben ihr aufzuwachen.
– Ich lege mich erst mal ein wenig hin, erkläre ich, Es war eine lange Nacht.
Sie lacht.
– Du bist mir schon ein Casanova. Paß bitte gut auf meine Kleine auf.
Tatjana läßt mich mit dem Baby allein, und bevor ich weiß, ob ich mich zurückgelehnt habe oder nicht, bin ich eingeschlafen.

28

Nenad sitzt auf der Terrasse des *Putnik*.
– Rutsch mal ein Stück.
Nenad blickt überrascht auf.
– He, ich glaub's ja nicht, der Prof läßt sich herab, mit seinem alten Kumpel Nenad ein Bier zu trinken.
– Wieso hast du mir nicht vorher Bescheid gesagt?
– Wie soll ich das machen? Soll ich dir ein Telegramm schicken?
– Ich meine, wir hätten uns verabreden können.
– O, der Intellektuelle und das Proletariat!
Am Nachmittag hing ein Zettel an meiner Wohnungstür. Nenad wollte mit mir essen gehen. In den letzten zwei Wochen haben wir uns kein einziges Mal getroffen. Ich war jede Nacht bis zum Morgengrauen unterwegs und bin Nenad bewußt aus dem Weg gegangen.
– Wenn ich dich nicht kennen würde, stellt er fest, Dann würde ich sagen, du weichst mir aus.
– So ein Quatsch.
– Ich sag ja nicht, daß es so ist, ich sag nur, wenn ich dich nicht kennen würde, dann---
– Aber du kennst mich, was?
– Wie meine Hosentaschen. Also spuck's schon aus, was ist los mit dir? Du weißt, man erzählt sich Geschichten.
Die Kellnerin kommt, ich bestelle Kartoffeln mit Fisch, dazu ein Bier.
– Möchtest du noch eins?
– Mach ein *gemišt* daraus.
Als die Kellnerin gegangen ist, lege ich meine Zigaretten auf den Tisch. Die Sonne und das kurze Nickerchen im Schwimmbad haben mir gutgetan, ich fühle mich trotz des wenigen Schlafes aufgeladen und wach.
– Ich habe den ganzen Tag Zeit, erinnert mich Nenad.
Ich atme laut aus und klopfe umständlich eine *Opatija* aus der Schachtel.

– Was für Geschichten erzählt man sich? frage ich und gebe mir Feuer.
Nenads Grinsen wird breit, es leuchtet beinahe.
– Du scheinst es den Weibern richtig kräftig zu besorgen, erzählt man. Aber du bist wählerisch, das sagt man auch. Du läßt die Finger von unseren Mädchen und bumst nur die Ausländerinnen.
– Was dagegen?
– Nein, überhaupt nicht. Ich wundere mich nur, wie du das bringst!
Nenad beugt sich rüber und greift nach meinen Eiern. Ich schiebe seine Hand weg, wir lachen, die Spannung ist gelöst.
– Was ist denn los mit dir? Was machst du für ein Gesicht? Schämst du dich etwa deswegen?
Ich nicke, auch wenn es eine Lüge ist, nicke ich. Ich bereue es nicht, meinen Kumpel auf die falsche Fährte zu führen. Soll doch die Stadt, Nenad und wer auch immer denken, was er will. Je entfernter die Theorien von der Wahrheit sind, um so besser für mich.
– Hör mal, das Ganze wäre viel schlimmer, wenn du dich bei unseren Mädchen austoben würdest. Stell dir vor, du buffst eine von hier an, Mann, das wäre wirklich schlimm. Meinst du nicht?
– Schon.
– Na also.
Der Fisch kommt. Er schwimmt in einer Lake aus Öl. Mir wird schwindelig von dem Geruch. Heute morgen hatte ich nur zwei Espressi, wann habe ich das letzte Mal gegessen? Ich schneide ein kleines Stück ab, lasse es im Mund zergehen. Herrlich.
– Möchtest du kosten?
– Nah, hab schon gegessen. Erzähl mal, wie du es anstellst.
– Du meinst, die Frauen?
– Nein, ich meine, wie du es anstellst, dich am Morgen zu rasieren, du Idiot.
– Ich schlage Schaum und schmier ihn mir aufs Gesicht.
– Ach, das ist also dein Trick, die Frauen wissen nicht, was unter dem Schaum ist.
– Genau.

Die Kellnerin bringt mir eine Portion Kartoffeln, Nenad wartet, daß sie wieder geht, dann sagt er:
– Mal ernst, wie machst du's?
– Keine Ahnung. Ausstrahlung, ein wenig freundlich sein …
– Hör auf, da steht doch keine Frau mehr drauf. Ich könnte wetten, du machst ihnen den Macho, denn das ist es, was sie alle wollen, oder?
– Wenn du meinst.
– Wenn ich meine? Mensch, so ist es, tu nicht so verflucht unschuldig.
Ich senke den Kopf und esse. Nenad nimmt sich von meinen Zigaretten.
– Was ist dabei der Reiz für dich? fragt er, Ich meine …
Nenad macht eine wirbelnde Handbewegung.
– … sehen die alle so toll aus oder was?
Ich schüttle den Kopf und murmle:
– Weißt schon …
– Weiß schon was?
– Na, Mensch, du weißt schon …
Er lacht.
– Du bist andauernd geil?!
– Pausenlos.
– Hatte ich auch, hielt aber nicht lange an.
– Dein Glück.
Wir kommen vom Thema ab und plaudern eine Weile über die Wahlen und Tudjmans Sieg. Nenad mag ihn nicht, er geht davon aus, daß das Gesicht immer zum Charakter paßt. Tudjman ist ihm zu alt und sieht ihm zu sehr danach aus, als würde er beim Kartenspiel betrügen. Zum Schluß kommen wir natürlich auf das Geschäft zu sprechen. Nenad will noch immer, daß ich das Schlachterhandwerk von ihm erlerne.
– Ich weiß wirklich nicht, ob ich das will, antworte ich ihm, Wer weiß schon, ob es das richtige für mich ist.
Nenad besteht darauf, es zu wissen. Er erklärt mir, daß ein junger Mann etwas Handfestes im Leben braucht, auf das er sich in der Zukunft stützen kann.

– Denn die Zukunft, und da kannst du mich zitieren, die Zukunft wird nicht spaßig sein, kapiert? Fleisch ist wie Luft, die Leute brauchen es täglich. Vergiß die Vegetarier, die wissen nicht, was ihnen fehlt. Das Schlachterhandwerk hat Tradition, damit bist du abgesichert, verstehst du?
Natürlich verstehe ich ihn, was aber Nenad nicht verstehen kann, ist die Tatsache, daß ich diese kleine Welt Križevci hinter mir lassen werde, um das wahre Leben zu berühren. Ohne ein Handwerk, sondern mit einem klugen Kopf und einem harten Schwanz.
Ehe ich antworten kann, fängt Nenad die Kellnerin ab, als sie an unserem Tisch vorbeikommt. Er bestellt einen weiteren *gemišt* und ein zweites Bier für mich.
– Laß uns nicht darüber streiten, lenkt er ein, Es ist dein Leben, du machst schon das Beste daraus, von mir aus kannst du Bäcker werden, ist mir wirklich egal. Was läuft denn bei dir am Wochenende?
– Abends bin ich in der Disco, antworte ich.
– Du willst dabei sicher nicht gestört werden, mh?
– Lieber nicht.
– Also paß auf, *mili moj*. Ich habe dort draußen auf dem Kalnik einen Kumpel. Du kennst doch den Kalnik? Also, da oben gibt es eine Gaststätte. Meinem Kumpel gehört der Laden, und Damir und ich sind dort am Wochenende zu einem Fest eingeladen.
– Damir?
– Ja, du weißt schon, Damir. Was ist, hast du was gegen ihn?
– Ich wußte nicht, daß ihr was miteinander zu tun habt.
– Jeder, der für Mirko arbeitet, hat was mit mir zu tun. Damir also auch.
Ich nicke. Damir ist ungefähr so alt wie Nenad und ein bulliger Kerl mit Bürstenhaarschnitt, und es stimmt, ich habe etwas gegen ihn, auch wenn ich nicht genau erklären kann, was mich stört.
– Das Fest beginnt am Samstag um sechs, spricht Nenad weiter, Wir fahren früh am Morgen hin, schlachten meinem Kumpel zwei Ferkel, nehmen sie aus und bereiten sie für den Spieß vor.

Dafür gibt es gutes Geld, versteht sich. Ich meine, wieso nicht, muß doch nicht alles in Mirkos Tasche fließen, oder? Also, was meinst du? Ich zeige dir, wie man schlachtet, wir fressen und saufen auf Kosten von anderen, und dann fahre ich dich zurück in die Stadt, damit du wieder ein wenig mit deinem Ding in der Gegend rumstochern kannst, mh?

Ich sollte *Nein* sagen, denn ich habe meinen Plan, und der Plan erlaubt solche Spielereien nicht. Theoretisch müßte ich zum Schluß des Sommers das Geld zusammenhaben. Bis zum Saisonende bleiben mir noch ein paar Wochen.

– Tu's mir zuliebe, sagt Nenad, Es ist nur eine Nacht.

Er wirft mir diesen Blick zu, mit dem er garantiert schon ein paar Frauen herumbekommen hat. Ich bin ein Mann, mich berührt das nicht.

– Und was würdet ihr ohne mich machen? frage ich.

– Nichts, wir lassen es sein, das Fest fällt aus, die Gäste werden ausgeladen.

Ich lache.

– *Ti si pijan*, sage ich, obwohl ich weiß, daß er nicht betrunken ist.

– *A ti?* fragte Nenad zurück.

– Ich bin nicht betrunken genug, als daß ich mir ein Fest auf dem Kalnik entgehen lassen würde, antworte ich.

Nenad lehnt sich grinsend zurück.

29

Ich halte mir die Ohren zu. Das Ferkel hängt zappelnd an dem Seil, das wir ihm um die Hinterpfoten gebunden haben, und wendet den Kopf, als würde es sehen wollen, wer ihm das angetan hat. Damir greift sich die Vorderpfoten und zieht an ihnen, bis die Haut am Hals gespannt ist, Nenad tritt heran und schneidet dem Ferkel mit einer schnellen Bewegung die Kehle durch. Der Schrei hallt im Tal wider. Ich lasse die Hände über den Ohren. Nenad sagt etwas, sein Mund bewegt sich, Damir nickt und lacht.

Wir befinden uns hinter der Gaststätte auf einem Stück Erde, das plattgetreten und mit rostbraunen Brandflecken übersät ist. Über uns stehen reglos die Kronen von Kiefern, der Himmel erinnert an das trübe Auge eines toten Fisches. Damir läßt die Vorderpfoten los, das Ferkel blutet und zuckt nur noch. Nenad wischt das Messer sauber und steckt es in einen ledernen Gürtel, der um seine Hüfte gebunden ist. Er zieht ein anderes Messer heraus und klopft sich damit ein paarmal auf den Handballen. Das Ferkel schlägt plötzlich aus, ein pfeifendes Geräusch kommt aus der durchschnittenen Kehle, beide Männer springen zurück und lachen. Damir schlägt dem Tier klatschend auf das Hinterteil. Das Ferkel dreht sich am Seil, sein Blut pumpt unermüdlich einen zackigen Kreis auf den Boden, der Strahl wird schwächer. Damir schiebt eine Plastikwanne unter das Tier, um das Blut aufzufangen. Als Nenad sich eine Zigarette anzündet, nehme ich die Hände von den Ohren. Das pfeifende Geräusch ist verstummt, das Ferkel pendelt aus, die Vorderpfoten zucken ein letztes Mal, dann hängt es still.

– Das ging schnell, stellt Nenad fest und macht sich daran, das zweite Ferkel hochzuziehen. Er bindet es fest und tritt zurück. Es wundert mich, wie still das Tier ist. Es grunzt ab und zu, es schreit aber nicht.

Ich gehe an dem Brunnen vorbei zur Vorderseite der Gaststätte und schaue nach dem Feuer. Wir haben es vor Stunden entfacht, die Glut wird zum Abend hin genau richtig sein.

– He …
Nenad steht neben dem Brunnen, Blut auf seiner Schürze und die Schirmmütze in den Nacken geschoben, so daß ich seine weiße Stirn sehen kann.
– … bringst du uns zwei Bier?!
Ich werfe den Ast ins Feuer und betrete die Gaststätte. Ein Fernseher läuft, vier Jungen und ein Mädchen sitzen an einem der Tische und sehen sich einen Zeichentrickfilm an. Sie beachten mich nicht, als ich an ihnen vorbeigehe und mich an die Theke stelle.
– Wie läuft's, Junge?
Der Wirt stützt sich auf den Tresen, eine Zigarre zwischen den Fingern. Er ist um die fünfzig. Ich sehe einen Goldring an seiner linken Hand. Ich wünschte, er würde nicht *Junge* sagen.
– Läuft gut, sie sind gerade dabei- - -
Das Schreien ist schriller als beim ersten Ferkel, doch in der Gaststätte klingt es weit entfernt und erinnert mich an das Quietschen eines bremsenden Zuges. Die Kinder lachen über den Zeichentrickfilm, der Wirt sieht mich das Gesicht verziehen. Er gibt mir über den Tresen hinweg einen Klaps auf die Schulter und fischt zwei Gläser unter der Theke hervor.
– Hier, damit klingt alles halb so schlimm.
Wir stoßen an. Der Schnaps fließt brennend durch meine Kehle. Es dauert eine Sekunde, dann explodiert er in meinem Bauch. Ich schicke einen zweiten hinterher.
– Es wird ein tolles Fest werden, sagt der Wirt, Meine Frau hat *struklje* gemacht. Drei Sorten. Mit Äpfeln, Käse und Fleisch. Die Käsefüllung ist die beste. Es gibt auch *palacinken* und natürlich einige Flaschen von diesem Teufelszeug hier.
Er hält die Flasche hoch, glasklar.
– Selbstverständlich auch *crno vino*, selbstgekeltert, versteht sich. Ihr werdet doch dableiben? Du tanzt doch gern, Junge?
Ich nicke, schüttle dann den Kopf, fühle die Ruhe des Alkohols in mir und würde mich am liebsten zu den Kindern setzen und mir ein paar Zeichentrickfilme ansehen.
– Ich werde dann mal wieder, sage ich.
– Hier, nimm das noch mit, da könnt ihr die Innereien reintun.

Und paßt mir auf, daß nichts verschmutzt wird. Achtet besonders auf die Leber, ich bin verrückt nach Leber.
Ich verlasse die Gaststätte mit einer Schüssel unter dem Arm und bringe sie hinter das Haus.
– Wo ist unser Bier?
Ich verziehe das Gesicht. Ich bin ein Idiot.
– Na, laß mal. Leg die Schüssel weg, und hilf Damir mit dem Ausweiden, ich hole das Bier.
Nenad wäscht sich am Brunnen die Hände, während ich die Wanne abstelle. Das zweite Ferkel hängt reglos neben dem ersten. Auch unter ihm liegt jetzt eine Plastikwanne voller Blut, vereinzelt fallen noch dunkle zähe Tropfen herunter. Damir steht vor dem zweiten Ferkel und tritt gegen die herabhängende Pfote, um zu sehen, ob es wirklich tot ist. Das Ferkel rührt sich nicht.
– *Hajde,* faß mit an.
Ich greife zu, und wir stellen die Wanne mit Blut in den Schatten der Gaststätte.
– Gib mal die Plane rüber.
Gemeinsam breiten wir die Plane unter den Kadavern aus und stecken sie an den Rändern mit Steinen fest.
– Hier, nimm dieses Messer, aber komm mir nicht in die Quere. Habe einmal fast 'nen Finger verloren, weil mir jemand in die Quere kam, also paß auf.
Damir stellt sich nahe an das erste Ferkel und schlitzt ihm den Bauch auf. Die Innereien rutschen nach einem Stocken heraus. Damir greift rein und hilft nach. Die Innereien landen platschend auf der Plane. Ich springe zu spät zurück, meine Jeans sind trotz der Schürze blutbesudelt.
– Schneid die guten Stücke raus, den Rest schieb an den Rand, der ist für die Hunde.
– Welche Hunde?
– Ist doch egal. So sagt man eben, der Rest ist für die Hunde. Wo kommst du denn her?
Nenad schlendert mit dem Bier heran. Er lehnt sich an den Baum, von dem die Ferkel herunterhängen. Meine Hände sind warm von den Innereien.

– Na, ist das nicht ein wahres Handwerk? Ich sage dir, Branko, Schlachten ist das, was uns vom Tier unterscheidet. Wir haben System, wir wissen, was gut und was schlecht ist. Wir haben eine Taktik, und wir sind nicht verschwenderisch. Du kannst mit jedem Stück von einem Rind oder Schwein was anfangen. Habe ich recht, Damir?
Damir lacht und wirft mit einem undefinierbaren Stück Gedärm nach Nenad.
– Halt bloß dein Maul, du klingst wie ein bekloppter Philosoph.
– Ich bin Schlachter, Kumpel, und versuche meinem Freund Branko die Qualitäten meines Handwerks beizubringen, was dagegen?
– Handwerk für den Arsch, stellt Damir fest und legt die Leber in die Schüssel.
Nachdem das Ferkel ausgeweidet ist, kümmern wir uns um das zweite Tier. Ich tausche den Platz mit Nenad und wasche mir die Hände. Ich wasche auch den metallischen Geschmack aus meinem Mund, spucke aus und trinke dann gierig das eiskalte Wasser. Ich bin froh, daß das alles bald vorüber ist. Wenn es einen Job gibt, dem ich aus dem Weg gehen werde, dann ist es der des Schlachters.
Vor der Gaststätte werden die ersten Bänke nach draußen getragen und Sonnenschirme aufgespannt. Ich helfe der Bedienung, die schweren Eichentische um das Feuer herum aufzustellen. Der Wirt hat aus zwei Böcken und einer Sperrholzplatte einen provisorischen Tresen gebaut und sticht das Bierfaß an.
– Was soll's sein, Junge? Sieht mir ganz danach aus, als ob deine Kumpel bald fertig sind. Setz dich und entspann ein wenig.
Ich nehme Platz an einem der Tische und bestelle eine Karaffe *crno vino*. Ich habe einen herrlichen Ausblick auf das Tal und kann weit entfernt klein und winzig Križevci erkennen. Die Landschaft wirkt wie das Bild einer Märchenidylle, in der keine Autos fahren und keine Flugzeuge fliegen. Es gibt keine Kriege, niemand stirbt.
Nenad und Damir setzen sich zu mir, der Wirt stellt einen Brotkorb und einen Teller mit geräuchertem Schinken, Tomaten und

Zwiebeln auf die Tischmitte, dann stoßen wir miteinander an. Der Wirt läßt uns allein. Damir zieht ein Kartenset aus seiner hinteren Hosentasche, und wir spielen *bela*. Ich spüre, wie ich seit langer Zeit wirklich wieder entspanne.

Ich habe von Anbeginn des Sommers fast jede Nacht mit einer anderen Frau verbracht, und es gab keinen Morgen, an dem ich meinen Augen im Spiegel schamhaft ausweichen mußte. Meine Arbeit erfüllt mich mit Stolz. Ich habe es diesen Frauen zu verdanken, daß mein Geld gut steht, und das ist die Wahrheit. Viel Geld, aber keine Ruhe. Ich bin von morgens bis abends rastlos und immer darauf aus, einen weiteren Treffer zu landen. In den Nächten, in denen mir das nicht gelingt, besaufe ich mich und sehe meinen Traum verblassen. Mein Anspruch ist hoch, das muß so sein, denn ohne einen hohen Anspruch kann ich mich auch gleich in einen Buddelkasten setzen und Sandburgen bauen. Es ist nicht der Sex, der mich müde macht, es ist die Nähe, die an mir zehrt.

Nenad teilt aus. Ich hebe meine Karten auf, betrachte sie und entscheide, das Spiel nicht zu übernehmen. Ich schiebe, und Damir ist an der Reihe. Er zieht die Mundwinkel nach unten, als hätte er etwas Saures gekostet, und murmelt: *Was soll's!* und ruft Pik aus, bevor er seine restlichen drei Karten aufnimmt.

Wir spielen und trinken Wein. Der Schinken ist gut abgehangen und angenehm salzig. Damir schneidet so dünne Scheiben ab, daß sie sich auf der Zunge zusammenrollen. Die Stunden vergehen. Das Feuer brennt zu einer kräftigen Glut herunter. Wir unterbrechen unser Spiel und befestigen den *kolac* am ersten Ferkel. Ich schwanke ein wenig, Nenad stützt mich, Damir fragt, ob wir beiden jetzt schwul geworden wären. Wir lachen nicht.

– Paß auf, wen du einen *peder* nennst, sagt Damir, Dich jage ich bis nach Križevci und zurück, wenn du nicht dein Maul hältst.

– Und was dann?

– Dann sehen wir, wer von uns am lautesten keucht, du alter Sack.

Wir knoten die Vorder- und Hinterpfoten der Ferkel mit Draht zusammen und legen dann die Pfähle auf die Y-förmigen Stöcke.

Die ersten Gäste kommen an. Ich entdecke das bekannte *KZ* von Križevci, das *LJ* von Ljubljana und das *ZG* von Zagreb. Nie hätte ich gedacht, daß ein Fest auf dem Dach des Kalnik so viele Menschen anlocken könnte, besonders nicht in solchen Zeiten.
– Das sind größtenteils Leute, die hier früher in der Umgebung gelebt haben, erklärt mir Damir, Sobald hier ein Fest ist, treibt es sie aus ihren Häusern. Nostalgie pur.
Wir setzen uns wieder an unseren Tisch und bestellen jetzt Bier.
– Noch eine Runde? frage ich und halte die Karten hoch.
– Wartet 'nen Moment, sagt Nenad, Wenn ich jetzt nicht pinkeln gehe, mach ich mir in die Hosen.
Er betritt die Gaststätte. Ich mische die Karten. Damir deutet mit dem Kinn zur Böschung.
– Komm mal mit.
Hinter der Böschung führt ein Weg in den Wald. Der Weg zieht sich den Kalnik hinauf. Damir zeigt mit der Hand zur Bergspitze, vereinzelte Wolken umgeben sie wie ein Kranz aus Schaum.
– Das war im zweiten Weltkrieg eine Bastion der Partisanen. Das wußtest du nicht, was? Tito war einer von den Soldaten, die sich in die Überreste der Burg zurückgezogen haben. Kein deutscher Arsch hat es bis dort oben hin geschafft. Stell dir das mal vor, kein einziger!
Ich kneife die Augen zusammen. Oben sind wirklich Überreste einer Burg zu sehen, sie sind mir vorher nicht aufgefallen. Und dann sehe ich etwas und glaube es nicht. Vier Buchstaben, die an den Schriftzug in Los Angeles erinnern. Nur daß hier nicht HOLLYWOOD steht, sondern TITO.
– Da oben ging es um Leben und Tod, spricht Damir weiter, Das ist nicht wie heute, wo sie nur Mist bauen, ich sage dir, nicht wie heute. Wenn ich könnte, wäre ich auch da draußen. Meine alten Knochen würden das locker durchstehen. Verdammt, ich würde ihnen zeigen, was es heißt, Frauen und Kinder zu töten! Weißt du, das ist nämlich kein Krieg mehr. Das ist Spaß am Töten. Verflucht seien ihre Ahnen. Verflucht!
Er tritt einen Stein weg, rennt hinterher, tritt den Stein noch einmal, dann sieht er mich an.

– Du denkst jetzt bestimmt, ich weiß nicht, wovon ich rede, aber ich weiß genau, wovon ich rede, denn ich kenne die Moslems, und ich kenne die Serben. Seitdem die aneinandergeraten sind, läuft alles schief. Das hat schon vor Jahrhunderten angefangen, wenn du weißt, was ich meine.

Ich weiß es nicht, und ich will es auch nicht wissen. Ich brauche meine Distanz zum Krieg, und ich habe kein Interesse, diese Distanz durch einen besoffenen Schlachter und seine Anekdoten verringert zu sehen.

– Junge, ich weiß genau, wovon ich rede. Wort für Wort.

Ich nicke und mache Anstalten, wieder an den Tisch zurückzukehren. Damir ist mit wenigen Schritten bei mir und ergreift mich am Arm, sein Kinn ist vorgestreckt, als er sagt:

– Du fragst dich, warum ich dir das erzähle, oder?

– Weil ich nicht an der Front bin, antworte ich.

– Nicht, daß wir uns falsch verstehen, sagt er und drückt meinen Oberarm, als würde er testen, ob ich Muskeln hätte, Ich wollte dir die Burgruine nur zeigen, weil ich dachte, das würde dich interessieren.

– Danke.

– Daß du nicht an der Front bist, hat nichts damit zu tun, versichert er mir und läßt meinen Arm los.

Er versucht, die Lüge abzumildern, indem er mir fest in die Augen schaut, aber ich weiß, was Sache ist. Er will, daß ich ihn fürchte, vielleicht sogar den Kopf einziehe. Ich hatte einen Vater, ich bin froh, daß er nicht mehr am Leben ist.

– Was ist es dann? frage ich.

– Was?

– Weshalb hast du mir das erzählt?

Damir blickt wieder den Berg hinauf. Etwas reflektiert das Sonnenlicht auf der Burgruine, ich bin für einen Moment geblendet.

– Ich habe dir nichts vorzuwerfen, sagt Damir, Das ist es nicht. Ich wünschte nur, ich hätte einen Sohn, den ich an die Front schicken könnte. Einen, der jedem Arsch, der Kinder und Frauen tötet, die Eier wegschießt. Solch einen Sohn, weißt du? Und wenn ich dich ansehe, dann kommt so ein Gefühl in mir hoch, und ich denke, Mann, das hier könnte mein Sohn sein. *Moj sin* Branko. Und wenn mein Sohn ein Problem hätte, ein Problem wie deins, und wenn er nicht für sein Land kämpfen könnte, wie du es nicht kannst, weißt du, was ich mit ihm machen würde? Unsere Blicke treffen sich.

– Ich würde seinen verschissenen Kopf nehmen und wie eine Nuß zwischen meinen Händen zerquetschen. Genau das würde ich machen.

Damir hat die Hände zusammengepreßt, ich weiche seinem Blick nicht aus.

– Mich wundert es, was dein Vater zu all dem sagt.

– Mein Vater ist tot.

– Und was hätte er gesagt, wenn er noch am Leben wäre?

– Dasselbe wie du, antworte ich und wende mich ab.

30

Das Fett tropft zischend in die Flammen und färbt sie blau und grün. Ich drücke meinen Daumen auf die Öffnung der Bierflasche, schüttle und halte sie über die zwei Ferkel. Als ich den Daumen lockere, schießt Bierschaum auf die braungebrannte, blasige Haut.

Ich habe das Gefühl, vor der Sonne zu stehen. Die Hitze der Glut ist betäubend. Ich spüre die kühle Feuchtigkeit meiner Augen unter den Lidern.

Ein Junge dreht langsam den Spieß, Leute sitzen auf Holzklötzen drumherum, reden und trinken, betrachten die Ferkel mit Genugtuung. Zwischendurch stehlen sie mit spitzen Fingern herunterhängende Hautfetzen und abgeplatzte Stücke der braunen Kruste. Ein kleines Mädchen kommt und fragt, ob sie auch etwas haben könnte. Ich reiße ihr einen Fetzen heraus, und sie bedankt sich mit einem Knicks.

Ich setze die Flasche an und weiß nicht, das wievielte Bier ich jetzt schon trinke. Ich war so oft auf dem Klo, daß ich die Sprüche auf der gefliesten Wand auswendig kann. Das Bier ist leer, ich stelle die Flasche auf den Boden und halte die Augen auf das Feuer gerichtet. Ich versuche nicht aufzublicken, da ich mir sicher bin, daß sie mich noch immer beobachtet. Als ich den Spieß an den Jungen abgab, fiel mir ihr Blick zum ersten Mal auf. Sie ist ungefähr in meinem Alter, schlank und mit langen Haaren, die im dämmrigen Licht rabenschwarz wirken. Ich kenne sie, kann mich aber nicht erinnern, wo wir uns schon gesehen haben. Sie hat mir zugenickt und gelächelt. Ich habe weggesehen.

Eine Stunde später, als mich eine Mücke am Hals sticht, ich sie erschlage und die klebrigen Reste von meinen Fingern wische, drehen sich meine Gedanken noch immer darum, wer sie ist. Ungewißheit nervt mich. Ich blicke auf.

Nein, sie sieht mich nicht mehr an, denn sie sitzt nicht mehr, wo sie vor einer Minute gesessen hat. Sie steht direkt neben mir und starrt in die Glut.

– Heiß hier, stellt sie fest.
Ihr Kopf reicht bis an meine Schulter, der eine Ärmel ihres Hemdes ist verrutscht, die Haut gesprenkelt mit Sommersprossen. Ich rieche eine Mischung aus Schweiß und Parfum. Der Geruch gefällt mir.
Ich setze mich, sie hockt sich neben mich, und bevor mir irgendein Spruch einfallen kann, sagt sie:
– Es ist Jahre her. Ich war dürr und trug Röcke und selbstgestrickte Pullis, und du, du bist den Sommer mit meiner Schwester Daniela und zwei von ihren Freunden rumgezogen.
Natürlich, ich lache, natürlich.
– Wie geht es Daniela? frage ich und reiche ihr mein Bier.
Das Mädchen erzählt, trinkt aus der Flasche und fragt, was mich auf den Kalnik führen würde. Während ich ihr zeige, wer Nenad und Damir sind, rückt sie näher heran, ihr Arm streift mein Knie, stützt sich darauf.
– Lebst du in Križevci?
– Seit einem halben Jahr. Du?
– Meine Eltern sind weggezogen. Mein Vater bekam einen Job in Zagreb. Also gingen wir nach Zagreb. Es ist nicht schlecht. Er wird besser bezahlt, die Wohnung ist schön groß.
Sie schweigt einen Moment, wirft dann plötzlich den Kopf zurück, als ob sie etwas Interessantes hinter sich gehört hätte.
– Ein paar Freunde von mir sind auch hier, willst du sie kennenlernen?
Als ich nicht gleich antworte, spricht sie weiter über Zagreb. Ich beobachte dabei fasziniert ihre Augen. Sie hat einen Silberblick, der sich erst entwickelt, während sie spricht. Ihre linke Pupille rutscht langsam nach außen und scheint sich im Augenwinkel verkriechen zu wollen. Wenn sie dann blinzelt oder sich konzentriert, schnellt die Pupille auf den alten Platz zurück, um nach Sekunden wieder an den Rand zu wandern.
– Wie findest du das?
Sie blickt sich kurz um, zieht dann ihr Kleid hoch, so daß ich einen Oberschenkel sehen kann. Ihre Finger zeigen auf eine Schlange, die sich um ein Kreuz windet. Die Schlange schimmert

im Licht der Glut schwarz, die Innenseite ihres Schenkels wirkt karmesinrot.

– Es gibt da einen Laden in Zagreb, wo sie dir jede Tätowierung machen, die du haben willst. Wirklich jede. Wohin du sie auch haben willst. Ein Freund von mir hat sich einen Porsche auf den Hintern tätowieren lassen.

– Einen Porsche?

– Ja, einen Porsche mit aufklappbarem Dach.

Sie lacht, zeigt dabei schmale, weiße Zähne. Ich kann für einen Moment ihre Zunge sehen und lache mit, mein Bein an ihres gedrückt, dann schlägt sie vor, einen Spaziergang zu machen.

– Laß uns zur Burg hochgehen.

Sie steht auf, reicht mir ihre Hand.

– Warte.

Ich verlasse den Kreis, nehme eine der Weinflaschen, die in Körben auf dem Tresen stehen, und kehre zu ihr zurück.

– Ist das nicht zu weit? frage ich und tue so, als ob ich die Entfernung in der Dunkelheit abschätzen könnte.

– In zehn Minuten sind wir oben, versichert sie mir.

Es dauert länger, und während wir den Pfad hinaufmarschieren, liegt ihre Hand in meiner. Wir sprechen wenig, sind schon nach den ersten Metern angespannt und vorsichtig. Der Pfad endet vor einer Felswand. Wir beginnen an der Seite hinaufzuklettern, erreichen einen Engpaß, quetschen uns hindurch und treffen auf flachgetretene Stufen, die zur Ringmauer hochführen. Im Stein ist ein Seil eingehämmert, das als Haltegriff dienen soll. Rechts von uns geht es steil bergab. Ich sehe hoch und zeige auf den Schriftzug, der überdimensional auf den Felsen über uns schwebt.

– Für Hollywood hat es nicht gereicht, sage ich.

Das Mädchen lacht und drückt meine Hand. Ich gehe vor, steige vorsichtig über Risse im Boden und erreiche die Ringmauer und einen der Burgtürme, an dem ich auf sie warte. Das Gebäude hat wenig Ähnlichkeit mit einem Turm, es ist zerstört vom Wetter und der Zeit. An einigen Stellen vermute ich Einschußlöcher. Ich fühle mich als etwas Besonderes, wenn ich an die Vergangenheit

denke und überlege, was in diesen Gemäuern geschehen ist. Auch ich bin jetzt hier oben. Auch ich sitze da, wo Tito vielleicht gesessen hat.
– Möchtest du einen Schluck?
Sie läßt sich neben mich fallen, den Rücken gegen die Turmmauer und den Blick hinab aufs Tal gerichtet. Sie atmet schwer, süßer Schweißgeruch umgibt sie. Ich reiche ihr den Wein.
– Oh ... das tut gut.
Wir trinken abwechselnd, lassen den Wein lange im Mund, schlucken, seufzen, reden. Wir haben die Beine ausgestreckt, zwei Meter vor unseren Füßen beginnt der Abgrund. Am Himmel stehen reglos die Sterne, kein Mond ist zu sehen, das Tal liegt schweigend unter uns. Die Gaststätte ist verschwunden, nirgends sind Lichter auf den Straßen zu sehen. Es ist still. Es wirkt, als ob wir ganz allein in dieser Nacht wären.
– Wollen wir bumsen?
Ich blicke sie überrascht an.
– Was?
– Ob wir bumsen wollen?
– Du bist betrunken.
– Ach, und du nicht?
– Ich habe nicht gefragt, ob wir bumsen wollen.
– Ich aber, also?
Die Flasche ist leer und steht zwischen uns auf dem Boden. Mein Magen ist unruhig. Ich kann sie nicht länger ansehen und starre deswegen auf die leere Flasche. Verdammt, ihre Frage macht mich so unbeschreiblich geil, daß ich mir wünschte, sie würde mich nicht verarschen. Das hier ist anders, es ist nicht dasselbe wie jede Nacht eine Frau ficken und dann schlafen gehen. Sie ist keine von denen, die es nötig haben. Sie scheint nicht einsam oder desillusioniert zu sein.
– Okay, sage ich, Zieh dich aus.
Sie steht auf, geht zwei Schritte vor und bleibt mit dem Rücken zum Abgrund stehen. Wenn sie jetzt noch einen Schritt nach hinten macht, ist sie weg. Die Gefahr scheint sie nicht zu kümmern. Sie beginnt sich zu wiegen, als würde sie Musik hören, da-

bei knöpft sie ihre Bluse auf, wirft sie mir zu, löst den BH, schiebt die Träger erst über die linke, dann die rechte Schulter und läßt ihn fallen. Dabei beugt sie sich vor, so daß ich ihre hängenden Brüste sehen kann, langsam richtet sie sich wieder auf.
– Tanz, sage ich leise.
Und sie tanzt, öffnet dabei den Reißverschluß an ihrem Rock, läßt ihn heruntergleiten und kickt ihn mir entgegen. Die Schuhe folgen, sie tanzt dabei weiter, sie steht nicht still. Die nackten Beine, die nackten Arme, die Brüste, der Rücken, ihr Tattoo glänzen im Sternenlicht, ihre Haut hat das Karmesinrot verloren und schimmert jetzt milchigweiß.
Ich sitze da und atme schwer. Meine Augen sind so trocken, als ob ich noch immer nahe vor der Glut sitzen würde. Sie trägt nur noch ihren Slip.
Langsam dreht sie mir den Rücken zu und streckt den Hintern raus. Noch langsamer fängt sie an, sich den Slip hinunterzuschieben, als würde sie eine Frucht schälen. Sie steigt aus dem Slip und wendet sich mir wieder zu. Sie steht da, die Arme in die Seiten gestemmt, steht da und verlangt:
– Komm schon.
Und ich komme, ich versuche es zumindest, aber meine Beine geben nach, der Wein hämmert in meiner Schläfe und läßt mich in die Knie gehen. Mir fehlt die Kraft, mich aufzurichten, also krieche ich auf sie zu. Zwischen ihren Beinen sehe ich den Abgrund, wenn ich hindurchkrabble, werde ich lange lautlos fallen.
Sie packt mich an den Haaren, so daß ich zu ihr aufblicken muß. Ihre Augen pendeln sich ein, ihr Blick durchdringt meinen Kopf. Ich bin mir sicher, noch nie solch ein unschuldiges Gesicht gesehen zu haben. Ich erkenne jede einzelne Sommersprosse und könnte schwören, daß sie höchstens sechzehn ist.
– Ja, sagt sie, und mein Gesicht prallt zwischen ihre Schenkel, weiche Schamhaare streichen über meinen Mund, meine Nase wischt durch Feuchtigkeit, ich schmecke sie mit der Zunge. Sie lacht über mir, während ich versuche, mich in sie zu verbeißen. Ich bin nach all dem fremden Sex ausgehungert, ich bin verrückt nach ihr und umgreife ihre Waden, versuche mich hochzuziehen,

dabei kommen wir beide ins Wanken, sie fällt zur Seite und ich rutsche ab und stürze nach vorn und lande auf dem Boden. Meine Hände krallen sich in der Erde fest, der Oberkörper hängt über den Rand des Abgrundes. Noch ein Zentimeter nach vorne und mein eigenes Gewicht wird mich stürzen lassen. Unter mir wiegen sich die Baumwipfel im Wind. Ich blinzle, ich rutsche langsam zurück, dann kommt mir der Wein hoch. Ich würge und huste und beruhige mich nur allmählich. Als ich wieder normal atmen kann, rutsche ich ganz vom Rand des Abgrundes weg und drehe mich auf den Rücken.
Sie ist verschwunden.

31

Ich halte ihre Bluse in den Händen und sammle Schuhe und Slip auf. Ihr Rock ist über die leere Weinflasche gefallen. Nein, sie war keine Vision. Ich habe ihren Geschmack noch im Mund und vergrabe das Gesicht in ihrer Kleidung, rieche sie, rieche sie intensiv. Niemals war das ein Traum, das hier ist wirklich geschehen.
Aber wo, zum Teufel, steckt sie dann?
Ich weiß, daß sie nicht gestürzt ist. So betrunken ich auch bin, ich weiß es mit Bestimmtheit und sehe mich nach ihr um. Rechts ist der Weg, den wir hochgekommen sind. Auf der einen Seite öffnet sich der Abgrund, auf der anderen der Innenhof der Burg. Sie könnte sich in den Nischen verstecken, sie könnte überall sein. Nach links führt die Ringmauer zum zweiten Burgturm. Ich gehe die paar Meter und schaue um die Ecke. Die Ringmauer ist höchstens einen Meter breit und hat auf beiden Seiten eine kniehohe Brüstung. Sie ist an mehreren Stellen verfallen, Steine fehlen, der Boden ist aufgerissen. Ich sehe eine Bewegung am anderen Ende. Da steht sie und schwingt ihre Arme, dreht sich, hebt das eine, dann das andere Bein und tanzt nackt auf der schmalen Ringmauer.
– HEY!
Sie beendet ihren Tanz und wendet sich mir zu, sie lacht und winkt. Mehr muß ich nicht sehen, ich renne los, ich kann einfach nicht anders, denn ich habe einiges an Erregung erlebt, aber dieses Mädchen macht mich völlig verrückt. Ich will sie haben, ich will sie so sehr haben, daß ich dafür sogar mit einem Sturz bezahlen würde.
– WARTE!
Aber sie wartet nicht. Ihr Hintern ist ein heller Fleck unter dem langen schwarzen Haar, der sich von mir wegbewegt und in der Burgruine verschwindet. Ich rutsche aus, stütze mich an der niedrigen Brüstung ab und renne weiter. Ihre Kleider habe ich fallen gelassen und hätte nichts dagegen, auch nackt zu sein.
Rennt sie vielleicht deswegen weg? Will sie mich nackt?

Ich bleibe stehen. Ich spüre den Abgrund rechts von mir und warte, daß der Schwindel vergeht.
– WILLST DU DAS?! rufe ich.
Keine Antwort.
Ich streife das Jackett ab und ziehe das Hemd aus der Hose. Ich lasse die Hose fallen, der Wind ist wohltuend, ich knöpfe das Hemd auf und spüre den Schweiß unter meinen Achseln, die Härchen stellen sich auf, meine Zehen bohren sich in die lose Erde. Meine Erektion drängt gegen den Slip, ich befreie sie und schaudere am ganzen Körper. Nachdem ich meine Sachen zusammengefaltet habe, lege ich einen Stein darauf. Jetzt bin ich für sie bereit.
Mit der einen Hand an der Brüstung nähere ich mich der Ruine und betrete sie. Mattes Sternenlicht fällt durch das rissige Mauerwerk, es erinnert mich an die ersten Morgenstunden. Sie könnte in diesem Halbdunkel einen Meter neben mir stehen, und ich würde sie nicht sehen.
– Wo steckst du?
Ich habe eine Hand an der Wand, die andere ist tastend vorgestreckt. Ein hoher Raum öffnet sich vor mir, es riecht nach feuchter Erde und ganz schwach nach vertrockneter Scheiße. Ich trete auf Plastikverpackungen, stolpere über Steine. Ich mache mir keine Sorgen wegen meiner bloßen Füße, ich werde nicht auf Glas treten, dafür ist diese Nacht zu besonders. Mein Schwanz wippt, ich lege die Hand um ihn, ich war noch nie so hart.
Ich bleibe vor zwei Torbögen stehen. Nenad hat während des Kartenspiels erzählt, daß er als Junge mit seinen Freunden einige Nächte oben in der Ruine verbracht hat. Lagerfeuer und Saufgelage. Die Jugendlichen feiern hier noch immer ihre Partys. Ich bin mir sicher, daß im Tageslicht schmierige Graffiti auf dem Mauerstein zu sehen sind.
Der rechte Torbogen öffnet sich zu einem Durchgang mit Stufen, die nach unten auf den Innenhof führen; der linke Torbogen ist dunkel. Eine Sackgasse, ein einzelner Raum.
Ich stecke den Kopf hinein, lausche.
Ein scharrendes Geräusch läßt mich grinsen. Ich betrete den Raum

mit geöffneten Armen, ich bin vollkommen schutzlos und ich werde dieses Mädchen nehmen, wie ich noch nie jemanden genommen habe. Meine Hände greifen in die kühle Luft, ich erwarte die Berührung von warmer, nackter Haut. Das Mädchen ist bestimmt verschwitzt vom Laufen, sie ist bestimmt von Kopf bis Fuß feucht. Und sie ist garantiert genauso verrückt nach mir, wie---

Das Knurren beginnt leise und steigert sich, als ob jemand an einem Lautstärkeregler drehen würde. Es ist kehlig und rauh, es klingt gemein und prallt von den Wänden des Raumes wider wie ein Querschläger.

Mein Herz zieht sich schmerzhaft zusammen, meine Schultern versteifen sich. Ich weiche zurück und hebe abwehrend die Hände. Mein Fuß bleibt hängen, ich spüre, wie ich mich an etwas Zackigem schneide, und stolpere nach hinten, wo ich den Ausgang verfehle und gegen eine Mauer stoße. Plastik knirscht unter meinen Fußsohlen, das Knurren geht in ein Röcheln über, doch das höre ich nur noch unterbewußt. Ich bin voller Panik. Ich taste mit der einen Hand, während die andere weiterhin schützend vorgestreckt ist. Ich höre und sehe nichts mehr, ich weiß nur, daß ich raus raus raus muß, denn mein Herz schmerzt vor Angst, jeder Schlag ist ein Stich, und das Adrenalin schärft meine Sinne und läßt mich vollkommen überfordert die Flucht ergreifen.

Ich finde den Ausgang und falle rückwärts nach draußen, stoße mir die Hüfte an einem Stein, schlage mein Knie an, rapple mich auf und renne durch den Torbogen.

Weg hier, nichts wie weg hier, soll sie doch sehen, wie sie zurückkommt, soll sie sich doch selber suchen.

Die Ringmauer und meine Kleidung. Ich sammle sie auf, ziehe mich im Laufen an, sehe nicht zurück, lehne gegen den Burgturm, bekomme ein Bein in die Hose, sehe das Blut an meinem Fuß, kriege das andere Bein in die Hose, stopfe mir die Socken in die Hosentaschen, ziehe die Schuhe über die bloßen Füße und haste weiter.

Ich weiß nicht, wie es mir gelingt, ohne einen Sturz unten anzukommen. Am Fuß der Burg drehe ich mich um und sehe die Mauern hinauf. Mein Atmen ist abgehackt, der Mund ausgetrocknet. Obwohl mich der Schmerz wütend macht, bin ich gleichzeitig besorgt. Ich wünsche mir, sie winken zu sehen oder ihr Lachen zu hören, damit ich weiß, alles ist in Ordnung. Ich fühle mich feige. Ich könnte es ihr erklären und sagen, ich hatte plötzlich keine Lust mehr auf ihr Spiel gehabt und bin deswegen gegangen. Vielleicht verliere ich sie damit, aber so ist es dann eben. Das Gesicht muß gewahrt werden.

Ich rufe nach ihr.

– HEEEE---

Und breche ab.

Ich weiß ihren Namen nicht.

Ich weiß ihren gottverdammten Namen nicht.

Ich wende mich ab und laufe den Waldweg hinab zum Fest zurück.

32

Sie haben eine Reihe von Tischen zusammengeschoben, so daß eine Bühne für den tanzenden Nenad entstand. Er hat sich das Hemd aufgeknöpft, seine Brust glänzt ölig vom Schweiß, das Gesicht ist entrückt und glücklich. Er wiegt sich zur Musik in den Hüften, während die Leute um ihn herum pfeifen und klatschen. In der linken Hand hält Nenad eine halbvolle Weinflasche, in der rechten ein leeres Glas.

Ich nehme das alles nur aus den Augenwinkeln wahr und gehe an den Feiernden vorbei auf die asphaltierte Straße zu, die von der Gaststätte in das Tal hinabführt. Es ist nicht weit bis zum Dorf Kalnik. Von da aus sind es zwanzig Kilometer bis nach Križevci. Vielleicht habe ich Glück und ein Wagen kommt und nimmt mich mit. Wenn nicht, werde ich die ganze Nacht brauchen, um die Stadt zu erreichen.

Hinter dem Dorf setze ich mich an den Straßenrand und ziehe meinen linken Schuh aus. Der Schnitt geht quer über den Fußballen, er blutet noch ein wenig, aber es sieht schlimmer aus, als es ist. Vorsichtig ziehe ich die Socke wieder darüber. Meine Uhr zeigt zehn nach eins. Ich fühle mich wach und könnte nach Hause joggen. Der Schmerz wird mich anspornen. Ich könnte das wirklich schaffen.

Einen Moment lang bleibe ich auf einer Anhöhe stehen und bewundere den Anblick. Wiesen, Korn- und Maisfelder breiten sich unter mir aus. Die Landschaft ist wie ein Flickenteppich. Ich setze mich wieder in Bewegung und verfalle in einen leichten Laufschritt. Die Atmung verändert sich automatisch, ich spüre, wie ich mühelos den alten Rhythmus wiederfinde, der mir noch aus der Armeeausbildung vertraut ist. Der Unterschied zu damals ist, daß ich keine sechzig Pfund Gewicht auf dem Rücken habe und meine Füße nicht in Stiefeln stecken. Ich genieße es, mich zu bewegen. Dieses Gefühl von körperlicher Kraft, Schritt für Schritt, die Muskeln erwachen, die Sinne werden geschärft. Bald bin ich in Schweiß gebadet, Hemd und Jackett kleben an

meinem Rücken, ich atme rhythmisch und wische mir immer wieder mit dem Ärmel übers Gesicht, wechsle bei den Steigungen in einen leichten Trott und lege beim Abstieg an Tempo zu.
Das erste Dorf auf meinem Weg nach Križevci ist sparsam beleuchtet. Das dreckige Gelb der Laternen verleiht den Häusern einen verlassenen Eindruck. Die Farben sind stumpf und erinnern an ausgeblichene Photos. Sobald ein Hund anspringt, ist das Klirren von Ketten zu hören. Manchmal kreuzt eine Katze meinen Weg, bleibt mitten auf der Straße stehen und sieht mir entgegen, bis ich eine bestimmte Grenze erreiche und die Katze geduckt und mit fließenden Bewegungen im Gestrüpp verschwindet.
Die verlassene Atmosphäre wiederholt sich in den nächsten drei Dörfern, dann höre ich hinter mir das Geräusch eines sich nähernden Wagens. Es ist ein Lada voller grölender Jungen und Mädchen. Der Fahrer bremst mit quietschenden Reifen neben mir, als ob er mich retten müßte.
– Mann, was tust du denn hier?!
Lachen aus dem Wageninneren, eine Kippe wird auf die Straße geschnippt und rollt an mir vorbei.
– Ich bin auf dem Weg nach Križevci.
– ER IST AUF DEM WEG NACH KRIŽEVCI! ruft der Fahrer nach hinten.
Jemand pfeift, jemand hämmert sechsmal von innen gegen das Wagendach. Ich stehe vorgelehnt und mit den Händen auf den Knien, ich habe keine Ahnung, was daran so komisch ist und warte, daß sie aufhören zu lachen. Meine Atmung beruhigt sich allmählich. Ich richte mich auf und sehe keinen Grund, mich länger mit diesem Idioten zu unterhalten.
– HE, WARTE!
Der Wagen folgt mir. Er überholt mich und bleibt fünf Meter entfernt am Straßenrand stehen. Der Fahrer hängt sich aus dem Fenster.
– Willst du denn nicht mitkommen?
Ich sehe mir die Gesichter im Wageninneren an, einige grinsen, andere nicken mir zu, ein Mädchen macht das Peace-Zeichen.
– Und wo soll ich sitzen?

– Wir machen schon Platz.
Genau das tun sie, schieben sich zusammen, sitzen auf dem Schoß des anderen, kichern und ächzen. Mit dem Fahrer sind es vier Mädchen und drei Jungen. Reihum sagen sie ihre Namen, drücken mir eine Wodkaflasche in die Hand und reichen einen Joint herum, während es blechern aus den Boxen hämmert. *Bjelo Dugme.* Ich habe die Musik schon immer gemocht und nehme einen Zug von dem Joint. Der Rauch paßt gut zum Geschmack des Wodka. Ich fühle mich nach dem Erlebnis auf der Burg geborgen in der Gesellschaft von Jugendlichen, die meinem alten Ich so ähnlich sind. Es könnte fünf Jahre vorher sein. Während der kurzen Fahrt vergesse ich das Knurren und denke nicht mehr an das Mädchen. Ich konzentriere mich wieder auf das Wesentliche, denn morgen ist ein neuer Tag. Mir bleiben wenige Wochen, dann werde ich meine Sachen packen und verschwinden. Morgen geht das Leben weiter.
Morgen.
Sie lassen mich in Križevci direkt an der Hauptstraße raus, hupen und verschwinden wie ein lärmender Trupp hilfreicher Feen in der Nacht. Ich blicke ihnen nach, schaue dann in den Himmel, wo sich die Zahl der Sterne verdoppelt hat. Sie wirken wie eine fluoreszierende Wolke, die ganz Kroatien überdeckt.
Jemand ruft meinen Namen und winkt aus einem der Cafés, doch ich reagiere nicht und wende den Kopf ab. Ich will allein sein. Dieser Tag ist für mich beendet, soll die Stadt anstellen, was sie will, sie wird eine Nacht lang ohne mich auskommen müssen.

Vierter Teil

Herbst

33

Ihr Name ist Cordelia. Sie ist groß und elegant, trägt eine Sonnenbrille von Armani und ein Halstuch von Gucci. Ihre Augen sind durchsichtig blau, ihre Nase klein und spitz. Cordelia hält sich die Hand vor den Mund, wenn sie lacht, und wenn sie spricht, zieht sie bedeutungsvoll die rechte Augenbraue hoch, obwohl ich kein einziges Wort von dem verstehe, was sie sagt.

Ich habe mich auf Deutsch konzentriert, Englisch kenne ich nur aus Filmen, also verständigen wir uns mit Gesten und Blicken, trinken gemeinsam an der Bar, reiben die Knie aneinander und gehen danach in das Hotel.

Auf ihrem Zimmer bringt mich Cordelia dazu, mit ihr zu duschen. Ich sehe sie mir dabei genauer an. Nackt ist sie grobknochig, kräftige Arme, stämmige Beine. Sie hat ein Tattoo über ihrem Hintern und macht auf mich den Eindruck einer Bäuerin. Angezogen wirkt sie chic, bewegt sich graziös, raucht affektiert. Nackt ist sie einfach nur Fleisch.

Sie beißt mich zweimal in die Schulter, während ich mich damit abmühe, ihr Gewicht zu halten, ohne dabei mit den Füßen auf dem glatten Boden der Duschkabine wegzurutschen. Ihre Beine sind hinter meinem Rücken verschränkt, ihre Stimme zwitschert und stöhnt in mein Ohr, während ich keuchend nach Luft ringe. Strähnen ihrer rotgefärbten Haare hängen mir ins Gesicht, der Geruch von Ammoniak reizt meine Nase. Ich lehne mit ihrem vollen Gewicht um meinen Hals gegen die geflieste Wand und ruhe mich aus. Ihr Unterkörper ist unermüdlich, er hämmert und hämmert, daß mein Becken zu schmerzen beginnt. Ich lege beide Hände um ihren Hintern, damit sie langsamer macht. Sie denkt nicht daran.

– *More, fuck me more, come on!*

Ich spüre, wie meine Erektion nachläßt. Der Magen brennt seit dem Mittagessen, alle paar Minuten steigt es mir sauer auf. Ich möchte mich hinlegen und einen Tag lang durchschlafen, aber das kann ich vergessen, der Abend hat eben erst begonnen, der Countdown läuft.

Bevor meine Knie nachgeben, stoße ich mich ab und trete von der Wand weg. Ein Schritt nach vorne und Cordelias Rücken klatscht gegen die Fliesen, ihre Zähne klacken zusammen, ein leiser Aufschrei entweicht ihr. Ich presse sie in die Ecke, sinke tiefer in sie hinein und finde meinen Rhythmus.
– *Yes! Yes!!*

Ob Cordelia zum Schluß hin großzügig ist, kann ich nicht beurteilen, denn sie gibt mir englische Scheine. Ich bedanke mich, ohne einen Blick auf das Geld zu werfen, und verstaue es in meiner Brieftasche.
– *Just a second!*
Ich stehe im Türrahmen und warte. Es ist nach elf, ich könnte Glück haben und einen weiteren Treffer landen, auch wenn sich mein Körper nicht danach fühlt. Cordelia kommt mit einem Zettel zu mir.
– *28. 8. – 22 h – ? –*
Ich nehme den Zettel und verlasse das Hotel. Es ist nicht mein Stil, zweimal mit ein und derselben Frau zu schlafen. Sie sind auf der Durchreise und bleiben eh nur kurze Zeit in Križevci. Von einigen bekomme ich hingekritzelte Telefonnummern und werfe sie weg, so wie ich Cordelias Zettel zerknülle und auf der Straße fallen lasse. Dann gibt es deutsche Frauen, die mir ihre Adresse dalassen. Diese Adressen behalte ich und schreibe sie sauber in mein Notizbuch. Adressen aus Karlsruhe, München, Bremen, Berlin, Köln, Nürnberg, Hannover. Ich schlage die Städte im Atlas nach und umkreise sie mit Bleistift. Es ist ein langer Weg dorthin, aber wenn ich erst einmal angekommen bin, werde ich nicht im Regen stehen. Einsame Frauen werden mir die Tür öffnen und erröten, bevor sie mich aufgeregt hineinrufen. Ich kann ihre Gesichter sehen, ich kann ihre Hände spüren, ich muß nur noch bei ihnen ankommen.

Im *Vuk* geht es hoch her. Ich bin überrascht, so voll habe ich es nicht erwartet. Ich bestelle einen Gin Tonic, stehe eine Weile am Rand der Tanzfläche herum und beobachte die Frauen mit Begleitung und die ohne. Es sieht ganz danach aus, als ob ich tanzen

müßte, um mich ihnen zu nähern, aber das verkraftet mein Magen heute abend garantiert nicht mehr.
Ich stelle das halbvolle Glas auf einem der Tische ab und verlasse die Disco.
Im *Oko Moje*, einer Bar hinter dem Rathaus, werden die Stühle hochgestellt; zwei Ecken weiter ist das *Pik* überfüllt. Es macht keinen Sinn, sich da reinzuquetschen. Ich laufe am Kino vorbei, ohne mir die Plakate anzusehen. In der Weinbar gegenüber vom Heimatmuseum ist die Stimmung angenehm. Lampions brennen, die Tische auf der Terrasse sind von einer wuchtigen Kastanie überdacht. Ich finde einen Platz neben dem Eingang. Auch wenn es für mich klüger wäre, nach Hause zu gehen, weil ich morgen früh raus muß, um Rinderhälften durch die Gegend zu schleppen, sehne ich mich nach einem Glas eiskalten Weißweins. In aller Ruhe, alleine. Es ist ein guter Ort dafür. Die Musik ist seichter Jazz, der über die murmelnden Stimmen kaum zu hören ist. An den Tischen sitzen nur Pärchen. Niemand beachtet mich. Ich gebe meine Bestellung auf und zünde mir eine Camel an. Ich bin sehr sparsam mit meinem Vorrat und benutze die Camels hauptsächlich, um meinen Stil zu demonstrieren. Heute mache ich eine Ausnahme, rauche und genieße die Nacht – für einige Minuten frei.
Als der Wein kommt, trinke ich ihn in kleinen Schlucken und zünde mir eine zweite Zigarette an, die noch besser schmeckt als die erste. Ich schließe zufrieden die Augen. Das Sodbrennen hat nachgelassen, ich verspüre eine angenehme Schwerelosigkeit, als wäre mein Körper mit Helium gefüllt und bereit, in den Wolken zu verschwinden. Auch die Atmosphäre um mich herum hat etwas Ätherisches, so daß ich glaube, sie auf der Haut zu spüren. Doch da ist mehr als nur das Wohlgefühl. Da ist auch eine Gewißheit. Der August nähert sich dem Ende, Mitte September ist die Saison vorbei, die Touristen werden verschwinden, und auch ich werde meine Sachen packen und Križevci verlassen. Ich zähle die Tage zusammen, inhaliere und behalte die Augen geschlossen.
Neunzehn.
Ich lache leise. Neunzehn ist eine gute Zahl.

34

Vier Tage später wartet Josip in der Mittagspause beim Brunnen auf mich. Er rief mich bei der Arbeit an, weil er sich mit mir treffen wollte. Es gibt Probleme. Die kroatische Regierung steht endlich auf eigenen Füßen und hat den Entschluß gefaßt, neue Ausweise auszustellen. Kroatische Ausweise. Nach der Anerkennung seitens der EG im Januar und den Wahlen Anfang August ist das Land im Umbruch. Genau das erzählt Josip mir, nachdem ich mich neben ihn auf den Brunnenrand gesetzt habe.

– Alle Papiere werden ungültig, fügt er hinzu und zieht nervös an seiner Zigarette, ohne mich anzublicken. Ich habe keine Ahnung, wie ich reagieren soll, und starre auf meine Schuhe.

– Was tue ich nur?

– Ich weiß es nicht, Branko. Vielleicht kann Mirko dir weiterhelfen.

– Sei kein Idiot.

Josip schnippt die Kippe in den Brunnen und ergreift mich am Ellbogen.

– Du mußt aber was tun. Du brauchst doch Papiere, Mensch. Wenn sie dich ranbekommen, fliegt alles auf.

Ich reiße mich wütend los.

– Und wie soll ich mir deiner Meinung nach Papiere besorgen? Soll ich vielleicht eine Anzeige in der Zeitung aufgeben?

Josip sieht mich nur an. Ich weiß, er kennt einige Leute bei der *milicija* und ist mit dem Chef befreundet, doch das hilft mir in diesem Fall nicht.

– Scheiße auch, was mache ich jetzt?

Ich hasse mich in diesem Moment. Ich wirke verletzlich, ich wirke wie ein Junge, der etwas Dummes angestellt hat und deswegen in der Klemme steckt. *Wieso muß das jetzt geschehen?* Mir bleiben noch fünfzehn Tage.

– Vielleicht lieferst du dich aus, schlägt mein Cousin vor, Ich meine, ich habe gehört, daß sie schon den Großteil unserer Truppen aus dem Kriegsgebiet zurückgezogen haben. Zu Dreiviertel

sind wir raus aus dem Spiel. Was da an der Front passiert, geht uns nichts mehr an, verstehst du?
– Das habe ich aber anders gehört, sage ich.
– *Jebemti boga,* Branko!
– Sei still.
– Jaja.
Josip fährt sich durch die Haare, resigniert, müde.
– Was ist los mit dir? möchte er wissen, Willst du meine Hilfe, oder willst du sie nicht?
– Ich soll mich also ausliefern?
– Was sonst?
– *Du willst, daß ich mich ausliefere?!*
– Red nicht so laut. Natürlich will ich das nicht, *budala,* aber da es scheinbar der einzige Weg ist, der dir offen bleibt …
Den Satz läßt er unbeendet. Ich spucke ihm vor die Füße. Lieber sterbe ich. Lieber knall ich jeden Bullen ab, der versuchen sollte, mich festzunehmen.
– *Šlusaj,* sagt Josip, Wir trinken jetzt jeder ein Glas, ja? Und dabei reden wir in Ruhe über alles, hörst du? Ist das okay für dich?
Ich nehme die Hände aus den Vordertaschen und halte sie unter den tröpfelnden Strahl des Brunnens. Nichts ist okay, aber der Gedanke an ein Glas Bier beruhigt mich. Ich wasche mir das Gesicht und folge Josip zur nächsten Kneipe.

35

Ich fühle mich überrumpelt. Nie hätte ich gedacht, daß es so schnell gehen würde. Križevci liegt ungefähr fünfzig Kilometer östlich von Zagreb entfernt und ist bisher unberührt geblieben vom Kriegsgeschehen. Im letzten Sommer kam die Unabhängigkeitserklärung, dann wurde Kroatien von der EG anerkannt und kurz darauf in die UNO aufgenommen. Jetzt ist Tudjman Präsident, und es ist die Rede von einer eigenen Währung. Die Menschen in Križevci verfolgen das alles mit Interesse, sie bleiben auf dem laufenden, denn es geht hier um ihre Heimat. Natürlich sind sie betroffen, natürlich wollen sie dem Krieg ein Ende setzen und Frieden im Land haben, aber sie stecken nicht mittendrin. Eine unberührte Stadt ist eine unberührte Stadt, da führt nichts daran vorbei. Deswegen dachte ich auch, daß die Veränderungen in Kroatien eine Weile brauchen würden, ehe sie Križevci erreichen.
– Da hast du falsch gedacht, sagt Josip und führt mich über die Straße. Ich bin wie betäubt und setze mich auf den Stuhl, den er mir unterschiebt. Josip bestellt uns *kruškovac* und Bier. Er hält mir seine Zigaretten entgegen und gibt mir Feuer. Josip weiß, wie er mich beruhigen muß. Die Getränke kommen. Wir trinken den Likör und schütten das Bier gleich hinterher. Josip spricht weiter:
– Du bist nicht der einzige, den es überrascht hat. Ein paar Politikern hat es mächtig die Schuhe ausgezogen. Also mach nicht so ein Gesicht, es ist gut, was passiert. Wir stehen endlich als anerkannte Republik da, ein uralter Traum ist in Erfüllung gegangen – ein Volk, ein Name, eine Republik. Berührt dich das nicht? Jahrzehnte haben wir unter den Serben gestanden, und jetzt ist Schluß damit. Also, wenn das kein Grund zum Feiern ist, dann weiß ich auch nicht, wie ich dir helfen kann. Ich wünschte, mein Vater wäre hier, Junge, würde der sich freuen!
Josips Vater war nicht nur ein bodenständiger Kroate, er war auch ein Verehrer Titos, daher hat Josip auch seinen Vornamen. Josip selbst hat es nie gewagt, irgendeiner Partei beizutreten. Er hatte

Angst um seine Familie und wollte keinen Ärger. Von seinem Vater hat er den Patriotismus geerbt. Es erfüllt ihn mit Stolz, wenn unter den Namen der Sportler nicht mehr Jugoslawien, sondern Kroatien steht. Und sobald Kroatien in der Presse erwähnt wird, ist Josip zu Tränen gerührt. Dabei ist das in meinen Augen nur politische Fassade.
– Ich habe keine Ahnung, worüber ich mich freuen soll, sage ich, Dem Land geht es miserabel, schau dich doch mal um, die Wirtschaft ist im Keller.
Josip winkt ab.
– Keller? Was für ein Keller?! Wir haben doch die Deutschen, die stehen voll hinter uns, das sind gute Karten, damit kommst du aus jeder Krise heraus. Verschließ deine Augen nicht, Kroate zu sein, ist eine Ehre.
Ich sehe ihn an, als ob er mich verarschen würde. Wie kann er mir jetzt mit Ehre kommen?
– Du kriegst das schon hin, lenkt Josip schnell ein, Da bin ich mir sicher.
– Ich kriege was hin? frage ich, Daß sie mich in den Knast stekken?
– Jetzt reg dich nicht so auf, so schlimm wird es nicht kommen.
– Josip, *ich bin desertiert.* Wäre ich nicht desertiert und hätte für mein Land geradegestanden, dann hätte ich mit hoher Wahrscheinlichkeit schon meinen samtgefütterten Sarg. Kapierst du das nicht?
– Es ist eine Sache der Perspektive, sagt Josip.
– Was?
– Ich sagte---
– Ich habe dich schon gehört. Was ist denn das für ein bescheuerter Satz? Du sitzt sicher in deiner Firma und deinem kleinen Leben und sagst solch einen Satz?
Josip wird rot.
– Komm mir jetzt nicht mit deiner Hand, sage ich, Deine Hand zählt jetzt nicht, die ist mir im Moment vollkommen egal.
Ich beuge mich vor.
– Weißt du, daß ich von meinem Tod geträumt habe? frage ich

ihn leise, Weißt du, daß ich mich an der Front sterben sah? Ich wollte nie, daß irgend jemand das erfährt. Josip, verstehst du, ich habe *gesehen*, was mich erwartet. Ich habe es *gespürt*. Oder dachtest du, ich wäre aus Feigheit desertiert?

Josip legt mir den Arm auf die Schulter.

– Ich verstehe, was du sagen willst, sagt er mit Gefühl, Bitte, laß uns nicht streiten, laß uns noch ein Glas trinken und zur Ruhe kommen. Es tut mir wirklich leid.

Ich schweige. Ich bin eindeutig zu weit gegangen. Niemanden geht meine Vergangenheit etwas an, Josip hat mich aus der Reserve gelockt, und damit ist jetzt Schluß. Ich habe andere Probleme; ich weiß nicht, wie mein Leben in Kroatien weitergehen soll, wenn ich ohne einen verdammten Paß dastehe. Ich sehe auf die Uhr. Mir bleiben noch zwanzig Minuten, bevor meine Pause zu Ende ist und ich zur Arbeit zurückkehren muß. Vielleicht sollte ich schon in den nächsten Tagen verschwinden. Wenn ich ungeschoren über die Grenze komme, wird es mir dann möglich sein, meinen Ausweis woanders gegen einen gültigen Paß einzutauschen? Und wo soll ich es versuchen? Bei einem ausländischen Konsulat? Die stellen mich doch sofort an die Wand.

Aus den Zeitungen weiß ich, daß sich die Welle von Flüchtlingen zum größten Teil in Deutschland niedergelassen hat. Werde ich dort auffallen? Kann ich untertauchen und alles aus einer angenehmen Distanz heraus regeln?

Ich weiß keine Antwort, und ich will auch nicht Josip um seinen Rat fragen, denn so gut es auch zwischen uns beiden steht, mein Plan geht ihn nichts an. Ich lege hier ein Solo hin, und nicht mein Cousin, nicht Nenad, nicht Gott, Jesus Christus oder die Jungfrau Maria sollen mir dabei zur Seite stehen.

– Überleg es dir, sagt Josip, Wenn du willst, spreche ich mit dem Chef der *milic* und lege ein gutes Wort für dich ein. Wir kennen uns von der Schule her, er ist ein guter Mensch. Vielleicht kriegst du ja überhaupt keine so große Strafe, weil du ja freiwillig kommst, vielleicht ist es …

Josip verstummt unter meinem Blick.

– Ich denke darüber nach, lüge ich.

– Das ist gut, danke, murmelt Josip lahm.
Ich schiebe mein leeres Bierglas von mir und stehe auf. Die Mittagspause ist vorbei.
– Tatjana hat nach dir gefragt, hält mich Josip zurück, Sie wollte wissen, ob du am Mittwoch Zeit hast. Tante Marta ist krank, und wir wollten ohne die Kinder hinfahren.
– Wir reden darüber, sage ich und gehe über die Straße, ohne auf den Verkehr zu achten.

Nenad sitzt mit fünf anderen Männern auf dem Hinterhof der Schlachterei, umgedrehte Eimer dienen ihnen als Hocker, von einem Nagel hängt ein Radio an einer Strippe. Die Männer bilden einen Kreis, rauchen und warten, daß die Pause vorübergeht.
Rechts von Nenad sitzt Damir und stochert mit einem Stock in der Erde. Ich habe seit dem Fest auf dem Kalnik kein Wort mehr mit ihm gesprochen. Wir tun unsere Arbeit, nicken einander grüßend zu, mehr passiert nicht.
Wie ich mich jetzt der Gruppe von Männern nähere, spüre ich eine fast körperliche Abneigung, mich zu ihnen zu setzen. Was sind ihre Gedanken und Probleme schon wert? Was wissen sie überhaupt von echten Problemen?
Eine Welle aus Selbstmitleid überfällt mich. Ich habe einen Haufen Geld zurückgelegt und kann damit nichts anfangen. Ich fühle mich verraten.
Nenad sieht mich kommen, steht auf und zieht mich zur Seite. Wir stellen uns außer Hörweite unter einen der Lieferanteneingänge. Durch die Aluminiumwand in unserem Rücken sind die gedämpften Geräusche der Rinder zu hören.
– Es hat geklappt, Kumpel.
– Was hat geklappt?
Nenad stößt mich mit der Schulter an, grinst und blickt zu den Männern rüber.
– Du bist der erste, der es erfährt. Die Kleine aus der Disco. Dunja. Sie hat eben angerufen. Hier, im Büro.
– Dunja?
– Mensch, wach auf, die Mieze mit den Locken, die ich noch von

früher kenne! Die Freundin meiner Frau! Natašas beste Freundin, um genauer zu sein. Na?!
Mir kommt eine verschwommene Frauengestalt in den Kopf, klein und mit Locken, ja, klar, an sie kann ich mich erinnern.
– Gratuliere.
– Du mußt sie kennenlernen.
– Okay.
– Nicht okay, du mußt morgen vorbeikommen. Morgen abend zum Essen.
– Hör mal …
Ich hebe eine Hand, als ob ich Nenad damit stoppen könnte.
– Bring eine von deinen Puppen mit, wir machen ein richtiges Pärchentreffen, was meinst du?
Jemand pfeift, wir drehen die Köpfe. Die anderen Männer sind dabei, in die Schlachterei zurückzukehren. Sie hängen sich ihre Schürzen um, rücken die Schiebermützen zurecht, das Radio wird ausgestellt.
– Also?
Nenad hat sich mir wieder zugewandt. Seine Hand liegt in einer freundlichen Geste um meinen Nacken und schüttelt mich sanft. Das ist etwas, was er ständig macht, wenn er in guter Stimmung oder betrunken ist.
– Ich kenne keine Puppe, sage ich.
Nenad lacht.
– Daß du keine Puppe kennst, ist so, als ob ein Astrologe sagen würde, er kennt keine Sterne. Aber wenn du meinst, wenn du wirklich meinst, dann komm eben allein. Du mußt sie einfach sehen, sie wird dich umhauen. Wir essen um acht. Dunja, Stef, du und ich. Einverstanden? Morgen um acht?!
Ein Klaps, ein Zwinkern, und Nenad ist weg. Ich reibe mir den Nacken. Durch die Aluminiumwand dringt das Rufen der Rinder.

36

Ich finde meinen linken Schuh unter dem Bett, hole ihn hervor und quetsche den Fuß hinein, ohne die Schnürsenkel zu öffnen. Ich kann seit dem Gespräch mit Josip an nichts anderes mehr denken als an eine Horde von schwerbewaffneten Polizisten, die durch die Tür stürmen und mich rauszerren.
Mehrmals am Tag erwische ich mich dabei, wie ich die Leute um mich herum beobachte. Ich suche Anzeichen in ihrem Verhalten, die mir verraten, daß die *milicija* hinter mir her ist.
Ich weiß, es kann so nicht weitergehen. Meine Mutter hat vor Weihnachten mit Tatjana telefoniert. Jetzt haben wir das Ende des Sommers, und meine Mutter weiß, daß an meinem Verschwinden etwas faul ist. Sie hat garantiert mit der *milicija* gesprochen, sie hat ihnen Photos gezeigt, jeder kennt mein Gesicht.
Aber vielleicht denkt meine Mutter, ich bin vermißt?
Unsinn.
Im Bad kämme ich mein Haar mit einem feuchten Kamm und reibe mir übers Kinn. Ich zupfe an meinem Schnurrbart, spitze den Mund. Ich habe Schatten unter den Augen, ich spüre die Panik unter meiner Haut. Der Schnurrbart ist eine gute Tarnung, er macht mich fünf Jahre älter, meine eigene Mutter würde mich wahrscheinlich nicht erkennen.
Ich wasche mir die Hände, trockne sie ab und kehre zurück in das Zimmer.
– Ich gehe, sage ich leise und in der Hoffnung, sie würde es nicht hören. Aber sie hört. Sie ist wahrscheinlich wach, seitdem ich aufgestanden bin.
– Sehen wir uns wieder? Ich fahre erst in vier Tagen.
– Vielleicht.
– Es war schön.
Ich antworte nicht, ich habe ihr Geld, ich brauche ihre Sympathie nicht. Die Tür fällt hinter mir ins Schloß, die Nacht ist zu Ende.

Die Stadt erweckt den Eindruck, als ob sie an diesem Morgen tot geboren wäre. Keine Autos fahren, das dunkelblaue Licht der Dämmerung ist noch unberührt von der aufgehenden Sonne. Es ist still wie in einer Kirche, keine Vögel sind zu hören, nur meine Schritte hallen laut vom Bordstein wider und erinnern mich an meinen letzten Geburtstag und die Schritte meiner Mutter aus dem unteren Stockwerk. Ich werde diesen Morgen und das damit einhergehende Gefühl nie vergessen – das unausweichliche Wissen, das letzte Mal im Haus meiner Eltern erwacht zu sein.
Ich beginne zu frieren, knöpfe mir das Jackett zu und gehe durch den Park in Richtung *autobusni kolodvor.*
Zwei Reisebusse von *YugoTrans* warten mit laufenden Motoren an den Haltestellen 3 und 6. Die Uhr über der Bierreklame zeigt 4:38. Ich sehe eine gebeugte Frau in Schwarz, die mit einem der Fahrer spricht. Sie stehen unter dem flackernden Licht einer Laterne. Die Vordertür des Busses ist geöffnet, der Fahrer sitzt rauchend auf der untersten Stufe und starrt auf den Boden. Er schüttelt immer wieder den Kopf. Ich kann nicht hören, was die beiden reden.
Ein magerer Hund mit einem Bündel in der Schnauze überquert die Straße und knurrt mich an. Ich ziehe die Schultern hoch. Das Knurren erinnert mich an die Nacht auf dem Kalnik. Was auch immer dort in der Dunkelheit gehockt hat, es will nicht von mir lassen. Vielleicht war es nur ein streunender Hund. Aber was sucht ein streunender Hund auf einer verlassenen Burg?
Nein, ich bin mir sicher, das war kein Hund.
Das Knurren verfolgt mich und geistert in den Nächten durch meine Träume. Tagsüber verdränge ich es, weil ich befürchte, es auch bei Tageslicht zu hören. Im Schlaf bin ich schutzlos. Der Traum ist immer derselbe. Ich bin im Gewölbe gefangen, und es gibt keinen Ausgang. Das Knurren nähert sich und umgibt mich von allen Seiten. Ich erwache schweißgebadet und muß die Hände auf mein Herz legen, um es zu beruhigen. Ich fühle mich zwischen meinen eigenen vier Wänden bedroht, so als ob das knurrende Wesen nachts vom Berg hinuntersteigen würde, um mich aufzusuchen. Um diesen Träumen zu entgehen, habe ich

mir angewöhnt, die Nächte bei den Frauen zu verbringen. Das Knurren will mich allein, die Nähe von anderen Menschen ist ein Schutz.

– Verpiß dich!

Der streunende Hund mit dem Bündel im Maul verschwindet um die Ecke. Ich fühle mich ausgelaugt. Mir bleiben noch zwei Stunden, dann muß ich in die Schlachterei und Rinderhälften stemmen. Ich werde mich danach noch einmal hinlegen, denn ich will bei Nenads Abendessen keine schlechte Laune verbreiten. Nenad würde mir das nie verzeihen.

In meinem Wohnblock angekommen spüre ich, wie die Müdigkeit an meinen Beinen zerrt. Es ist ein reiner Willensakt, mich die Stufen hochzuschleppen. Ich stelle den Wecker auf halb acht, schaffe es gerade noch so, mich auszuziehen, bevor ich aufs Bett falle und einschlafe.

37

Es ist nicht der Wecker, der mich aus dem Schlaf holt. Etwas Rauhes schlägt gegen meine Wangen und hält mir die Nase zu, bis mein Mund keuchend aufschnappt.
– Hallo? Jemand zu Hause?
Ich öffne die Augen, eine Sonne explodiert direkt in meinen Augen. Mein Magen verkrampft sich, eine kalte Schweißschicht bedeckt innerhalb von Sekunden meinen Körper, ich schmecke bittere Galle im Mund.
Sie haben mich gefunden! Sie sind da!
Ich schlage die Hand zur Seite und versuche aufzuspringen. Vielleicht habe ich ja eine Chance, wenn ich schnell genug bin. Ich komme keine zehn Zentimeter weit, Hände drücken mich aufs Bett.
– *Mirno, he, mirno.*
Ich höre auf die Stimme und beruhige mich. Meine Augen zwinkern in das helle Licht, und ich erkenne Nenad, der auf mich herabgrinst. Er tätschelt mir die Wange und dreht das Licht der Nachttischlampe zur Seite, so daß ich nicht mehr geblendet bin.
– *Issuse* … Was machst … Ich meine … Was machst du hier?
Die Worte kommen mühsam aus meinem Mund. Ich bin so müde, daß ich unscharf sehe. Nenad zeigt mit dem Kopf in Richtung der Wohnungstür.
– Schließt du nachts nie ab?
– Muß ich vergessen haben … Wie spät ist es?
Nenad zeigt auf den Wecker, ich lese die Zahlen. Na, vielen Dank, ich habe vielleicht fünfzehn Minuten geschlafen. Nenad steht auf, nimmt meine Hose vom Stuhl und wirft sie mir zu.
– Ich brauche deine Hilfe, Branko. Zieh dich an.
– Kannst du mir mal erklären - - -
– Mach schon, wir müssen uns beeilen.
Einige Minuten später laufen wir die Treppe hinunter und treten in den kalten Morgen hinaus. Das Licht hat sich verändert, aus dem dunklen Blau ist ein sanftes Orange geworden. Der Ge-

schmack in meinem Mund läßt mich ausspucken. Was gäbe ich jetzt für einen Teelöffel Sodabikarbonat und ein Glas Wasser. Ich friere und bin übermüdet. In meinem Kopf herrscht eine Leichtigkeit, von der ich weiß, daß sie jeden Moment in das Gegenteil umkippen kann.
Nenads Wagen wartet mit laufendem Motor auf der Straße, die Beifahrertür öffnet sich, und Damir steigt aus.
– *Břze, břze!*
Ich schiebe mich auf den Rücksitz, wo Milan und Rudi mir Platz machen. Damir klappt den Beifahrersitz zurück und setzt sich wieder. Nenad fährt los.
– Also, Kumpel, sagt Damir und dreht sich in seinem Sitz herum.
– *Ich* erkläre ihm das, unterbricht ihn Nenad.
Damir grunzt irgendwas und wendet sich ab.
– Du kennst doch Zdenko? fragt mich Nenad und unsere Blicke treffen sich im Rückspiegel, Zdenko Milobogat?
Ich nicke, was ist das für eine Frage? Natürlich kenne ich ihn. Zdenko ist einer unserer besten Fleischer, um die fünfzig Jahre alt, Bauch und Doppelkinn, Halbglatze und Brille.
– Dieser Hurensohn! bricht es plötzlich aus Damir hervor, und er hämmert gegen das Armaturenbrett, Dieser verdammte Hurensohn!
– Halt mal die Schnauze! kommt es von Milan.
– WER HAT DICH WAS GEFRAGT?! brüllt Damir nach hinten.
– Ruhe jetzt, wir sind da.
Der Wagen hält hinter der Schlachterei. Keiner steigt aus.
– Zdenko ist seit dem Frühjahr bei uns, spricht Nenad weiter, Er kommt aus der Nähe von Split.
– Das behauptet er zumindest, wirft Rudi ein.
– Richtig. Das behauptet er. Zdenko hat ein Diplom als Fleischermeister, deswegen hat ihn Mirko eingestellt. Bis dahin alles verstanden?
Damir zündet sich eine Zigarette an, die anderen schweigen und warten, daß Nenad weiterspricht.
– Vor zwei Tagen bekam unser Rudi hier einen heißen Tip. Ein Onkel von ihm meldete sich aus Pag und erzählte, wir sollten ein

Auge auf einen gewissen Milobogat werfen, irgend etwas würde sich zusammenbrauen. Rudi fragte seinen Onkel, woher er das hätte. Darauf sagte sein Onkel, darüber könnte er im Moment nicht sprechen. Wahrscheinlich dachte er, sie hören sein Telefon ab.
Nenad schweigt bedeutungsvoll, und ich muß mich beherrschen, um nicht laut loszulachen.
– Das ist alles? frage ich.
– Das ist alles.
– Und was habt ihr jetzt vor?
Damir wendet sich um und sagt zu Rudi:
– Du übernimmst den Eingang.
– Okay.
– Milan, du bleibst beim Rinderpferch. Behalt die Zugangstür im Auge.
– Gemacht.
– Und wir, dabei blickt Damir mich an, Werden reingehen.
Wir steigen aus. Milan und Rudi verschwinden, Nenad und Damir gehen mit mir auf den verschlossenen Eingang der Schlachterei zu. Damir reicht mir wortlos seine Zigarette, ich nehme einen Zug und trete sie gleich wieder aus. Nenad schließt den Eingang auf. Damir hält sich den Zeigefinger an die Lippen und weitet die Augen. Es fällt mir sehr schwer, diese Situation ernst zu nehmen.

38

Wir bleiben im Eingangsbereich stehen. Vor uns beginnt der Plastikvorhang, rechts geht es zu den Waschräumen, links liegt Mirkos Büro. Nenad reicht mir ein kurzes, zweischneidiges Messer.
– Hier, nimm das und---
– Scht, macht Damir, Hört ihr?
Erst höre ich nichts, doch nach einer Weile erkenne ich das Brummen eines Motors.
– Die Wurstanlage, sagt Damir leise.
Ich schließe meine Hand um das Messer und komme mir albern vor. Nenad stößt mich an, wir treten durch den Vorhang und schleichen durch die Gänge, überspringen die Ablaufrinnen und betreten die zweite Halle. Hier werden die Rinder- und Schweinehälften zerlegt. Hier ist auch die Zweigstelle, wo die Fleischreste für die Wurstherstellung umgeleitet werden. Es riecht süßlich nach Reinigungsmitteln.
– Ich geh außen herum.
Damir trennt sich von uns. Nenad duckt sich hinter einem Fließband. Ich sehe meine Chance gekommen.
– Nenad, was ist hier eigentlich los?
– Wir nehmen ihn in die Zange.
– Wen?
– Sag mal, hörst du überhaupt zu? Zdenko natürlich. Was glaubst du, was der Kerl so früh in der Schlachterei treibt? Wir haben einen Tip bekommen, und in unseren Zeiten kann man einen Tip nicht ignorieren. Hättest du ein Telefon, dann würde ich mir den ganzen Text sparen.
Der Motor der Anlage, die das Fleisch für die Wurstherstellung walkt und in verschiedene Darmgrößen preßt, verstummt, Sekunden verstreichen in Stille, dann springt der Motor wieder an. Wir spähen um die Ecke und sehen Zdenkos Rücken. Der Fleischermeister ist dabei, mit der Hand Gewürze in einen der Metalltröge zu schütten. Rechts von ihm steht eine Waage. Ich habe das schon öfter gesehen und mußte mir von Nenad anhören, was

für eine Kunst diese Arbeit ist. Erstklassiger Geschmack gehört dazu, und schon der kleinste Fehler ist fatal.
Zdenko bereitet eine Wurstfüllung vor.
Während die Maschine läuft und Salz, Gewürze und Fleisch zu einem Brei vermengt, ist Zdenko schon dabei, einen neuen Metallbottich mit Fleisch vorzubereiten. Über seine Schulter hinweg erblicke ich Damir, wie er die Halle lautlos durch einen zweiten Eingang betritt und hinter den Fließbändern verschwindet. Dann geschieht eine Weile lang überhaupt nichts, nur Zdenko ist damit beschäftigt, Gewürze in die Fleischmasse zu streuen. Er schaltet die Maschine an, schaltet sie aus, nichts daran ist außergewöhnlich.
– Verstehst du jetzt? flüstert Nenad.
Ich verstehe nichts und will ihm das sagen, dann habe ich es.
– Er kostet nicht, flüstere ich zurück.
Ein schriller Pfiff erklingt. Nenad stürmt los, Damir kommt hinter dem Fließband hervor und brüllt etwas. Ich mache einen, dann einen zweiten Schritt in Zdenkos Richtung, völlig ratlos, was meine Rolle hier ist. Eine der Laderampen fliegt auf, Milan ist zur Stelle.
– RÜHR DICH NICHT VON DER STELLE, *SVINJA*!
Damirs Stimme dröhnt von den Aluminiumwänden wider. Zdenko blickt sich überrascht um. Er stellt den Eimer mit Gewürzen auf den Rolltisch vor sich und fragt, was denn los sei.
– Machst du Überstunden? will Nenad wissen.
Zdenko zuckt mit den Schultern, ich kann den Schweiß auf seiner Stirn sehen, seine Hände wischen an dem Kittel auf und ab, dann rückt er seine Brille zurecht.
– Leg die Hände über den Kopf, befiehlt Damir.
Zdenko läßt die Hände baumeln, als ob er Damir nicht gehört hätte. Seine Pupillen wandern von links nach rechts. Nenad nähert sich, Damir nähert sich, ich bleibe, wo ich bin.
– He, Jungs, was ist los mit euch? fragt Zdenko, Kann man nicht ein paar Stunden früher mit der Arbeit anfangen? Denkt ihr, ich mache das hier zum Spaß?
– Wessen Spaß? will Nenad wissen.

Er ist drei Meter von dem Fleischermeister entfernt und zeigt auf die Metallbottiche. Seine Hand zittert.
– *Wessen Spaß?!* wiederholt er lauter.
Milan ist hinter Zdenko aufgetaucht und schaltet die Maschine aus. Der Schneide- und Rührmechanismus kommt langsam zum Stillstand. Ruhe.
– Ich weiß nicht, was ihr für ein Problem habt, sagt Zdenko, Aber ich denke, Mirko wird euch die Hölle heiß machen, wenn er---
– Mirko schickt uns, unterbricht ihn Nenad.
Zdenko blickt auf den Boden und stützt sich mit den Händen auf dem Tisch mit den Gewürzen ab. Es sieht aus, als ob er nachdenken würde. Die Männer entspannen sich, und bevor jemand etwas ahnt, hat Zdenko den Rolltisch in Damirs Richtung gestoßen und rennt auf Nenad zu. Nenad breitet die Arme aus, um ihn aufzuhalten, überlegt es sich aber im letzten Moment anders und springt zur Seite. Keine Sekunde zu früh, denn wo auch immer Zdenko das Schlachtermesser so plötzlich herhat, es zischt durch die Luft, und ich höre das Sirren der Klinge, die Nenads Gesicht um Zentimeter verfehlt.
– HALT IHN AUF, BRANKO!
Zdenko rennt auf den Ausgang zu, nur ich stehe ihm im Weg. Seine Augen sind geweitet hinter den Brillengläsern, er hat den Kopf gesenkt, als ob er mich mit seinem Schädel umnieten wollte. Das Messer in seiner rechten Hand ist lang wie sein Unterarm, mein Messer wirkt dagegen wie ein Zahnstocher. Zdenko versucht den gleichen Angriff wie bei Nenad. Darauf bin ich vorbereitet. Ich trete einen Schritt zurück, das Messer wischt an meinem Gesicht vorbei, dann ist Zdenkos Arm zwischen meinen Händen.
Ich habe mein Messer fallen gelassen, um besser zugreifen zu können, und schleudere den Fleischermeister mit Schwung gegen einen der Kessel. Es dröhnt, als Zdenkos Schulter dagegenkracht. Er rutscht mit einem Schrei an dem Kessel herunter, sein rechter Arm ist nicht mehr zu gebrauchen.
Nenad und Damir tauchen links und rechts von mir auf. Damir kickt das Schlachtermesser aus Zdenkos Reichweite und ruft Mi-

lan zu, er solle einen Stuhl holen, dann greift er dem wimmernden Fleischermeister unter die Achseln und zieht ihn hoch. Milan bringt den Stuhl, gemeinsam setzen sie Zdenko drauf.
– Das wär's erst mal, sagt Damir und nimmt von Milan dankend eine Zigarette entgegen. Auch Nenad und ich nehmen eine. Ich spüre einen Brechreiz und dann die Erleichterung, als der Rauch meine Lungen füllt. Ich merke jetzt erst, wie sehr ich zittere, und muß die Zigarette fest zwischen die Finger klemmen, damit es keinem auffällt.
Nenad spuckt vor Zdenko aus und sagt an uns gewandt:
– Damir, check du die Tröge. Milan, besorg ein Seil und hol Rudi rein. Ich glaube nicht, daß sonst noch jemand in dieser Sache mit drinsteckt.
Nenad und ich bleiben alleine mit Zdenko zurück, Nenad betrachtet den Fleischermeister abschätzend, nimmt einen letzten Zug von seiner Zigarette und schnippt sie dann weg.
– Okay, was ist es?
Zdenko schweigt. Er hält sich den gebrochenen Arm, er sitzt starr auf dem Stuhl und hebt den Blick nicht vom Boden.
– Wir werden es herausfinden, ob du sprichst oder nicht. Du ersparst uns Zeit und kommst vielleicht besser davon, wenn wir es vorher von dir erfahren. Was hast du getan? Was genau---
– Spar dir die Luft, Kumpel.
Damir wirft einen braunen Papiersack vor Zdenkos Füße, weißes Pulver steigt auf wie Puder und überdeckt die Schuhe des Fleischermeisters.
– Was ist das? fragt Nenad.
– Rate.
– Komm schon, Damir, mach keinen Scheiß, wenn ich eine Quizshow will, dann schalte ich den Fernseher ein.
Damir verzieht das Gesicht.
– Jetzt entspann dich, wir haben es gefunden.
– ICH ENTSPANN MICH, WENN MIR DANACH IST, VERDAMMT NOCH MAL!
Nenad atmet schwer.
– Was genau ist es? fügt er leise hinzu.

– Rattengift.
– *WAS!?*
– Rattengift. Simples Rattengift.
Nenad wird bleich. Ich habe ihn noch nie so wütend erlebt. Er starrt eine Weile auf den braunen Papiersack, dann hebt er den Blick und fixiert Zdenko. Er ist mit einem Sprung bei ihm und packt ihn an den Ohren.
– *Šta si napravil?!* ruft er, *ŠTA SI NAPRAVIL?!*
Zdenko hat die Augen zugekniffen und versucht, sich aus Nenads Griff zu befreien. Jeder weiß, was er getan hat, dennoch will es Nenad von ihm hören.
– ŠTA SI NAPRAVIL, ZDENKO?! ANTWORTE MIR, MACH DEIN VERDAMMTES MAUL AUF UND SAG MIR, WAS DU GETAN HAST!
Nenad zerrt an den Ohren des Fleischermeisters, die Brille fällt herunter, Tränen laufen dem Mann übers Gesicht. Damir packt Nenads Schulter und versucht ihn wegzuziehen.
– WAS HAST DU GETAN, ANTWORTE MIR!
Zdenko antwortet nicht, und Nenad gibt Damir nach, aber nicht bevor er Zdenkos Kopf nach unten gezogen und ihm sein Knie ins Gesicht gerammt hat. Es knirscht, Blut schießt aus Zdenkos Nase, er drückt sich beide Hände auf den Mund.
– He, he, beruhige dich, Nenad, hörst du mich? Bitte beruhige dich doch.
Nenad löst sich von Damir und wendet sich ab. Er fummelt mit nervösen Fingern in seiner Brusttasche, holt eine Zigarette hervor und sucht hektisch die Hosentaschen abtastend nach seinem Feuerzeug. Ich gebe ihm Feuer, lege meine Hand um seine, damit die Zigarette nicht so sehr zittert. Nenad blickt über meine Schulter. Milan und Rudi kommen mit dem Seil. Zdenko wimmert, und Damir steht daneben und betrachtet den Papiersack zu seinen Füßen.
– Alles okay? frage ich.
Nenad nickt abwesend. Ich kann ihn verstehen. Obwohl er genau weiß, was Zdenko getan hat, will er es aus seinem Mund hören. Nenad glaubt an das Gute im Menschen, auch wenn jeder ver-

sucht, ihm das Gegenteil einzutrichtern. Was er vom Krieg mitbekommt, schmerzt ihn, denn es hat so wenig mit seinem Volk zu tun wie Rattengift mit einem Fleischer. Nenad ähnelt Josip in dieser Hinsicht sehr. Beide haben einen unerschütterlichen Glauben an ihr Heimatland. Viele der Männer denken ähnlich. Tief in ihrem Inneren sind sie Patrioten, tief in ihrem Inneren führt jeder einen privaten Krieg gegen den Feind. Ich kenne Nenads Reden, stockbetrunken kann es passieren, daß er losheult, weil er die Welt nicht begreift und hilflos ist.

Rudi und Milan fesseln Zdenko an den Stuhl. Sie reden nicht mit ihm und ignorieren das Blut, das ihm aus Mund und Nase läuft.

– Vielleicht sollte ich weitermachen, schlägt Damir vor.

Nenad hält nichts davon, er will die Situation im Griff behalten.

– An wieviel Trögen war er dran? fragt er Damir.

Damir wischt sich übers Gesicht.

– Sechzehn stehen herum. Zwei hat er garantiert nicht berührt, sie sind noch mit einer Plane zugedeckt.

– Vierzehn also?

– Vierzehn.

Wir sehen uns an.

– Und wer sagt, daß er nicht schon gestern damit angefangen hat? frage ich.

Nenad geht in die Hocke, raucht und überlegt, was wir tun sollen. Schließlich hat Damir eine Idee. Er erzählt uns von dem Stall und daß es dort von Kätzchen wimmelt. Nenad ist einverstanden und gibt ihm seine Wagenschlüssel.

– Beeil dich, bevor die erste Schicht anfängt, sagt Nenad und geht zu Zdenko.

– Wieso? fragt er und steckt dem Fleischermeister mit einer freundlichen Geste die halbgerauchte Zigarette zwischen die angeschwollenen Lippen, Wieso hast du das getan? Was wolltest du? Komm, ich will es aus deinem Mund hören. Ich will hören, wie tief ein Mensch sinken kann.

Zdenko spuckt die Zigarette aus.

– Du kommst nicht aus der Umgebung von Split, habe ich recht?

Sie haben dich geschickt, stimmt es? Wer genau hat dich geschickt? Irgend jemand muß dich geschickt haben. Du bist kein so schlechter Kerl, Zdenko, so was würde dir von alleine nie in den Kopf kommen. Also wer war es? Wer hat dich geschickt? Komm, sag's mir ruhig.
Zdenko starrt auf den Boden und schweigt. Nenad schüttelt angewidert den Kopf, sein Mund ist ein Strich.
– Rattengift! Was für eine beschissene Idee. Hast du schon mal jemanden sterben gesehen, der Rattengift geschluckt hat? Er wird stocksteif, seine Atmung hört auf. Er wird grün oder vielleicht auch blau im Gesicht, da bin ich mir nicht so sicher. *Issuse*, ausgerechnet Rattengift! Wieso bist du nicht losgezogen und hast versucht, die Leute zu erschießen? Glaub mir, das wäre fairer gewesen.
– Leiden, murmelt Zdenko, Sie sollen alle leiden.
Nenad weicht zurück; ich kann sehen, wie sehr ihn diese Worte treffen.
– Das ist natürlich ein Aspekt, sagt er leise, Das ist ein Aspekt, den man nicht verachten sollte. Leiden ist wichtig, mh?
Er läßt Rudi auf Zdenko aufpassen und hilft Milan und mir. Wir haben Pappteller aus der Fleischerei aufgetrieben und häufen kleine Portionen des gemahlenen Fleisches darauf.
Zehn Minuten später ist Damir zurück. Er hat einen Karton unter dem Arm und stellt ihn auf eines der Fließbänder.
– Sind nur sechs, mehr habe ich nicht gefunden. Normalerweise ist der Stall voll mit ihnen.
Ich sehe in den Karton. Es sind vier gescheckte und zwei schwarze Kätzchen.
– Ich will mal hoffen, sie haben Hunger, sagt Damir und holt das erste Kätzchen heraus. Auch ich greife hinein und bekomme ein schwarzes zu fassen.
– Laßt uns hinten anfangen, schlägt Milan vor, Womöglich sind das die sauberen Tröge.
So ist es auch. Das erste Kätzchen stirbt bei Nummer 11, das zweite bei Nummer 12. 13 ist sauber, 14 wieder vergiftet. Es dauert nur wenige Minuten.

– So ein Scheißkerl!
– Was machen wir mit ihm? fragt Rudi.
– SO EIN VERDAMMTER SCHEISSKERL!
– Halt mal deinen Mund, Nenad, sage ich.
– Was machen wir nur mit ihm? wiederholt Rudi.
Wir schauen die toten Kätzchen an, Milan stößt eines mit seinem Schuh an. Nenad zeigt auf Milan und Rudi:
– Ihr zwei wartet im Wagen …
Er wendet sich an Damir und mich.
– … und ihr helft mir die Tröge wegstellen. Wir müssen Mirko benachrichtigen, damit er sich darum kümmert. Die Knetmaschine muß gespült und gebürstet werden, aber richtig.
Rudi und Milan rühren sich nicht. Nenad fährt sie an:
– *Hajde, hajde,* raus mit euch, wartet im Wagen!
Nachdem sie verschwunden sind, schieben wir zu dritt die Tröge in den hinteren Teil der Lagerhalle, bedecken sie mit Planen und hängen an jeden Trog einen Zettel. *VERDORBENES FLEISCH.* Danach kehren wir zu Zdenko zurück. Wir müssen uns nicht absprechen, jeder Handgriff sitzt.
Damir hält Zdenko den Mund auf, während Nenad eine der Restportionen von Nummer 11 mit einer Handvoll weißen Pulvers bestreut und Zdenko in den Rachen stopft. Ich stehe vor dem Ausgang und behalte den Wagen im Auge. Rudi und Milan schauen aus dem Auto zu mir rüber, steigen aber nicht aus. Nenad ist der Meinung, sie sollen nichts mitbekommen.
Ich höre den Fleischermeister würgen und drehe mich um. Er versucht, das rohe Fleisch auszuspucken, doch Nenad schiebt mit einem Löffel nach, hält Zdenkos Nase zu, wie er es am Morgen bei mir getan hat, um mich zu wecken. Als er Zdenko losläßt, erbricht sich der Fleischermeister auf seinen Arbeitskittel. Er verliert dabei die Balance und fällt mit dem Stuhl um. Wir lehnen uns gegen einen Bottich und warten eine knappe halbe Stunde, rauchen und schweigen uns an. Dann geht Damir rüber und tritt gegen die Leiche. Es erinnert mich an den Tag auf dem Kalnik, Damir hat auf dieselbe Weise geprüft, ob das Ferkel noch am Leben ist.

Der Körper des Fleischermeisters ist steif. Ich fühle nichts. Damir löst die Fesseln und steckt sie ein. Wir werfen die Leiche, den Sack mit Rattengift, die toten Kätzchen und die restlichen Pappteller in einen der vergifteten Tröge und decken ihn wieder mit der Plane zu. Nur der leere Stuhl bleibt stehen.

– Was wird Mirko sagen? frage ich, als wir das Tor hinter uns zuziehen und verschließen.

– Danke, nehme ich an, antwortet Nenad und wendet sich dem Büro zu, Ich rufe ihn gleich an, wartet im Wagen.

Draußen ist es wärmer geworden. Vögel jagen über unsere Köpfe hinweg und versorgen laut lärmend ihre Brut, die unter den Dachrinnen haust. Ich reiche den Karton mit den übriggebliebenen Kätzchen in den Wagen. Milan rutscht zur Seite, ich setze mich. Niemand sagt etwas, die Fenster sind heruntergekurbelt, die Luft schwer vom Zigarettenrauch. Niemand sieht den anderen an. Eines der Kätzchen steckt den Kopf aus dem Karton, ich hebe es heraus, drücke das schnurrende Tier an meine Brust und bin in der nächsten Minute eingeschlafen.

39

… stehe in dem Gewölbe und bin nicht hereingekommen, habe mich nicht bewegt, habe nur meine Augen geöffnet und stehe im Dunkeln, und es ist kalt und windig, und als ich mich umdrehe, ist da kein Ausgang, da ist nur Dunkelheit, also senke ich den Kopf und weine, aber nicht lange, denn ich höre etwas auf mich zukriechen, langsam schiebt es sich über den Boden, und das raschelnde Geräusch wird lauter und verwandelt sich mehr und mehr in das Knurren. Ich kann mich noch immer nicht bewegen, kann nur den Kopf heben und schütteln, *Neinneinnein*, aber das Knurren bedeutet *Jajaja* und hallt von den Wänden und wird kehliger und härter, bis ich auf die Knie sinke und die Hände in die Dunkelheit strecke, denn vielleicht kann ich es aufhalten, vielleicht kann ich … und da berühren meine Hände etwas Pelziges. Es wird hell, und ich sehe Flecken und Risse und starre an die Decke meines Schlafzimmers. Meine Beine sind angewinkelt, spitz stechen die Knie in die Luft. Ich fange an zu zittern, als der Schweiß auf meiner Haut abkühlt. *Nur geträumt, verdammt, nur geträumt.* Und dann erinnere ich mich, es kommt überraschend, es kommt schnell, und ich werfe einen Blick auf den Wecker.
13:21.
Nenad? Hat mich Nenad nicht geweckt?
Und Damir? Milan? Und Rudi? Und … Zdenko?
Ich lache auf. Nur geträumt. Ich hatte bloß einen irren Traum und liege faul im Bett und habe verpennt. Ich lache. Wenn ich das bei der Arbeit erzähle, Himmel, sie werden mich für verrückt halten. Parkinsonsche Krankheit, werden sie murmeln.
Ich entspanne mich und beschließe, heute blauzumachen.

Ich erwache ein zweites Mal um Viertel vor drei, fühle mich ausgeruht und hungrig. Ich will nachher bei Tatjana vorbeischauen, ihr vielleicht Blumen oder etwas Konfekt bringen – und später das Essen bei Nenad, wo ich von meinem irren Traum erzählen werde.

Ich schlage die Bettdecke zur Seite, und etwas Dunkles fliegt durch die Luft und fällt zu Boden. Es rollt sich auf einer sonnenbeschienenen Stelle zusammen und bleibt dort auf dem Rücken liegen. Ich erkenne einen weißen Fleck auf dem Bauch des Kätzchens. Große Augen blinzeln mich überrascht an, eine Tatze kommt hoch und spielt mit dem Sonnenstrahl, dann erscheint eine rosa Zunge zwischen winzigen Zähnen, das Kätzchen sieht mich an, und ich sitze aufrecht im Bett und versuche, mein Würgen zu unterdrücken.

40

Die folgenden Tage vergehen hastig. Ich zähle jeden Abend mein Geld von neuem, teile es in Stapel ein und verstecke es dann wieder. Ich bringe es pro Nacht auf drei Frauen, trinke und esse wenig. Ich fühle mich wie in einem Fiebertraum. Ich muß hier weg. Das Essen bei Nenad habe ich ausfallen lassen. Ich glaube auch nicht, daß mich Nenad erwartet hat. Nicht nach dem Mord an Zdenko.
Am Mittwochabend passe ich auf Priscilla und Ivo auf. Erst dachte ich darüber nach, ihnen das Kätzchen zu schenken, dann fand ich es doch ein wenig makaber und habe das Kätzchen auf dem Weg zur Arbeit im Park freigelassen. Es stand eine Weile ratlos herum und verschwand dann im Gestrüpp.
Jetzt schlafen die Kinder. Ich sitze in der Küche und studiere den Atlas; ich habe mir einen Kaffee gemacht und fahre mit dem Finger die Routen entlang, die ich nehmen will. Ich verwerfe sie, mache mir Notizen und streiche Namen und Adressen aus. Dabei versuche ich mir vorzustellen, wie alles sein wird. Ich habe Bilder im Kopf, die für mich greifbarer und realer sind als alles, was ich hier lebe. Wann immer Deutschland in den Nachrichten erwähnt wird, konzentriere ich mich, sitze vorgebeugt und höre dem Radio zu oder schaue fasziniert und ohne Blinzeln auf den Fernseher. Etwas in mir weiß, es auch hier in Križevci packen zu können. Die Möglichkeiten bestehen, das Geld liegt in den Händen der Frauen, und sie geben es mir gerne. Vielleicht hätte ich diesem Teil in mir nachgegeben, wäre Ivanka noch am Leben. Zwischen uns war etwas Besonderes, es war nicht viel, aber dennoch ist etwas geschehen. Und dann verschwand Ivanka und ließ mich zurück.

Am Freitag erwache ich mit einem Schrei. Ich hänge halb aus dem Bett, das Kissen auf dem Boden, das Laken naßgeschwitzt. Das Knurren ist mir so nahe gewesen, daß ich den Traum vom Wachsein kaum unterscheiden kann.

Ich stelle mich unter die Dusche und warte, daß das Zittern vergeht. Ich habe genug, ich will mich dem Knurren stellen, wenn ich nur wüßte, woher es kommt. Ich bin mir sicher, daß die Träume enden werden, sobald ich die Antwort darauf weiß. Diesen Gedanken wälze ich seit Wochen, und vielleicht wäre dieser Morgen wie jeder andere verlaufen, hätte ich beim Lüften den Urinfleck auf der Matratze nicht bemerkt.
Ich starre auf das Bett, atme flach ein, halte die Luft an. *Bis hierhin und nicht weiter,* denke ich und kralle die Hände in das Laken. Ich weiß jetzt, was ich tun muß. *Eins nach dem anderen.* Erst einmal habe ich das hier zu erledigen. Ich verziehe das Gesicht angewidert und ziehe das Laken vom Bett.

Nach der Arbeit fahre ich mit dem Bus zum Kalnik hinauf. An der einzigen Haltestelle im Dorf steige ich aus und marschiere die asphaltierte Straße zur Gaststätte hoch. Ich ignoriere die Gäste an den Tischen und das *Hallo* des Wirts, der mich zu sich winkt. Von der Gaststätte aus nehme ich den Waldpfad und erreiche die Burgruine in zwanzig Minuten.
Bei Tageslicht sieht alles anders aus. Gammelig und verschmutzt. Ich komme an die Stelle, an der sich das Mädchen ausgezogen hat, und wünsche mir, einen Beweis für den Abend zu finden – die Weinflasche oder einen ihrer Schuhe. Ich finde nichts.
Was ist danach geschehen? Was hat sie getan, als ich weggerannt bin? Hat sie gesehen, daß ich nackt war? Ist sie wieder hinuntergestiegen und hat weitergefeiert? Oder ist auch sie dem Knurren begegnet?
Über den schmalen Gang, auf den sie mich gelockt hat, betrete ich die Burgruine. Ich folge der Biegung des Gewölbes bis zur Abzweigung und bleibe dort zitternd stehen. Links und rechts. Alles ist wie in meinem Traum. Die Dunkelheit, der Geruch. Ich erwarte beim nächsten Schritt, daß sich die Mauern verschieben und den Eingang hinter mir verschließen.
Ich hole mein Feuerzeug heraus und trete ein. Nach vier Schritten bleibe ich stehen, zwinge mich stehenzubleiben und habe die reinste Schwärze vor Augen. Das Gemäuer scheint undurch-

dringlich zu sein. Ich warte angespannt. Ich bin kurz davor loszuschreien.

Kein Knurren, nichts geschieht.

Mein Feuerzeug flammt auf.

Steine liegen herum, ein paar Strähnen Unkraut sprießen zwischen den Rillen der Bodenplatten. In einer Ecke liegt ein Autoreifen, Graffiti an den Wänden, Ruß von einem Feuer.

Ich bin erleichtert und weiche zurück, mein Rücken berührt eine Wand, das Feuerzeug geht aus, die Dunkelheit schließt sich um mich.

Wo ist der Eingang hin?

Ich höre mich wimmern und rutsche an der Wand entlang, taste und suche und falle durch den Eingang ins Freie.

Draußen geht es mir besser, die Last ist verschwunden. Auch wenn ich das Knurren nie vergessen werde, so weiß ich, daß mich in diesem Gewölbe nichts erwartet. Ich glaube, das ist für mich die Aussage des Traumes. Etwas hat darauf gewartet, daß ich zurückkomme, und ich habe mich diesem Etwas gestellt, und jetzt ist es aus und vorbei.

41

Die zweite Einladung lehne ich nicht ab.
Nenad empfängt mich einen Tag später mit einer Umarmung. Er hat sich frisch rasiert und das Haar an den Kopf geklatscht. Er riecht sauber und nur schwach nach Tabak. Wie er mir erklärt, will er das Rauchen einschränken. Halblaut fügt er hinzu:
– Raucher und Nichtraucher passen schlecht zusammen.
Im Eßzimmer wartet Dunja. Sie wirkt wie eine Zwergin neben Nenad. Ich erinnere mich überhaupt nicht an sie, auch wenn mir Nenad versichert, sie mir in der Disco gezeigt zu haben, nein, tut mir leid, keine Erinnerung. Der peinliche Moment zieht vorüber, und Dunja läßt meine Hand los.
– Setzt euch, ich schaue nach dem Essen.
Dunja und ich setzen uns, Nenad verschwindet, ich lasse meine Zigaretten im Jackett, Schweigen. Stef rettet die Situation, indem er aus seinem Zimmer gestürmt kommt, dabei über seine eigenen Füße stolpert und beinahe den gedeckten Tisch umreißt. Ich helfe ihm auf, Dunja rückt die Teller wieder zurecht und lacht.
Stef trägt einen Schlips und ein gebügeltes Hemd, das in der Jeans steckt. Er wirkt wie eine kleinere Version seines Vaters. Ich streiche ihm durch die kurzen Haare, dann setzt sich Stef zu uns an den Tisch und plaudert drauflos.
Das ist das letzte, woran ich mich erinnere. Der Abend ist so belanglos, daß die Zeit erst wieder mit dem Schließen der Wagentür einsetzt. Ich sitze neben Nenad und sehe Dunja einen erleuchteten Hausflur betreten.
– Na, wie findest du sie?
– Tolle Frau, sage ich.
Nenad nickt. Er atmet tief ein. Dunjas süßer Parfumgeruch ist im Auto zurückgeblieben. Ich habe das Gefühl, ihn auf der Zunge zu schmecken.
– Und sie riecht gut, sagt Nenad grinsend und holt seine Zigaretten raus, Puh, endlich.
– Was ist mit Zdenko? frage ich.

Die Zigarette hängt schlaff zwischen Nenads Lippen. Er hört auf zu grinsen.
– Was soll mit ihm sein?
– Fragt keiner nach ihm?
– Wer fragt, bekommt eine Antwort vom Chef, verstehst du?
Nenad gibt sich Feuer und bläst den Rauch aus dem Fenster.
– So, und was machen wir beide jetzt?
– Wir könnten ins *Pik* fahren, schlage ich vor.
– Das Wort *Pik* höre ich gern.
Nenad startet den Wagen und hebt während der kurzen Fahrt hervor, wie prima unser gemeinsames Essen gewesen sei und daß wir das öfter machen sollten. Ich höre zu und streiche währenddessen jeden Gedanken an Zdenko aus meinem Kopf. Mir reicht Nenads Antwort. Der Chef hat die Sache übernommen. Manchmal ist es so leicht, die Verantwortung aus den Händen zu geben.

Das *Pik* ist ein Café, in dem sie einen Mischmasch aus Pop & Rock & Jazz & Blues spielen – alles wahllos durcheinander. Ich bin gerne im *Pik*, weil kaum Deutsche hierher kommen, denn das letzte, was ich will, ist, auf eine meiner Eroberungen zu treffen. Nicht heute nacht. Nenad ist es egal, wo wir unser Bier trinken. Hauptsache wir enden nicht in einem dieser Cafés, in dem der Großteil der Gäste unter achtzehn ist.
– Worauf trinken wir?
Wir sitzen draußen auf der Terrasse. Nenad hat das Glas gehoben. Ich sage ihm, daß wir auf uns trinken, aber in Wahrheit feiere ich an diesem Abend meinen Abschied von dem Alptraum, der mich zwei Wochen lang bis in den Schlaf verfolgt hat. Letzte Nacht habe ich wie ein Baby geschlafen. Kein Alptraum, kein naßgeschwitztes Laken, es war die reinste Erholung.
– Auf uns also und daß alles noch besser wird, sagt Nenad und stößt sein Glas gegen meines.
– Auf Dunja, sage ich.
– Auf Dunja! wiederholt Nenad laut.
Wir leeren das Glas, ohne die Augen voneinander zu nehmen, dann lachen wir los und bestellen die nächste Runde. Wir strek-

ken die Beine aus und fläzen uns auf der Terrasse. Das Stimmengemurmel ist angenehm, der langsame Verkehr auf der Hauptstraße wie Wellengeplätscher.
Es dauert nicht lange, und wir fangen an albern zu werden, verschütten unser drittes Bier beim Anstoßen und rufen vorbeilaufenden Frauen Komplimente hinterher. Als Nenad vorschlägt, auf etwas Süßeres umzusteigen, nicke ich, klar, warum nicht?
Die ½-Liter-Krüge sind so kalt, daß sie von außen beschlagen. Der Inhalt hat eine süffigrote Farbe. *Bambus* ist eines der wenigen Getränke, die uns an unsere Jugendzeit erinnern. Es besteht zu einem Drittel aus Cola und zu zwei Dritteln aus *crno vino,* dem kräftigsten Rotwein, den man sich denken kann. Der Wein ist schwarz wie die Nacht, und nur wenn man mit einer Taschenlampe in den Krug leuchtet, sieht man es rot schimmern. *Bambus* geht runter wie Saft und legt einen schachmatt, bevor man den Krug abstellen kann. Wir behalten unsere Krüge in der Hand und tauschen sie fließend gegen neue aus.
Eine halbe Stunde später haben wir jeder zwei Liter intus. Wir singen Lieder und vertreiben die Leute vom Nachbartisch. Das ist nicht so schlimm, die Nacht ist kühler geworden, viele gehen freiwillig in das Café.
Während wir feiern, gerate ich an einen Punkt, an dem ich meinem Kumpel alles erzählen will. Ich möchte meine Sorgen teilen und Nenads Meinungen hören. Ich möchte den Blödsinn mit der Parkinsonschen Krankheit aufdecken und ihn fragen, was ich ohne Ausweis anfangen soll. Habe ich überhaupt Chancen, es zu schaffen? Was meinst du, Nenad, mh?
– Hot dogs, sagt Nenad.
Ich beginne zu kichern.
– Was? *Was?!*
– Hot dogs, *brate moj,* ich hole uns Hot dogs!
– Die schmeißen uns raus, wenn wir hier Hot dogs essen.
– Machen sie nicht. Niemals. Bestell du noch eine Runde, ich hole die Hot dogs.
– Verdammt, wo willst du jetzt Hot dogs auftreiben?
Nenad zeigt auf die gegenüberliegende Straßenseite. Ich lehne

mich vor und sehe eine Eisdiele, die neben Kuchen und Limonade tatsächlich Hot dogs verkauft. Dann zeigt Nenad auf mich, als hätte ich eine Clownsnase im Gesicht.
– Ahaaha, dir läuft ja schon das Wasser aus dem Mund! Was willst du draufhaben?
– Nur Senf. Viel.
Nenad kommt um den Tisch herum und küßt mich schmatzend auf die Stirn.
– Hot dogs mit Senf! sagt er und verläßt die Terrasse.
Ich leere meinen Krug und winke der Kellnerin. Ich schließe die Augen für eine Weile und öffne sie erst wieder, als die Kellnerin die nächste Runde auf den Tisch stellt und die leeren Gläser einsammelt. Sie wechselt auch den gefüllten Aschenbecher gegen einen leeren und erwidert mein Grinsen nicht. Sie kann mich mal, sie ist nur eine Kellnerin.
Mit einer Zigarette zwischen den Fingern und dem frischen *Bambus* in der anderen Hand, pfeife ich eine Melodie. Irgendwas von der Liebe, die weit entfernt wartet. Ich fühle mich prächtig, nippe, ziehe an meiner Zigarette, nippe erneut und glotze glücklich in den Nachthimmel hinauf.
Was für ein Tag! Was für ein Leben!
Ich grinse so breit, daß mir die Wangenknochen schmerzen. Am liebsten würde ich aufstehen, um jeden in meiner Nähe zu umarmen. Wenn Nenad zurückkommt, soll er alles erfahren. Genau das wird geschehen. Nenad und ich. Kumpels. Ich trinke von meinem *Bambus,* ich schließe die Augen und höre das Knurren nahe an meinem Ohr.
Es ist so nahe, wie es noch nie gewesen ist. Mein Herz setzt aus, die Blase leckt, heiß schießt Urin hervor, das *Bambus* läuft mir übers Kinn und aufs Hemd.
Ich sehe rechts von mir eine Bewegung, aber ich kann den Kopf nicht wenden, ich bin starr, verdrehe die Augen und schaue hinüber. Es ist das Mädchen. Sie steht vorgebeugt, die Hände auf die Knie gestützt, so daß ich den Ansatz ihrer Brüste im Ausschnitt des T-Shirts sehen kann. Hinter der Hecke warten ein paar Jungs, sie sind in ihrem Alter. Endlich kann ich meinen Kopf wenden und

sie richtig ansehen. Als sie meinen Blick bemerkt, wirkt sie für eine Sekunde verunsichert, bricht dann aber in lautes Lachen aus und zwinkert mir zu. Ihre linke Pupille verschiebt sich zum Augenwinkel hin, die weißen Zähne schimmern feucht.
– So sieht man sich wieder, sagt sie.
Über ihre Schulter hinweg erblicke ich Nenad, der die Straße überquert, in den Händen mehrere Hot dogs, die von Servietten umwickelt sind, sein Gang ist schlingernd, ein Auto hupt ihn an.
– War eine heiße Nacht, sagt das Mädchen, Du erinnerst dich doch, oder? Wir zwei auf dem Kalnik? Auf der Burg?
Mein Blick kehrt zu ihr zurück.
– Na ja, ich muß jetzt weiter. Bin nur auf Besuch hier. Wir wollen zum Tanzen in den *Vuk*. Komm doch auch, dann können wir quatschen.
Sie lacht, zwinkert mir erneut zu, dann runzelt sie die Stirn, und aus ihrer Kehle kommt ein tiefes Knurren. Die Jungs in ihrem Rücken lachen, einer sagt:
– Komm schon, Nina, der erkennt dich nicht.
Doch ich erkenne sie, wenn ich jemanden erkenne, dann sie. Und bevor sich Nina aufrichten kann, stoße ich ihr mein halbvolles Glas *Bambus* ins Gesicht. Ihre Nase bricht wie ein trockener Ast. Das Knurren verstummt und ein feiner Schauer Blut trifft mein Gesicht.
Nina fällt nach hinten und reißt einen der Tische mit sich.
Einen Moment lang geschieht nichts. Die Musik aus dem Café läuft weiter, niemand rührt sich, die Autos fahren vorbei. Ich fixiere die vier Jungen, die mich mit offenen Mündern anstarren, ihre Gesichter sind leer vor Staunen. Dann schreit Nina, und die Jungs setzen sich in Bewegung, springen über die Hecke und stürzen sich auf mich.
Ich falle mit dem Stuhl nach hinten. Ein Fuß trifft meine Magengrube, Schläge prasseln auf meinen Kopf herab. Nina schreit und schreit. Dann wird inmitten der Flüche, des Keuchens und der spitzen Schreie eine Stimme lauter und ruft meinen Namen. Da ist der Geruch von Hot dogs und Senf, da sind Hände, die mich wegzerren, Hände, die mich aufrichten.

Jemand spuckt mir ins Gesicht, jemand ruft nach der *milic.* Ich finde Halt an einem der Sonnenschirme, und als ich wieder sicher stehe, renne ich los. Ein Pärchen wird von mir getrennt, ich presche durch sie hindurch, schliddere um die nächste Ecke, renne und renne, ohne mich ein einziges Mal umzudrehen, und befinde mich plötzlich vor dem Schwimmbad. Ich bin verwirrt, ich dachte, ich würde am *autobusni kolodvor* herauskommen.
Nachdem ich durch ein Loch im Zaun gekrochen bin, verstecke ich mich in einer Ecke der Tribüne. Von hier aus kann ich überblicken, ob mir jemand gefolgt ist.
Niemand kommt.
Meine Rippen schmerzen, die Wange ist geschwollen, wahrscheinlich werde ich mich am Morgen im Spiegel nicht wiedererkennen.
Morgen.
Morgen verschwinde ich. Es steht fest. Ich warte nicht mehr. Ich werde den ersten Bus nehmen und Križevci verlassen, wie ich meinen Geburtsort verlassen habe. Nenad werde ich alles in einem Brief erklären. Auch Josip. Natürlich auch Josip und Tatjana. Ich werde es ihnen allen erklären.
Ein Wagen fährt langsam vorbei. Ich erkenne in dem Licht der Straßenlaternen das Blauweiß der *milic.*
Ich rühre mich nicht, ich bin unsichtbar.

42

Als ich nach Hause komme, sitzt Nenad im Hausflur auf der Treppe und schläft. Ich schleiche mich an ihm vorbei und schließe leise meine Wohnungstür auf. Nenad muß mich gehört haben, keine fünf Minuten vergehen, bis er klopft.
– Branko?
Ich weiß, daß er weiß, daß ich hier bin. Es bringt nichts, jetzt schnell das Licht auszumachen.
– He, mach auf, ich bin's, Nenad!
Ich höre ihn fluchen, drücke meine offenen Handflächen gegen die Wohnungstür, als könnte ich meinen Kumpel damit wegschieben.
– Hör mal, was soll der Scheiß? Ist ja alles okay, ich habe denen gesagt, ich wüßte nicht, wer du bist. Hörst du?
– Laß mich in Ruhe, sage ich.
Nenad lacht auf.
– Die Stimme aus dem Grab, mh? Was ist los? Was hat dir die Mieze angetan? Nun mach schon auf, Branko.
Schweigen. Ich lehne mit dem Rücken gegen die Tür und stelle mir vor, wie Nenad dasselbe von außen macht. Beide lauschen wir.
– Was willst du? sage ich nach einer langen Pause.
– Ich will, daß du rauskommst und dich wie ein Mann über die Sache unterhältst, *budala.* Du hast der Kleinen ihre Vorderzähne ausgeschlagen, und ich vermute, nicht nur die Nase, sondern auch ihr Kiefer ist gebrochen. So sah es zumindest aus. Aber ich bin ja kein Arzt, ich bin Schlachter. Junge, was auch immer zwischen euch war, es muß schlimm gewesen sein. Also was ist, machst du auf, oder soll ich vielleicht die Tür eintreten?
Ich spüre, wie mir die Tränen kommen. Ich drücke eine Hand gegen meine Stirn und heule lautlos.
– He, *brate moj,* was ist nur los mit dir? Laß mich rein, hörst du? Es ist zwei Uhr nachts, mein Sohn wartet auf mich. Du weißt doch, wie verängstigt er ist! Er kann nicht einschlafen, wenn er nicht weiß, daß---

– Warum gehst du dann nicht?
– Was?
– Warum haust du dann nicht endlich ab, Nenad? Ich werde dich nicht reinlassen. Verschwinde. *Molim te!*
Langes Schweigen auf der anderen Seite.
– Nenad?
Ich ziehe die Nase hoch, wische mir mit dem Jackettärmel übers Gesicht und öffne die Tür. Nenad ist verschwunden. War er überhaupt da? Drehe ich jetzt völlig durch? Wieso sollte Nenad im Hausflur auf mich warten?
Ich gehe zum Fenster und schaue die neun Stockwerke hinunter. Kein Wagen steht vor dem Hauseingang, mir ist Nenads Auto auch nicht aufgefallen, als ich ankam.
Aber er saß doch im Hausflur und schlief ...
Ich habe ein ungutes Gefühl. Ich gehe ins Bad und halte meinen schmerzenden Kopf unter den kalten Wasserstrahl. Bevor ich mich schlafen lege, packe ich meine Sachen und schlucke zwei Aspirin. Mein Gesicht ist empfindlich, es gibt keine Position auf dem Kissen, die nicht schmerzt.
Ich lösche das Licht und schließe die Augen.

43

Um fünf bin ich hellwach, setze den Wasserkessel auf den Herd und mache sechzig Liegestützen. Danach rasiere ich mich und wasche meine Achseln. Die geschwollene Wange sieht beinahe normal aus, ein violetter Fleck unter dem Wangenknochen ist alles, was an den Vorabend erinnert.

Mein Gepäck besteht nur aus dem Koffer, mit dem ich vor einem Jahr in Križevci angekommen bin. Dieses Mal ist keine Tüte mit Äpfeln dabei, dieses Mal befindet sich keine Uniform auf dem Boden des Koffers. Ich habe sie nach meiner Ankunft in Zeitungspapier gewickelt und das Päckchen in eine der Mülltonnen geworfen.

Ich trinke den Kaffee im Stehen und esse ein Stück Brot mit dem letzten Rest Wurst aus dem Kühlschrank. Es fällt mir leicht, alles zurückzulassen. Meine Lehrbücher bleiben hier, auch mehr als die Hälfte meiner Kleidung. Ich brauche keinen Ballast.

Josip hat mir zum Weihnachtsfest einen Geldgürtel geschenkt, in dem ich mein gespartes Geld und einen eng beschriebenen Zettel mit den deutschen Adressen verstaue. Ich beklopfe den Gürtel alle paar Minuten, um mich zu versichern, daß ich ihn nicht vergessen habe. Es gibt kein Zurück. Wenn ich einmal aus der Wohnungstür raus bin, werde ich mich nicht umdrehen. Nicht nach der Stadt, nicht nach meinem Leben hier.

Ich lasse das Geschirr stehen und werfe den Wohnungsschlüssel auf das ungemachte Bett. Wenn die Tür zufällt, dann ist sie zu. Es ist ein Moment der Erleichterung. Das Metall des Schlüssels glänzt, Staub glitzert im Sonnenlicht, es ist vorbei. Ich nehme diesen Moment als etwas Feierliches wahr. Etwas Endgültiges. Ein letzter Blick, eine letzte Vergewisserung, ob der Geldgürtel an seinem Platz ist, dann drehe ich der Wohnung den Rücken zu, festige meinen Griff um den Koffer und öffne die Wohnungstür. Meine Mutter steht davor und schlägt mir ins Gesicht.

Das Wasser kocht, einige Tropfen springen über den Rand und landen zischend auf der Herdplatte. Ich nehme den Kessel vom Herd, gebe Kaffee und Zucker hinein und rühre um. Danach stelle ich den Kessel erneut auf die Herdplatte und warte ab, daß der Kaffee aufschäumt. Langsam gieße ich ihn in die Tasse und gehe in das Wohnzimmer, in dem meine Mutter auf einem Stuhl sitzt und wartet.
Sie trinkt ohne aufzublicken, und obwohl der Kaffee brühend heiß ist, leert sie die Tasse in vier Schlucken und setzt sie geräuschvoll ab. Ihr Hände öffnen die Handtasche auf ihrem Schoß und entnehmen ihr eine Schachtel Zigaretten. Sie gibt sich Feuer, nimmt einen Zug, einen zweiten. Sie atmet nicht aus. Es sieht aus, als ob der Rauch in ihrem kompakten Körper verschwunden wäre. Schließlich drückt sie die Zigarette auf der Untertasse aus und sagt:
– Was geht nur in deinem verdammten Schädel vor? Rennst vor der Armee davon und versteckst dich in diesem Dreckloch! Wie kannst du nur so phantasielos sein? Wer hat dich so erzogen? Wenn das dein Vater wüßte, er wäre mit dem Gewehr gekommen, ist dir das klar? Hast du denn überhaupt kein Gefühl für Ehre? Weißt du, was die Nachbarn hinter meinem Rücken sagen? Sie sagen, die Papirs sind wie Hühner, die bei jedem lauten Geräusch in die Luft springen und den Boden vollscheißen. So weit ist es mit uns gekommen! Jelena traut sich nicht mehr in die Schule. Was glaubst du, wie sie sich fühlt? Sie ist ein junges Mädchen, sie schämt sich, bist du dir darüber im klaren?
Ich stehe einfach nur im Raum und höre jedes Wort. Ich will mich nicht hinsetzen oder irgendwo anlehnen, obwohl meine Beine vor Anspannung zittern. Ich will auch nicht aufs Außenklo stürzen und mich erbrechen. Mein Magen rumort, ich schmecke Erbrochenes auf der Zunge und schlucke es herunter. Meine schlimmste Befürchtung ist wahr geworden.
– Was hattest du vor? Wolltest du in Križevci bleiben, bis man

vergißt, wer du bist? Dachtest du, *ich* vergesse, wer *du* bist? Eine Mutter vergißt so was nicht. Auch wenn ihr Sohn wie ein erbärmlicher Schlappschwanz davonrennt, nein, sie vergißt nicht, wer er ist.

Ich blicke sie an, unfähig, ein Wort zu formulieren. Ich versuche, sie als meine Mutter zu sehen. Sie hat sich seit meiner Kindheit kaum verändert. Dieselbe Mimik, dieselben Worte. Sie trägt die übliche Trauerkleidung der Witwen. Schwarz, schwarz, schwarz, als ob mein Vater vor zwei Tagen gestorben wäre. Das dünne Haar ist zu einem Dutt gebunden, ich erkenne es an der Ausbuchtung unter ihrem Kopftuch. Ihre Hände sind ohne Ringe und rissig, die Lippen zwei schmale rosafarbene Striche, links und rechts ein Tupfer Rouge auf den Wangen, die Falten in ihrem Gesicht sehen aus, als wären sie voller Staub. Meine Mutter war nie schön, und seit dem Tod meines Vaters vor fünf Jahren hat sie noch weniger Wert darauf gelegt, sich um ihr Äußeres zu kümmern. Sie ist fett geworden und raucht am Tag eine Schachtel.

Ich möchte ihr eine weitere Zigarette anbieten, um sie zum Schweigen zu bringen, doch ich kann mich nicht rühren und verfolge das Stakkato ihrer Worte wie jemand, der an einem Bahnhof steht und den Zug Zentimeter von seinem Gesicht entfernt vorbeirauschen sieht.

– Hast du vergessen, was es für deinen Vater bedeutet hat, in der Armee zu dienen? Hast du denn keine Seele für dein Volk? Ausgerechnet jetzt, wo es dich braucht.

– Mutter, es ist Krieg.

– Krieg? Ja und? Kriege kommen und gehen.

– Ich habe aber mein eigenes Leben, ich---

Sie lacht und zeigt um sich.

– Das nennst du Leben? Wo sind deine Freunde? Und hast du eine Frau?

– Ich habe Freun---

– Du hast keine Freunde, Branko. Du hattest nie Freunde. Wo sind denn deine Freunde, wenn du sie brauchst? Ich sehe niemanden. Zeig sie mir doch! Wahre Freunde bekommst du nicht einfach so …

Sie schnippst bei *so* mit den Fingern und nimmt dann die Hand wieder herunter. Sie predigt mir das gleiche wie mein Vater. Sie gebraucht exakt dieselben Worte und Gesten.
– … wahre Freunde findest du in der Armee. Da ist Zusammenhalt, da ist das, was echte Männer ausmacht. Was weißt du schon vom Leben, Junge? Wann hast du schon mal Leid gesehen? Hör auf zu jammern und werd erwachsen.
Ich will ihr von Ivanka erzählen, doch ich weiß nicht, wie ich beginnen soll. Ich habe nicht vor, mich zu verteidigen, doch genau darauf läuft es im Endeffekt hinaus. Ich muß mich verteidigen. Das schlimmste ist, daß ich mich tief im Inneren schuldig fühle und das Gefühl habe, für nichts und wieder nichts Erklärungen abgeben zu müssen.
– Jetzt bist du sprachlos, ha? Du weißt, daß nicht einmal deine Schwester weggerannt wäre. Kein Mädchen würde das tun. So was macht man nicht, Branko, geht das denn nicht in deinen verdammten Schädel hinein?
Ich schweige, sie macht weiter:
– Da klopft es also an meiner Tür, und ich mache auf und ein Oberst Soundso fragt, ob ich die Mutter von Miroslav Branko Papir sei. Ich sage, ja, die bin ich, und da fragt er, ob er mal reinkommen dürfte. Sofort weiß ich, es ist was geschehen. Ich weiß, mein Junge ist gefallen. Oder er ist verletzt? Oder er ist in Gefangenschaft und wird gefoltert? Was sonst kann ein Besuch von einem Oberst bedeuten? Los, sag es mir! Nun, bevor der Oberst durch die Tür ist, falle ich in Ohnmacht und erwache wieder auf der Couch. Jelenica steht über mir und legt ein feuchtes Tuch auf meine Stirn. Ich glaube, alles nur geträumt zu haben, doch wie ich mich umschaue, sitzt der Oberst an unserem Tisch. Er hat seine Mütze abgenommen und dreht sie in den Händen. Ich stehe auf und sage so beherrscht, wie ich nur kann, *Gospodine* Oberst, sage ich, Verheimlichen Sie mir nichts, was ist geschehen? Und der Oberst sieht, daß ich nicht geschont werden will, und nickt. Dann fragt er, wann ich meinen Sohn das letzte Mal gesehen hätte, und ich sage ihm, daß es bei seiner Abfahrt gewesen war. Im Oktober. An seinem Geburtstag. Abfahrt wohin? fragt der

Oberst. Abfahrt nach Zagreb, antworte ich, Er ist nach Zagreb abgefahren, um seinem Trupp beizutreten. Da schüttelt der Oberst bedauernd den Kopf und erzählt mir, daß du nie in Zagreb angekommen bist, daß dich die Militärpolizei suchen würde und daß keiner wüßte, wo du steckst.

– Ich war hier, sage ich lahm.

– Ach, sag bloß. Als ob ich das nicht wüßte. Tatjana hat mir alles erzählt.

– Tatjana? Aber---

– Nichts aber, sie ist ein ehrlicher Mensch, sie weiß, wie sich eine Mutter fühlt. Ich habe so oft angerufen und am Telefon geweint, bis Tatjana es über sich brachte, mir von deiner Krankheit zu erzählen.

Meine Mutter schnaubt verächtlich.

– Du bist nicht nur ein Deserteur, du bist zusätzlich auch noch ein Heuchler und Lügner. Was hast du denn noch getan? Hast du einen Menschen umgebracht? Hast du gestohlen?

Ich senke den Kopf und wünsche mir, ich wäre tot. Ich wünsche mir die Silvesternacht zurück. Der Schnee um mich herum, die Lederjacke über meinem Körper. Einfach in Ruhe erfrieren und den nächsten Morgen nicht erleben.

– Junge, was machen wir nur mit dir? Was willst du dir denn für eine Geschichte ausdenken, wenn dich die *milicija* holt? Willst du von deiner komischen Krankheit erzählen? Hör auf deine Mutter und sag ihnen die Wahrheit, dann werden sie dich nicht allzu hart bestrafen. Sag ihnen die Wahrheit, und sie werden dich gehen lassen, denn du bist mein einziger Sohn. Sie werden einer Mutter nicht ihren einzigen Sohn wegnehmen, das werden sie nie tun, niemals.

Aber das haben sie doch schon längst getan, will ich sagen, *das haben sie an dem Tag getan, an dem sie mich in die Armee einberufen haben, kapierst du das nicht?*

Doch ich schweige, natürlich schweige ich und starre weiter auf den Boden. Als ich wieder aufblicke, ist der Zug vorbeigerauscht, etwas Staub schwebt in der Luft, meine Mutter raucht. Sie ist nervös, das erkenne ich an ihren fahrigen Bewegungen.

Mehrmals sieht sie zur Tür, und ich denke, daß sie es bereut, gekommen zu sein, bis ich endlich begreife, warum sie zur Tür blickt.
– Bist du alleine hier? frage ich.
– Siehst du sonst noch jemanden?
– Ich meine, wer weiß noch, daß ich hier bin?
Sie antwortet nicht, drückt ihre halbgerauchte Zigarette auf dem Unterteller aus, Blick zur Tür, nervöse Hände auf ihren Knien, neue Zigarette.
Ich gehe zum Fenster und sehe zwei Wagen der *milic* vor dem Wohnblock halten. Vier Männer steigen aus und betreten das Mietshaus.
– Du hast ihnen gesagt, wo ich bin?!
Ich bewege mich nicht vom Fenster weg, als ich das sage. Ich schaue über die Dächer und stelle mir vor, woanders zu sein. Ich kann meine Mutter nicht ansehen.
– Mutter, wie konntest du das tun?
– Das verstehst du nicht, Junge. Sei mein wahrer Sohn und hör auf mich.
Ich wende mich vom Fenster ab, ergreife meinen Koffer und öffne die Wohnungstür. Ich kann die Schritte der *milicajci* hören. Sie lassen sich Zeit. Sie wissen nicht, auf welchem Stockwerk ich bin, und suchen meine Wohnung.
– Branko …
Ich bleibe stehen, wende den Kopf. Meine Mutter weint. Ihr Kopftuch ist etwas verrutscht, so daß ihr grauer Haaransatz erkennbar ist. Sie sieht mich nicht an, sie kann mich nicht ansehen, so wie es mir schwergefallen ist, sie anzublicken.
Schweigen. Nein, sie hat mir nichts mehr zu sagen. Wir haben uns nichts mehr zu sagen.
Ich verlasse die Wohnung und renne die Treppe hinunter. Ich kann die Stimmen der *milicajci* hören, wie sie näherkommen, und ich kann hören, wie sie für einen Moment auf der Treppe stehenbleiben. Auch ich bewege mich nicht.
Was tue ich hier? Bin ich verrückt?
Die vier *milicajci* setzen sich wieder in Bewegung, schneller

diesmal, zielstrebiger. Ich fluche und sprinte zurück, reiße das Namensschild von meiner Tür und renne die Treppe weiter hoch.

45

Ich kenne sie nicht, so wenig wie ich die anderen Leute im Gebäude kenne, kenne ich diese halbnackte Frau im Morgenmantel, der Haarsträhnen ins Gesicht hängen und die dunkle Flecken unter den Augen hat. Sie ist auf den Flur getreten und sieht mich überrascht an. Ich reagiere spontan und werfe ihr meinen Koffer entgegen. Er trifft sie vor die Brust und hebt sie von den Füßen. Sie fällt zurück in den Flur ihrer Wohnung und reißt einen Garderobenständer mit sich. Ihrem Mund entweicht ein dumpfes Uff, bevor sie unter Jacken und Mänteln begraben wird.
Ich folge ihr und schließe die Tür. Die Frau versucht sich aufzurichten. Ich knie neben ihr nieder und drücke meine Hand auf ihren Mund. Ihre Augen weiten sich, sie muß sich beim Sturz weh getan haben, Tränen laufen ihr aus den Augenwinkeln.
Die Schritte auf dem Flur ziehen an der Wohnung vorbei. Einer von der *milicija* flucht, und ich höre den Fluch so deutlich, als ob der Mann in mein Ohr gesprochen hätte:
– *Jebemti boga!*
Die Frau beißt. Ihre Zähne finden das weiche Fleisch meiner Handfläche. Ich schreie auf und ziehe die Hand weg. Die Frau ruft um Hilfe. Ich schlage sie, stopfe ihr den Schrei zurück in den Mund, dann trifft meine Faust ihre Schläfe, und sie bewegt sich nicht mehr.
Ich lausche, wische meine blutende Hand an dem Morgenmantel der Frau ab, lausche erneut. Die Schritte der *milicija* sind nicht mehr zu hören. Ich nehme meinen Koffer und verlasse lautlos die Wohnung.

Fünfter Teil

Winter

46

Die *Laguna* befindet sich in der Nähe des alten Botanischen Gartens, einige Meter entfernt vom Justizpalast. Es ist ein beliebtes Münchener Touristenrestaurant mit einer rustikalen Innenausstattung, die an eine Scheune erinnert. Pferdegeschirr und Wagenräder hängen an den Wänden, Maiskolben von der Decke. Auf den Tischen stehen keine Kerzen, sondern winzige Petroleumlampen, die nur ein schwaches Licht von sich geben. Im ersten Moment denke ich, es sind echte Petroleumlampen, doch beim näheren Hinsehen erkenne ich in dem rötlichen Flackern einen Elektrodraht. Es riecht nach Reinigungsmittel und künstlichen Tannennadeln. Nichts hier ist echt.

Die Küche verspricht *serbokroatische Spezialitäten vom Holzkohlengrill*, aus den Boxen erklingt Folklore. Eine Frauenstimme singt, ein Chor begleitet sie, ich höre eine Trompete, dann geht das Lied in einen Song von Elvis Presley über.

Einer der Gründe, weswegen ich mir dieses Restaurant ausgesucht habe, ist die Nähe zum Hauptbahnhof. Ich will den Bahnhof nicht aus den Augen verlieren. Die sichersten Schlafplätze sind dort zu finden.

Es dauert eine Weile, bevor ein Kellner aus der Küche kommt. Er trägt ein Tablett mit umgedrehten Weingläsern, in seinem Mundwinkel klemmt ein Zahnstocher.

– Tag.

– Guten Tag.

Wir nicken uns zu. Der Kellner setzt das Tablett ab, wischt sich die Hände an einem Handtuch trocken und fragt, was es sein soll. Er ist schlank und seine Haare sind bis auf einige Millimeter geschoren. Auf mich wirkt er sehr militärisch, seine Bewegungen sind präzise. Wenn er redet, beult der Kehlkopf seinen Hals aus, als ob er einen Stein verschluckt hätte.

– *Izvinite*, sage ich, *Da li je moguće imati razgovor za šefom?*

Der Kellner grinst überrascht und nimmt den Zahnstocher aus dem Mund. Er wiegt den Kopf ein paarmal, als wäre er einer von diesen Plastikhunden im Rückfenster eines Autos, dann steckt er den Zahnstocher zurück in den Mundwinkel, stützt sich mit der einen Hand auf die Theke und tippt mit dem Zeigefinger auf das Holz, als ob er ungeduldig wäre.

– Den Chef willst du sprechen, stellt er schließlich auf deutsch fest, in der Annahme, daß ich kein Wort verstünde, Weswegen willst du denn den Chef sprechen, mh, *brate moj*?

– Weil ich eine Arbeit brauche, erwidere ich korrekt, aber mit deutlichem Akzent.

Seine Mundwinkel gehen nach unten.

– Arbeit ist nicht viel.

– Könnte ich bitte den Chef sprechen?

– Weiß nicht.

Ich balle die Faust, aber so, daß der Kellner es nicht sehen kann.

– Wo kommst du her? fragt er mich.

– Zadar.

– Zadar? Schöne Stadt. Vertrieben?

– Sie haben das Haus meiner Eltern zerbombt.

– Verstehe. Schlimme Sache. Wie alt bist du?

– Vierundzwanzig.

– Vierundzwanzig ist jung. Schon mal in einem Restaurant gearbeitet?

– Nein.

– Nein? Nun, dann bist du hier ja ganz falsch.

– Ich wasche auch Teller.

– Natürlich.

– Ich brauche Hilfe. *Molim vas, pomognite mi.*

Der Kellner schüttelt den Kopf und wendet sich ab. Ich bleibe, wo ich bin, jetzt sind beide Hände geballt. Ich sehe zu, wie er Weinglas für Weinglas vom Tablett nimmt und in einer Vitrine aufstellt.

Eine Uhr mit Bildern der vier Jahreszeiten zeigt Viertel nach zehn, das graue Tageslicht vor den Fenstern ist wie von einer Welt, aus der alle Farben verschwunden sind. Mein neues Leben. Ich verlagere mein Gewicht auf den anderen Fuß. Am liebsten würde ich mich setzen, doch ich will keinen Ärger. Ich will Arbeit. Sechs Minuten vergehen.

– Hast du Papiere?
Der Kellner sieht mich beim Sprechen nicht an; er zählt die Gläser und wischt Staub vom Regal.
– Nein, antworte ich.
– Das ist schlecht. Wieso sprichst du deutsch?
– Weil ich in Deutschland bin.
– Was für ein kluger Kopf!
Er beendet seine Arbeit, greift unter die Theke und holt ein Bier aus dem Kühlschrank.
– Trinkst du gerne Bier?
Ich nicke, ohne auf die Flasche zu sehen. Der Kellner öffnet das Bier, er nimmt einen Schluck direkt aus der Flasche und wischt sich den Mund ab.
– Die Bayern lieben Bier. Du bist hier in Bayern, weißt du das?
– Ich weiß.
– Mh, habe ich es mir doch gedacht, du bist ein verdammt kluger Kopf. Sag mal, möchtest du auch was trinken?
Der Kellner ist darauf aus, meinen Stolz zu verletzen, er will ihn erschüttern. Es schmerzt in der Magengrube. Die letzte Woche fühlt sich an wie ein Messer, das langsam und unermüdlich vom Magen hochwandert. Mein Herz hat es noch nicht erreicht, aber es ist ihm nahe. In anderen Fällen hätte ich dem Kellner ins Gesicht gespuckt und wäre gegangen. In anderen Fällen wäre alles anders.
Ich nicke, ja, ich will ein Bier.
Der Kellner reicht mir die Flasche. Sein Gesicht ist ernst, die Ironie ist verschwunden.
– Danke, sage ich und trinke.
– Du kannst morgen in der Küche anfangen, sagt er, Abwaschen und Müll raustragen. Wenn wir schließen, ist Putzen angesagt. Der Grill muß picobello sein, Boden und Theke glänzen. Du zahlst mir zweitausend, und ich besorg dir Papiere: Aufenthaltsgenehmigung plus Arbeitserlaubnis. Hast du schon ein Zimmer? Nein? Wir kümmern uns darum. Du kannst zweimal am Tag hier essen, aber Finger weg vom Alkohol. Anfangen tust du um elf, wir öffnen um eins. Klamotten stellen wir nicht, die besorgst

du dir, so schnell es geht. Was du sonst mit deiner Zeit anfängst, geht mich nichts an. Schluß mit der Arbeit ist, wenn ich es sage, *razumeš*?

Ich nicke, ich habe verstanden.

– Trink das Bier aus, und bring dann deinen Koffer rüber. Ich zeig dir die Küche und wo du heute nacht schlafen kannst. Mein Name ist Edgar. Wie heißt du?

– Ivo, antworte ich.

47

Als ich Stunden später an ihrer Tür klingle und sie mir öffnet, bin ich mir sicher, sie nie zuvor gesehen zu haben. *Es liegt an den Haaren,* ist mein erster Gedanke. Sie sind kurz geschnitten und schwarz gefärbt. Dann aber kommen mir Zweifel. Es ist eher der Ausdruck auf ihrem Gesicht, der nicht stimmt. Sie erkennt mich nicht. Und das läßt mich denken, sie ist die falsche Frau an der richtigen Adresse.

– Ja?

Ihr Blick wandert von meinem Gesicht zu meiner Kleidung und zurück.

Das Jackett ist zerknittert von den Nächten, in denen ich es als Kissen oder Decke benutzt habe; die Jeans fleckig und mit dreckigen Falten auf den Schenkeln und um den Schritt herum. Der weiße Pullover ist grau, und das Leder meiner Schuhe hebt sich an den Zehenspitzen von der Sohle ab. Ich rieche nach Zügen und abgestandenen Räumen, mein Gesicht ist hohlwangig, und ich habe verkrustete Schnitte am Kinn von dem mißglückten Versuch, mich ohne Schaum und mit einer alten Klinge auf der Bahnhofstoilette zu rasieren.

– Kann ich Ihnen helfen? fragt sie und öffnet die Tür dabei keinen Spalt weiter.

Ich wende mich ab und gehe. Ich kann einfach nichts auf ihr *Ja?* erwidern, und ich weiß nicht, ob sie mir wirklich helfen kann. Was habe ich erwartet? Etwas ist zerbrochen, etwas ist nicht mehr da. Deswegen wende ich mich ab, verlasse den Vorgarten der Villa und laufe die Straße hinunter. Seitdem ich aus Kroatien weg bin, habe ich das Gefühl, ich bin die ganze Zeit auf der Suche nach mir selbst. Mein Schatten geht mir voran, ich folge ihm. Was ich auch tue, ich kann ihn nicht erreichen.

Zwei Ecken weiter hält ein rotes Auto neben mir und hupt. Das Fahrerfenster wird heruntergekurbelt, und eine zweifelnde Stimme fragt:

– Ivo?!

Ich steige ein und sage nichts, auch die Frau spricht kein Wort. Kein Zeichen der Freude. Die Tatsache, daß sie mich an der Tür nicht erkannt hat, lastet auf uns. Wir fahren ziellos durch die Stadt und geraten in einen Verkehrsstau. Es ist ein merkwürdiges Gefühl, zwischen diesen vielen Autos mit einem Menschen festzuhängen, den man nicht wirklich kennt. Es ist die Zusammenfassung meines Lebens. Ich sehe aus dem Fenster. Nürnberg ist mir so fremd wie München. Ich merke, wie ich mich entspanne und verspüre eine traurige Freude. Es ist die Freude und Erleichterung, für einen Augenblick aufgenommen worden zu sein. Ich glaube, auch der Frau neben mir ist gleichgültig, was geschieht oder wie lange wir in diesem Stau festsitzen, solange ich neben ihr sitze. Es ist ein emotionales Patt. Wir sind uns ähnlich, und mir ist das unangenehm. Ich wollte nie jemandem ähnlich sein.

Später erzählt mir Mathilda, daß mein Kommen eine Offenbarung für sie gewesen ist, daß sie in dem Moment ganz genau gewußt hat, daß ein neues Leben beginnen würde. Sie spricht von einem religiösen Gefühl, und ich nehme an, sie hält mich für einen jugoslawischen Jesus, der sie erlösen wird. Ich weiß nicht, was das soll. Ich will wieder ich sein, mehr nicht. *Mach mich zu Ivo,* möchte ich am liebsten sagen und halte dann doch den Mund und höre ihrem Gerede zu.

Ihre Worte sind leer. Ihre Gedanken ziehen an mir vorbei. Wir sind bei den Wurzeln angekommen. Sie will meinen Körper, ich will ihr Geld, darum geht es. Was soll der romantische Unsinn drumherum? Kann sie sich nicht an die Regeln halten? Und wer bin ich, ihr das zu sagen? Ich versaue mir doch kein Geschäft.

Wir treiben es an diesem ersten Tag auf dem Beifahrersitz ihres Autos, das auf einem abgelegenen Parkplatz steht. Mathilda weint danach, sie heult sich regelrecht bei mir aus und erzählt mir ausführlich von ihrem öden Leben und daß sie mich seit dem Urlaub vermißt. Ihre Tochter ist vor einem halben Jahr ausgezogen und lebt jetzt in Stuttgart. Sie sehen sich einmal im Monat und telefonieren an den Wochenenden. Mathilda vermißt ihre Tochter. Sie berührt beim Erzählen ihren Bauch und sagt:

– Hier fehlt was, hier tief drin.
Zum Schluß hebt sie jedoch hervor, wie glücklich sie eigentlich ist. Denn egal was ihr geschieht, eigentlich ist sie immer glücklich.

Zwei Monate und sechs Tage später muß ich an diese Worte zurückdenken. Wir liegen in einem luxuriösen Hotelzimmer, und ich lasse Mathilda nicht zu Atem kommen, rolle mich auf sie und stecke ihn erneut rein. Ich bearbeite ihren schlaffen Körper, bis sie ihren zweiten Höhepunkt hat, dann versuche ich, sie umzudrehen. Ich will sie von hinten nehmen. Auch wenn mich jetzt der Geruch von unserem Sex anwidert, ist es mir wichtig, daß ich meinen Orgasmus habe. Ich will dabei ihr Gesicht nicht sehen, diese Erlösung gehört nur mir, doch Mathilda sagt:
– Nein, bitte, ich kann nicht mehr.
Ich fühle mich dämlich, wie ich über ihr liege, mein pulsierender Schwanz über ihrer Möse, und sie sagt *Nein*.
– Was?!
– Ich kann nicht mehr, du machst mich ja völlig fertig.
Mathilda stützt sich auf die Ellenbogen und sieht mich lächelnd an. Ihre Brüste hängen schwer zur Seite. Die Schminke ist unter ihren Augen verschmiert und an ihrem Hals stehen blaue Äderchen hervor. Die zugezogenen Gardinen machen aus dem Hotelzimmer eine Höhle. Ihr Gesicht wirkt verschwommen, als wüßte es nicht genau, wie es auszusehen hat. Ihre Stirn legt sich in kleine Falten.
– Was hast du? fragt sie und lächelt unsicher.
Ich bereue es, für einen Moment unvorsichtig gewesen zu sein.
– Nichts, ich dachte nur, du willst mehr.
Mathilda küßt mich auf den Mund. Ein kleiner, trockener Kuß.
– Du bist so selbstlos, ich habe so was noch nie erlebt.
Ich rolle von ihr und sehe ihrem schlaffen Hintern nach, wie er sich auf das Bad zubewegt. Sie wird jetzt pissen, lauter als eine Kuh es kann, ein Wasserfall von Pisse. Mir wird schlecht bei dem Gedanken. Ich greife mir eines der Kissen und drücke es mir an die Ohren.

Der Besitzer der *Laguna* hört auf den Spitznamen *Picek*. Er ist ein dicker Mann mit einer polierten Glatze und der Angewohnheit, einem nach jedem Gespräch die Hand zu schütteln.
Ich bekomme wenig von ihm zu sehen. Wenn etwas ansteht, erhalte ich meine Instruktionen von Edgar, der mir den Job und die Papiere besorgt hat.
Für sechs Mark die Stunde erledige ich alles, was von mir verlangt wird. Ich putze die Toiletten, wasche ab, rühre in der Suppe, wenn der Koch einkaufen ist, schäle Kartoffeln und kellnere an den Abenden, an denen der Betrieb zusammenzubrechen droht.
Diese Art von Leben ist in Ordnung. Ich bewohne ein einfaches Zimmer, arbeite in der *Laguna* und versorge meine Kundinnen. *In Ordnung* steht nicht für *gut*. Solch ein Leben ist nicht der Traum. Ich weiß, es wird nicht ewig so weitergehen. Es ist nur ein weiterer Schritt, ein neues Teil im Puzzle. Mein Paß und meine Aufenthaltsgenehmigung gehören dazu. Sie sind zwar gefälscht, und wenn mich die deutsche Polizei ernsthaft in die Mangel nimmt und meine Papiere prüft, ist es möglich, daß der Betrug auffliegt. Ich sehe aber keinen Grund, mir jetzt deswegen Sorgen zu machen. Wenn ich will, kann ich eine unscheinbare Person sein, und ich habe auch nicht vor, mich in irgendwelchen Ärger zu verwickeln.
Vieles ist anders, als es zu Hause gewesen ist. Ich bemerke, wie ich mich den Umständen anpasse. Ich habe das Gefühl, auf ein Territorium geraten zu sein, auf dem ich keine Rechte habe. Wenn ich das Restaurant verlasse, ist meine Körperhaltung angespannt. Ich strecke die Brust nicht raus, ich zeige keinen Stolz und sehe in die andere Richtung, wenn mir jemand in die Augen blickt. Mein Rücken ist unentwegt steif, als ob ich einen überraschenden Angriff erwarten würde. Sehen Frauen mich an, starre ich auf den Boden und gehe weiter. Ich suche keinen Kontakt. Nicht hier, nicht jetzt. Was ich an Kontakt habe, reicht mir.
Etwas ist zwar in mir zerbrochen, etwas ist nicht mehr da, den-

noch brennt die Hoffnung in mir, eines Tages aus dieser Situation herauszukommen. Den nächsten Schritt zu machen. Einfach weiterzugehen.
Wenn ich an manchen Morgen nach meinen sechzig Liegestützen die Dusche im Flur benutze, kommt die alte Wut und Arroganz in mir hoch. Ich berühre meine durchtrainierten Bauchmuskeln, fahre mir über Arme und Beine und genieße es, Branko zu sein.
Ich weiß nicht, was zu dem Bruch in mir geführt hat. Einen großen Teil der Schuld gebe ich der Stadt. München gefällt mir nicht, ich fühle mich als Außenstehender ohne Chancen, der ein Brandzeichen trägt. Die Stadt läßt mich frieren. Dieses Gefühl verändert sich auch nicht, wenn Mathilda aus Nürnberg kommt und wir durch die Gegend spazieren oder in einem Café sitzen. Mathilda versucht, mir die schönen Seiten von München zu zeigen, doch es ist zwecklos, das Gefühl der Isolierung bleibt, ich friere.
Meine Hoffnung ist es, mit dem Job in der *Laguna* richtig Fuß zu fassen und von hier aus meinen Plan weiterzuentwickeln. Mathilda und die Frauen, die ich in der kurzen Zeit kennengelernt habe, zahlen gut. Sie halten mich so weit aus, daß ich mir theoretisch die Arbeit im Restaurant sparen könnte. Mir reicht das aber nicht, ich brauche den Schutz, den mir der Job bietet. In der *Laguna* bin ich einer von vielen Hilfskräften. Diese Anonymität gibt mir Sicherheit und eine Basis. Ohne Basis geht nichts. Außerdem lerne ich hier neue Frauen kennen.
Dennoch weiß ich, daß mein Plan viel mehr verlangt, als in einem Restaurant zu kellnern. Ich brauche mehr Geld und Selbstbestimmung. Ich will mir mehr leisten können als nur Miete und Kleidung. Viel mehr. Es geht hier um mein Leben. Und ich bin hungrig nach mehr.

49

Ihr Name ist Angelika, aber sie will, daß ich sie Angela nenne. Angela arbeitet als Sekretärin in einer Anwaltskanzlei, die gegenüber von der *Laguna* liegt. Sie braucht nur den Lenbachplatz zu überqueren, schon steht sie vor dem Restaurant.
Angela läßt sich gerne empfehlen, was sie in der Mittagspause essen soll. Sie macht auf kokett und wählerisch, dabei ist es ihr eigentlich gleich, was sie serviert bekommt.
Ich weiß vom ersten Moment an, daß sie etwas von mir will, und spiele mit, lehne mich nahe an sie heran, wenn ich ihr die Namen der Speisen auf der Karte übersetze, und helfe ihr in den Mantel, wenn sie geht.
Im Restaurant ist es üblich, daß Frauen sich für mich interessieren. Petar, der Koch der *Laguna,* erklärt mir, das würde an meiner Machoausstrahlung liegen.
– Sie denken, du hältst sie für minderwertig, und das gefällt ihnen.
Das absonderliche daran ist, daß ich mir wie ein Clown vorkomme, wenn ich in Arbeitskleidung durch das Restaurant laufe und ihre Blicke bemerke. Sie wissen nicht, wer ich bin, sie wissen nicht, wie ich wirklich aussehe, dennoch ziehe ich sie an. Sobald ich das Restaurant verlasse, bin ich ein anderer Mensch und werde für sie unsichtbar.

An dem Tag, an dem sich Angela ihr Mittagessen in die Kanzlei bestellt und darum bittet, ich solle es persönlich vorbeibringen, schneit es dicke, schwere Flocken. Der Schnee verschluckt die Geräusche, und ich habe das Gefühl, Watte in den Ohren zu haben. Angelas Anruf kommt um halb zwölf. Ich weiß sofort, es ist soweit. Während Petar den Teller mit *čevapcici* und *djuvéc* in Aluminiumfolie wickelt und den Krautsalat mit Salz, Essig und Öl anrichtet, verschwinde ich auf die Herrentoilette und wasche mir den Schwanz. Ich bin in solchen Dingen immer sehr gewissenhaft.

Danach ziehe ich mir die Lederjacke an und überquere den Lenbachplatz. Die kalte Luft schneidet angenehm in meine Lungen, tief atme ich durch, eine neue Kundin wartet.
Zu meiner Überraschung befindet sich Angela nicht allein in der Kanzlei. Zwei Männer rauchen am Fenster, ein dritter sitzt an seinem Schreibtisch und telefoniert.
– Oh, danke. Komm, setz dich doch.
Ich fühle mich unwohl in meinen Kellnerklamotten, aber keiner scheint mich zu beachten, nur Angelas Augen sind auf mich gerichtet, als wäre ich die einzige Person in der Kanzlei. Ihr Blick ist fragend. *Was jetzt?*
– Wo ist die Toilette? sage ich.
Angela zieht die Unterlippe in den Mund. Ihr Kopf ist recht klein, aber durch die hochgestylten Haare und den Gebrauch von viel Haarspray wirkt es, als ob sie einen bombastischen Schädel hätte. Ich versuche mir vorzustellen, wie sie mit nassen Haaren aussieht. *Traurig* ist mein erster Gedanke, *verletzlich* könnte auch passen. Auf jeden Fall nicht schön. Ihr Mittelklassegesicht ist übertrieben geschminkt, die Haut erinnert an Porzellan, der Mund gleicht einer gepreßten Blüte. Ihr Hintern ist winzig und kompakt.
– An dem Kopierer rechts vorbei. Die erste Tür ist für Damen, die zweite für Herren.
– Gut, sage ich und gehe am Kopierer vorbei. Ich bleibe vor der Damentoilette stehen. Ein Blick über die Schulter. Niemand ist zu sehen. Ich gehe hinein.
Angela folgt vier Minuten später, quetscht sich zu mir in die Kabine und verschließt die Tür.
– Mach dir keine Gedanken, ich bin hier die einzige Frau.
Ich mache mir keine Gedanken, ziehe sie zu mir und lege meine Hände auf ihren Hintern. Er fühlt sich genauso an, wie ich es erwartet habe.

Angela läßt mich wissen, daß sie ausgefallene Orte bevorzugt. Sie will in kein Hotel, sie sagt mir auch nicht, wo sie wohnt. Als das Gespräch auf Geld kommt, erschrickt sie erst, und ich be-

fürchte schon, das ist es gewesen. Ich habe solch eine Reaktion des öfteren erlebt, und ich habe es mir zur Regel gemacht, die Frauen nicht zu drängen. Wenn sie es nicht verstehen, ist es die ganze Angelegenheit nicht wert. Was ich bei Angela nicht erwartet habe, ist der Kick, den sie sich damit holt.
– Du meinst, ich gebe dir mein Geld, dafür gehörst du mir?
– Das ist der Plan.
Angela lächelt.
– Du bist der einzige Spaß, den ich mir gönne, ich hoffe, du weißt es zu schätzen?!
Ja, das weiß ich.

50

Die ersten Briefe zerreiße ich. Danach schreibe ich sie neu und zwinge mich, sie in die Briefumschläge zu stecken. Einer geht an Nenad, einer an Josip und der dritte an meine kleine Schwester. Ich will meiner Mutter nicht schreiben. Der Tag meiner Flucht aus Križevci wiederholt sich als Episode in meinem Kopf. Der Tag, an dem mich meine eigene Mutter verriet. Es klingt wie ein billiger Filmtitel.

In meinem Brief an Nenad und Josip entschuldige ich mich. Ich schreibe ihnen, daß ich weiß, daß es nicht fair gewesen sei, auf diese Art und Weise zu verschwinden. Ich schreibe auch, daß ich hoffe, alle meine Fehler irgendwann wiedergutmachen zu können. Was eine Lüge ist. Ich habe nicht vor, auch nur einen von ihnen jemals wiederzusehen.

Ich füge keinen Absender bei, erkläre nur, daß es mir gutgeht und daß ich in Sicherheit bin und mich melde, sobald ich ein festes Zuhause habe. Eine weitere Lüge.

Meine Heimat ist eine Erinnerung. Je weniger ich darüber spreche, um so mehr verblaßt sie. Die Mitarbeiter der *Laguna* reden viel über das Damals und die Folgen des Krieges, sie fluchen auch über Gott und die Welt, lassen sich über Frauen und Sport aus, werden aber sofort ruhig, wenn Gäste kommen. Es ist, als ob ein Schalter umgelegt worden wäre. Jeder einzelne verwandelt sich. Sie werden zu Menschen mit lächelnden Gesichtern und freundlichen Worten. Darin sind sie mir ähnlich, denn auch sie wollen etwas, und sie wissen, wie sie es sich holen können.

Der Brief an meine kleine Schwester enthält keine Entschuldigung. Ich hätte ihn genausogut aus der Kaserne in Karlovac schreiben können. Meine Worte sind eine Zusammenfassung all dessen, was ich den Tag über tue. Und Fragen. Viele Fragen. Wie es ihr geht, wie es in der Schule läuft, und ob es Probleme gibt mit Mutter. Während ich schreibe, begreife ich, daß mir ein Zeichen von meiner Schwester fehlt. Ich will, daß sie mich versteht und mir verzeiht, und kritzle im letzten Moment die Adresse des

Restaurants in die untere Ecke des Briefes. Ich bin mir der Gefahr bewußt, kenne aber meine Schwester und weiß, daß sie mich nicht verraten wird. Ich habe ihre Wut und Trauer nicht vergessen, als sie bei meiner Abfahrt am Bus stand. Auch wenn ich es mir bisher nie richtig eingestehen konnte, so hat sie mir doch weh getan. Ich bin auf eine sonderbare Weise wirklich gestorben, und ich wünsche mir an manchen Tagen, mein altes Leben zurückzubekommen. Auch wenn nur in geringen Portionen, und zwar durch einen Brief und ein paar Worte von meiner kleinen Schwester.

51

Zwei Tage nach Weihnachten stehe ich mit einem Teller in der Hand neben Petar in der Küche und höre zu, wie er von einem Film erzählt, den er am Vorabend im Kino am Sendlinger Tor gesehen hat.

Es ist mein freier Tag. Obwohl ich unsicher bin, mich in einer Stadt wie München unter die Menschen zu mischen, drängt es mich dazu, die Gesellschaft von anderen zu spüren. Ein Spaziergang in die Stadtmitte, vielleicht ein Cocktail in einer Bar. Leben. Ich will mit mir allein sein, ohne eine Frau an meiner Seite, völlig allein und zufrieden unter Fremden.

Edgar hat mich gebeten kurz zu warten. Das Weihnachtsgeschäft lief gut, eine Prämie steht aus. Der Boß ließ sich wie üblich kurz blicken. Er kam am Weihnachtsabend mit seiner Familie zum Essen, hat jedem der Männer die Hand geschüttelt und mit seinem feuchten Händedruck einen Fünfzigmarkschein hinterlassen. Ich bin gespannt, was mir Edgar über den Tisch schieben wird, und ob wir alle zu Silvester in ein elegantes Hotel gehen, um das neue Jahr zu begrüßen. Sollte das passieren, werde ich ein Photo machen lassen und es Nenad schicken.

Ich sehe auf meine Uhr, esse noch einen Löffel voll Gulasch und warte weiter auf Edgar. Es ist halb neun und das Restaurant gut besucht. Ich kann durch die Küchentür Stimmengewirr und leise Musik hören.

– He, Ivo, hörst du mir überhaupt noch zu?

– Was?

– Der Typ hat die Waffe genommen.

– Klar.

– Nimmt also die Waffe und knallt sie eiskalt ab. *Badang!* Dann ist er auf der Straße, du weißt schon, eine von diesen verlassenen Straßen. Alles leer und weit. Und er steigt in sein Auto und fährt in die Wüste, wo er sich verstecken will. Na ja, ab da wurde es langweilig, also bin ich rausgegangen.

Ich stelle meinen Teller ab. Vielleicht ist es gar keine so schlechte Idee, sich einen Film anzusehen.

– Wo ist das nächste Kino?

Petar wischt sich die Hände an einem Küchentuch ab, nimmt meinen Teller und stellt ihn oben auf den Stapel mit dreckigem Geschirr. Petar ist das Beste, was dem Restaurant passieren konnte. Er kocht so würzig, daß einem das Wasser im Mund zusammenläuft, wenn man das Essen nur riecht. Seine Gerichte sind durchweg scharf, aber es gibt deswegen nie Beschwerden. Wenn Petar weiß, daß der Teller für ein Kind ist, hält er sich zurück.

– Du willst dir doch nicht etwa diesen Film ansehen? Ich dachte, du willst einen trinken.

– Vielleicht trinke ich einen und gehe danach ins Kino.

– Wünschte, ich könnte mitkommen.

Edgar steckt den Kopf in die Küche und winkt mich raus.

– Bis später dann, sage ich.

– Lauf einfach in die Stadt rein, da sind die Kinos, ruft mir Petar hinterher, Aber bleib weg von den Pornoschuppen, die lohnen sich nicht.

An der Bar gießt mir Edgar ein Glas *šljivovac* ein und wartet, bis ich es leergetrunken habe.

– War ein guter Monat, sagt er und legt einen Umschlag auf die Theke, Wir sehen uns morgen mittag. *Z'bogom*.

Ich nicke und nehme den Umschlag. Edgar wendet sich ab und zapft Bier. Das Verhältnis zwischen uns hat sich nicht verändert. Edgar ist auf der einen Seite abweisend, auf der anderen kümmert er sich um jeden seiner Kollegen. Petar hat erzählt, daß Edgar vor vier Jahren mit seiner Frau nach Deutschland kam. Im letzten Winter ist seine Frau mit einem Türken abgehauen, und seitdem macht Edgar nichts anderes mehr als in der *Laguna* den Geschäftsführer zu spielen. Manche meinen, er hätte kein Zuhause und würde im Büro schlafen, aber das ist Blödsinn.

Ich trete durch die Eingangstür des Restaurants auf die Straße hinaus. Von einem Moment zum anderen verstummt das Stimmengewirr, und die Stadt umgibt mich wie zwei Hände, die sich schließen. Ich warte die Wirkung ab und rühre mich nicht von der Stelle. Nichts geschieht. Ich fühle mich angenehm geborgen und sicher. Es ist zwar kalt, dennoch hat die Kälte heute keinen Einfluß auf meine Stimmung. Ich bin überrascht. Mißlang es mir in den Monaten zuvor, eine Verbindung zu München herzustellen, so habe ich jetzt das Gefühl, der Stadt einen Schritt näherzukommen. Vielleicht wird mir das gleiche mit Edgar passieren. Vielleicht gibt es in jedem Jahr eine begrenzte Zahl von Tagen, die es einem ermöglichen, sich schwierigen Dingen zu nähern. Ich weiß es nicht. Ich weiß nur, daß keine Gefahr mehr von der Stadt droht. Ich mache einen Schritt nach vorne und bewege mich über den verschneiten Bürgersteig, als wäre ich hier zu Hause.

52

Es gefällt mir, was ich sehe. Der Filter der Vorsicht ist verschwunden, ich fühle keine Bedrohung, meine Schultern sind entspannt, ich bewege mich sicher, was wahrscheinlich auch daran liegt, daß bei dem Wetter keine Menschen unterwegs sind.

Ich bleibe vor Schuh- und Modegeschäften stehen, sehe mein Spiegelbild in den Schaufenstern und nicke mir selbst zu. Ich schaue mir die Preise an, lese die Titel von Büchern, betrachte Ankündigungen von Konzerten und Theaterstücken. Es ist so leicht, sich normal zu verhalten. Ich genieße mich und verspüre Freude über die Wärme meiner Jacke, die Enge des Schals, die Sicherheit meiner Handschuhe an den Fingern.

Ich habe diese Stadt hauptsächlich mit Mathilda und Ingrid an meiner Seite gesehen. Mathilda und ihre Spaziergänge, Ingrid und ihr Porsche. Von Ingrid bekam ich detaillierte Geschichten über München zu hören. Sie ist hier aufgewachsen, sie will hier sterben. Ingrid ist dreiundsechzig und die einfachste meiner Kundinnen. Es gefällt mir, daß sie über den Sex hinaus ist. Sie ist einsam und hat spezielle Wünsche. Ich gebe mich unnahbar, wenn sie mich darum bittet. Ich zeige auch Respekt, obwohl sie nicht darauf besteht. Bei meinem ersten Besuch hat sie gelacht, als ich sie um Entschuldigung bat, weil ich auf die Toilette mußte. Sie ist mir gefolgt und hat sich neben mich gestellt. Es wurde ein Ritual, und ich habe mir angewöhnt, bei ihr regelmäßig auf die Toilette zu müssen. Sie schaut gerne zu, wenn ich dusche oder mir die Zähne putze. Es macht mir nichts aus. Auch als sie mich bat, sie nicht zu beachten, und sie sich über die Toilette beugte, um ihr Gesicht unter meinen Urinstrahl zu halten, habe ich nicht mit der Wimper gezuckt und es laufen lassen.

Dennoch bin ich in Gesellschaft meiner Kundinnen nie ich selbst. Jetzt allein in der Stadt unterwegs zu sein heißt für mich, ich selbst zu sein. Es ist so lange her, daß ich mich so gefühlt habe. Selbst in meiner kleinen Wohnung fehlt mir die Entspannung.

Ich schlafe oberflächlich, habe beim Masturbieren brutale Phantasien und erwache mit Schatten unter den Augen.
An einer Ampel bleibe ich stehen und schaue an einem hell erleuchteten Glaskomplex hoch. Ich wünschte, Nenad könnte das sehen. Er würde mir auf die Schulter schlagen und sagen: Laß uns was trinken gehen, die Häuser rennen uns nicht davon.
Die Bars, Cafés und Discos wirken in der Dunkelheit wie separate Inseln, sie schimmern und machen mit ihren grellen Farben auf sich aufmerksam. Es fällt mir erstaunlich leicht, sie zu betreten. Keine Vorurteile, kein Zögern.
Ich bestelle Rum-Cola und beobachte die Leute in dem Spiegel über der Theke. Mein zweiter Drink ist ein Whiskey auf Eis, danach verlasse ich die Bar und mache mich auf die Suche nach einem Kino. Ich komme an zwei Sexläden vorbei, befolge aber Petars Rat und lasse sie links liegen. Schließlich finde ich ein Kino und sehe mir die Plakate an. Eine Frau bittet mich um Feuer. Ich stecke mir auch eine Zigarette in den Mund und sehe sie über die Flamme hinweg an. Die Frau bedankt sich. Sie geht zwei Meter nach rechts und sieht den Bürgersteig hinunter. Schneekristalle sammeln sich in ihrem dunklen Haar. Ich werfe einen Blick auf meine Uhr. Die nächste Vorstellung fängt in einer halben Stunde an. Es ist ein wenig enttäuschend, daß sie keinen Film mit De Niro bringen. Ich bleibe noch zwanzig Minuten in der Kälte stehen und rauche. Ich werfe einen Blick in den Umschlag, den mir Edgar gegeben hat, und trete dann an die Kasse.
– Ich möchte eine Karte.
– Für welche Vorstellung?
Der Student ist höchstens achtzehn, er trägt einen Rollkragenpullover und neben seiner linken Hand liegt ein aufgeschlagenes Buch.
– Für die gleiche Vorstellung wie die Frau dort.
Ich zeige mit dem Kopf auf sie. Der Student reckt sich, sieht die Frau an.
– Okay?
– Okay.
Er gibt mir eine Karte.

Im Foyer kaufe ich zwei Riegel Mars und postiere mich so, daß die Frau mich von draußen sehen kann. Ich frage mich, wie ich nur den Weg zurück in meine Wohnung finden soll. In all meinem Enthusiasmus bin ich gelaufen und gelaufen, ohne einen Gedanken an die Richtung zu verschwenden. Ich beschließe, im Notfall ein Taxi zu nehmen.
Der Begleiter der Frau kommt, und sie betreten gemeinsam das Kino. Ich folge, nehme einen Sitz vier Reihen hinter ihnen und ziehe mir die Jacke aus. Die Werbung läuft schon, das Kino ist überheizt und klein, vielleicht dreißig Plätze sind besetzt.
Ich esse einen der Marsriegel, die Werbung endet, die Lichter werden gedimmt und gehen aus. In den nächsten Minuten geschieht nichts.
Jemand pfeift, jemand ruft nach Bier.
Ich sehe die Frau aufstehen und kann in dem grünen Licht des Notausganges ihre tastende Hand sehen. Sie hat Angst, irgendwo anzustoßen. Schließlich erreicht sie die Tür zum Foyer und öffnet sie.
Einen Moment darauf gehen die Lichter wieder an, und die Frau tritt erneut durch die Tür. Sie hat ein Eis in der rechten und eine Flasche Fanta in der linken Hand und versucht vergeblich, mit dem Ellenbogen die Tür hinter sich zuzuziehen. Niemand steht auf, um ihr zu helfen.
– Warten Sie.
Ich ziehe an der Klinke, das Schloß schnappt zu.
– Danke.
– Gern geschehen. Was ist passiert?
– Der Film wird gleich anfangen. Sie haben nur vergessen, den Projektor einzuschalten.
– Was ist los?!
Die Stimme kommt aus einer der vorderen Reihen. Die Frau wiederholt laut, was sie zu mir gesagt hat. Die Zuschauer werden ruhiger, und die Frau schiebt sich wieder durch die Reihe zu ihrem Begleiter.
Ich bleibe an der Tür stehen und warte, daß das Licht gedimmt wird. Meine rechte Hand liegt auf der Klinke, die linke habe ich

fest um den Marsriegel in meiner Hosentasche geschlossen. Als der erste Lichtbalken die Leinwand trifft, taste ich mich vor zu meinem Platz.
Der Film ist eine Komödie mit Richard Dreyfus und Holly Hunter. Ich mag Dreyfus. Ich mag ihn beinahe so sehr wie De Niro. Dreyfus ist einer der wenigen Männer, mit denen ich keinen Ärger haben will. Im Verlauf des Filmes begreife ich, woran das liegt. Der Schauspieler erinnert mich an eine jüngere Version meines Vaters. Was für eine Überraschung.
Nach dem Film folge ich der Frau und ihrem Begleiter. Es ist enttäuschend zu sehen, daß der Mann die Frau kein einziges Mal berührt. Die Bürgersteige sind glatt, sie könnte fallen. Wäre ich an ihrer Seite, würde ich sie leicht am Arm halten, während sie sich an mich drückt.
Sie betreten eine Disco, ich gehe weiter und halte Ausschau nach einer Bar. Je voller, desto besser. Nach der Wärme des Filmes sehne ich mich nach der Wärme fremder Menschen. Ich will einfach nur dasitzen und sie an mir vorbeiziehen sehen. Nur dasitzen und sie sehen. Mehr nicht.

53

Ich kann nicht sagen, was ich alles getrunken habe, ich kann nur sagen, daß ich eine Pause brauche, sonst haut es mich bald von den Beinen. Ich fange schon an, merkwürdige Dinge zu sehen. Für eine Minute denke ich, Nenad ist mit mir in der Bar. Er sitzt an einem der Fenster und schaut in sein Glas. Als ich auf die Toilette muß, gehe ich an ihm vorbei. Der Mann am Fenster hat einen Zopf und überhaupt keine Ähnlichkeit mit Nenad. Ich bin enttäuscht, ich hätte so gerne sein Lachen gehört.

Auf dem Klo lehne ich die Stirn gegen die geflieste Wand und pinkle mit dem Blick auf meinen Schwanz. Jemand spricht mich an, die Stimme kommt aus dem Porzellanbecken, ich grinse, ignoriere sie und pinkle weiter.

– Du bist ja ganz schön fertig, sagt die Stimme.

Genau, vollkommen richtig, fertig, nichts tropft mehr heraus, hahaha.

– Du solltest zwischendurch ein Glas Wasser trinken, das entspannt.

Ich drehe den Kopf nach links. Der Mann ist fein angezogen, Jakkett und weißes Hemd. Er ist ungefähr in meinem Alter, wir sind gleich groß.

– Spülen, sagt er.

Ich ziehe den Reißverschluß meiner Hose hoch, dann haue ich auf den Spülknopf und spüre, daß ich grinse.

– Danke, sage ich, ohne zu wissen, wofür ich mich bedanke. Es ist das passende in dieser Situation. Zwei Männer auf einem Klo. Der Mann nickt und lehnt sich gegen die Wand, er verschränkt die Arme vor der Brust und steht einfach nur da. Ich schiebe mich an ihm vorbei und wasche mir die Hände. Ich kann den Mann in meinem Rücken spüren.

Als ich das Klo verlasse, lehnt er noch immer an derselben Stelle. *Vielleicht ist er im Stehen gestorben,* denke ich und setze mich wieder an die Bar.

– Bier. Und ein Glas Wasser.

Ich fummle eine Zigarette aus der Schachtel und reibe mir den Nacken.
– Das erste Mal hier?
Ich habe keine Ahnung, wie es dem Mann gelungen ist, sich unbemerkt auf den Barhocker neben mich zu setzen. Vor ihm steht ein Glas randvoll mit Eis und zwei Limettenscheiben. Wie lange sitzt er da schon?
– Was?
– Das erste Mal hier? wiederholt er mit schräggelegtem Kopf. Alles an ihm ist mit einemmal schräg. Mund, Nase, Augen. Ich reibe mir über die Augen.
– Einen zuviel getrunken?
Ich kann ihm darauf nichts antworten und trinke von meinem Wasser. Mein Bierglas ist längst leer, die Zeit macht, was sie will mit mir. Ich winke dem Barkeeper. Ein neues Glas und eine Flasche werden vor mir abgestellt. Ich schiebe einen Zehner über die Theke und bekomme kein Wechselgeld zurück.
– Du scheinst nicht von hier zu sein, stellt der Mann fest
Richtig, will ich antworten, *ich bin nicht von hier, ich komme aus einem Land, das nicht mehr existiert und nie mehr so sein wird wie früher. Ich bin pathetisch und vögle mehr Frauen, als du dir träumen kannst.* Aber ich halte den Mund, der Mann sieht mich erwartend an. Ich zucke mit der Schulter, ich kann noch nicht reden. Der Mann greift sich die Bierflasche und mein Glas. Er kippt das Glas ein wenig, als er eingießt, der Schaum nähert sich bedrohlich dem Glasrand, der Mann wippt mit dem Kopf zur Musik. Ich bin von diesen wenigen Gesten vollkommen fasziniert.
– Gut so, sagt der Mann und stellt die Flasche wieder ab, mein Glas ist voll, die Schaumkrone läuft nicht über den Rand.
– Bist du auf der Durchreise?
– Nein, sage ich und bin überrascht, daß ich wieder reden kann. Das Wort ist nicht einmal genuschelt. Ich klinge fast nüchtern und nehme einen Schluck von meinem Bier.
– Du kommst aus dem Süden, nicht wahr? Aus Griechenland?
– Nein.

– Aber aus der Ecke da unten?
Ich blicke von meinem Bierglas auf. Er wirkt sympathisch. Ich wünschte, er wäre Nenad, dann hätten wir was zu reden. Ich würde mir alles anhören, ich wäre wie ein Schwamm. Wie es Nenad wohl mit seiner neuen Flamme ergangen ist? Was der kleine Ivo anstellt? Ob Damir noch immer so unsympathisch ist?
– Ich finde, sagt der Mann, Südländer sind tolle Menschen. Sie haben Temperament, wenn du verstehst, was ich meine.
Er lächelt und klackt sein Glas gegen meines. Wir trinken synchron, stellen unsere Gläser wieder ab, und dann spüre ich seine Finger auf meinem Knie.
– Ich heiße René.
Er sieht mich an. Seine Finger sind überraschend warm. Ich weiß nicht, ob er weiß, daß seine Hand auf meinem Knie liegt.
– Hast du jemals *Alexis Zorbas* im Kino gesehen? spricht er weiter, Oder einen von Pasolinis Filmen? Du kommst doch nicht zufällig aus Italien, oder?
Seine Hand rutscht höher und schließt sich um meine Hoden. Es ist verrückt, er nimmt dabei nicht einmal die Augen von mir. Dann beugt er sich vor, so daß er direkt in mein Ohr sprechen kann:
– Ich weiß, daß du einsam bist. Ich habe es vom ersten Moment an gewußt, als ich dich auf der Toilette gesehen habe. Laß mich dir helfen. Vergiß für eine Weile, wer du bist. Ich helfe dir dabei. Niemand hat gesagt, daß du einsam sein mußt. Niemand in dieser Stadt sollte einsam sein.
Er lehnt sich zurück, nimmt seine Hand weg. Es ist vollkommen absurd, aber ich vermisse sofort die Wärme seiner Finger und schaue auf die Stelle, auf der seine Hand gelegen hat. Meine Zunge ist schwer und fremd in meinem Mund. Ich will etwas sagen, aber nichts geschieht. Der Mund bleibt zu, ich schaue wieder hoch und sehe René an. Ich frage mich, was eben geschehen ist. *Lag seine Hand auf meinem Oberschenkel? Hat er seine Finger um meine Hoden geschlossen?* Ich möchte lachen, mein Gesicht bleibt starr. Ich weiß, das ist eben nicht passiert. Ich spüre den Widerwillen und will geschockt sein, aber mir fehlt die Konzen-

tration, meine Gedanken sind rastlos und ergeben keinen Sinn. René trinkt sein Glas leer, schiebt es von sich und sagt dann:
– Komm.
Er nimmt mich bei der Hand, als wäre ich acht Jahre alt. Wir rutschen von den Barhockern. Er führt mich durch die Menge in den hinteren Teil der Bar, wo auf einer Bühne Leute tanzen. Ich höre die Musik und spüre die Hitze der Körper und hoffe, daß René nicht vorhat, mit mir zu tanzen.
Er zieht mich weiter.
Ich sehe ein leuchtendes Zeichen über mir. Weiß auf grün. Ich habe dieses Zeichen schon einmal gesehen. Heute. Vor wenigen Stunden. *Wo?* Es ist ein mildes grünes Licht. Ich kenne es aus Hotels. Kinos. Erst als ich direkt drunterstehe, verstehe ich, was es mir sagen will.
NOTAUSGANG.

54

Kalte Luft umweht meine Hoden, dann verschwindet das Gefühl, und es wird warm und feucht. Mein Rücken drückt gegen eine Mauer, ich schaue nach oben und sehe den Himmel als schiefes Rechteck. Ich habe keine Ahnung, wo ich bin. Ich habe keine Ahnung, was passiert ist. Wenn sich Blackouts so anfühlen, dann weiß ich nicht, was an ihnen schlimm ist. Es geht mir gut. Schnee fällt und bewegt sich träge durch die Luft auf mich zu. Es ist fast zu schön, um wahr sein sein. Ich spüre die Flocken auf meinem Gesicht. Ich bin ein Kind, daß die Zunge rausstreckt.

Ein Gefühl von Unschuld erfüllt mich.

Ich senke den Blick und sehe den Kopf zwischen meinen Beinen. Ich werde geleckt und gebissen, Hände umfassen meinen Hintern, ziehen mich näher. *Wie ist ihr Name?* Ich fahre durch das lockige Haar und denke, *Es ist egal, wer sie ist, denn manchmal geht es so leicht, dann wieder so schwer. Denk nicht darüber nach, genieße es.* Ich bekomme Lust, sie zu vögeln, denn ich halte nicht viel davon, daß mir nur einer geblasen wird. *Verdammt, wo habe ich sie aufgegabelt? Wie heißt sie nur?* Ich hasse es, Namen zu vergessen. Doch das hier ist noch besser, nicht nur der Name, das ganze Gesicht fehlt mir. *Ivanka? Bist du es?* Ich weiß, ich bin albern, und unterdrücke ein Lachen. Wäre die Wand nicht in meinem Rücken, würde ich auf dem Boden liegen, meine Beine sind weich. Ich habe das Gefühl, im richtigen Körper am falschen Ort zu sein. Ich brauche ein Bett, ich brauche jetzt richtigen Sex.

– Warte, sage ich und ziehe sie an den Haaren hoch.

Der Mann blickt auf. Ein Atemhauch entweicht seinen Lippen. Er nimmt den Blick nicht von mir und spuckt dabei auf meine Eichel. Ein zweiter Atembausch umhüllt mein Geschlecht. René.

Ich weiß noch seinen Namen, ich …

Der Mann beginnt, die Spucke mit seiner Hand zu verreiben. Er nimmt den Blick nicht von mir. Ich höre mich seufzen und schlage ihm ins Gesicht.

René fällt mit einem Schrei zur Seite. Ich lehne an der Wand und hole schnappend Luft. Mein Schwanz hängt mir aus der Hose, meine Knie sind weich, fast flüssig und so zitterig, daß ich die Füße nicht stillhalten kann. Plötzlich kehrt die Kälte zurück, meine Hoden verkrampfen sich. Ich ziehe hastig die Hose hoch, mache einen Schritt nach vorne und trete René in die Rippen.
René.
Ich will seinen Namen nicht denken, ich will ihn zu einem namenlosen Etwas machen, aber sein Name hängt fest, ich kann ihn nicht vergessen.
René bleibt zusammengekrümmt auf den Plastersteinen liegen. Ich setze nach und packe ihn am Kragen seines Jacketts. Jetzt erst sehe ich, daß wir uns auf einem verlassenen Hinterhof befinden. Mülltonnen und Fahrräder, leise Musik aus der Bar. Ich ramme René gegen die Mauer, bis sein Körper schlaff zwischen meinen Händen hängt, dann lasse ich ihn fallen, beuge mich zu ihm runter und spucke auf ihn hinab.
René.

Den ganzen Weg nach Hause verfolgt mich dieser Nachgeschmack von Unschuld. Für einen Moment war alles gut und fein, es gab kein Falsch.
Ich bleibe stehen und zünde mir mit zitternden Händen eine Zigarette an. Ein Taxi hält am Straßenrand, ich winke es weg und haste weiter. Ich orientiere mich nicht, sondern gehe einfach nur durch die Straßen, Schritt für Schritt, und sollte ich an meiner Wohnung vorbeilaufen, kümmert es mich nicht. Die Bewegung ist wichtig. Solange ich in Bewegung bin, kann mir nichts passieren.

Zu Hause dusche ich heiß und sitze danach nackt auf dem Bett. Ich rauche im Dunkeln, während das erste Morgenlicht über die Fensterscheiben kriecht und skurrile Schatten an meine Zimmerdecke wirft. Ich habe das Gefühl, in dieser Nacht etwas sehr Wertvolles verloren zu haben. Vielleicht finde ich es, wenn ich zu diesem verlassenen Hinterhof zurückkehre. Vielleicht liegt es

im Schnee und wartet nur darauf, von mir aufgesammelt zu werden.
Ich drücke die Zigarette aus und strecke mich. Ich kralle eine Hand ins Kissen, die andere in die Matratze. Mir bleibt nur die Nacht und der Schlaf. Ich bin ein wütender, nackter Mann, der auf seinem leeren Bett keinen Halt findet.

55

Ich beuge mich vor und wische mit dem Daumen einen feuchten Fleck von meiner Schuhspitze. Zwei Männer kommen mir entgegen und werfen Streusand über den Gehweg. Sie reden nicht miteinander, sie sehen mich nicht an, wie ich da auf der Parkbank sitze und warte.

Der Englische Garten ist in diesen frühen Stunden verlassen. Das Wetter erinnert mich an die harten Wintertage in meinem Heimatdorf. Tage, an denen es nichts zu tun gab und niemand vor die Tür trat. Die Luft ist so kalt, daß sie in den Lungen sticht. Ich atme tief ein und empfinde den Schmerz als reinigend.

Bis auf die zwei Männer vom Schneedienst bin ich allein. Der Großteil der Jogger wartet darauf, daß die Sonne höher steigt und durch die tiefhängenden Wolken bricht. Ein Geruch von Neuschnee liegt in der eisigen Luft, der Himmel wirkt flach und gepreßt.

Ich sehe auf meine Uhr. Ich bin geduldig geworden und habe das Warten gelernt. Auf Bahnsteigen, im Windschatten von Bushaltestellen, bei der Essensausgabe von der Heilsarmee. Mein Leben wurde so oft auf Stunden des Wartens reduziert, daß ich mir angewöhnt habe, die verstreichende Zeit zu ignorieren.

Gegenüber ist das Seehaus mit dem geschlossenen Biergarten. Es überrascht mich, daß der Bach nicht vereist ist. Enten treiben auf ihm herum und dümpeln reglos vor sich hin. Ich streiche mir übers Kinn. Ein Vorteil an der Kälte ist, daß sie meine gereizte Haut kühlt. Ich habe mich rasiert, bevor ich meine Wohnung verließ. Der Schnurrbart ist Vergangenheit. Jetzt sehe ich wieder aus wie der Junge, der eines Morgens seinen Geburtsort verließ, um sich vor der Armee zu verstecken.

Ich erkenne Mathilda aus den Augenwinkeln. Sie trägt einen Mantel aus Pelzimitat, weil sie nicht will, daß Tiere dafür sterben. Das macht für mich keinen Sinn, weil sie Fleisch ißt und auch sonst Lederwaren kauft. Aber ich sage nichts, denn ich will keine lästigen Diskussionen.

Mathilda nähert sich und winkt.
Ich betrachte weiter die Enten, und die Enten spielen weiter Treibholz.
Mathilda erreicht die Parkbank.
Ich mache ein überraschtes Gesicht, als sie plötzlich vor mir steht.
– Guten Morgen, Mathilda.
Ich stehe auf und küsse ihre Wangen erst links, dann rechts. Ihr Parfum ist dezent, irgendwas mit Lavendel. Ich rieche auch ihr Make-up, es ist wie eine Erinnerung an teure Süßigkeiten. Mathilda kommt eine halbe Stunde zu spät.
– Hast du schon lange gewartet?
– Ich bin gerne hier draußen, weiche ich ihrer Frage aus.
– Wo ist dein …?
Ihre Hand berührt meine Wange, ich zucke mit der Schulter.
– Du siehst auch ohne Schnurrbart gut aus, sagt Mathilda, als hätte mich jemand zur Rasur gezwungen.
– Danke, sage ich.
Mathilda wird rot und zieht ihre Hand zurück.
– Wieso bist du nicht auf der Arbeit? fragt sie, Ich war sehr überrascht über deinen Anruf. Es klang dringend. Ist alles in Ordnung? Hast du schon gefrühstückt?
Zu viele Fragen. Ich will jetzt nicht darauf antworten und biete Mathilda meinen Arm an.
– Später, sage ich.
Mathilda hakt sich ein.
– Ich verhungere, laß uns doch frühstücken gehen, ja?
Wir laufen am Bach entlang und verlassen den Park am Hirschanger. Ich verabrede mich gerne im Englischen Garten. Er ist zwar groß, aber ich hatte schon nach einer Woche den Überblick. Das einzige Mal, daß ich München verlassen habe, war an dem Tag, an dem ich zu Mathilda nach Nürnberg gefahren bin. Mathilda will, daß ich sie öfter besuchen komme, aber ich möchte das nicht. Ich will keinen Ärger mit ihrem Mann; auch wenn mir Mathilda immer wieder versichert, daß er an den Wochentagen erst am Abend heimkommt, bleibe ich eisern. Mathilda fährt regelmäßig mit ihrem Auto nach München, das muß reichen.

– Ich habe da hinten geparkt, sagt sie und lehnt sich beim Laufen an mich. Ich spüre ihr Gewicht an meinem Arm und glaube, die Hitze ihres Körpers durch den Mantel hindurch zu spüren. Bei ihrem Auto angekommen, öffne ich die Fahrertür für sie und steige dann selber ein.
– Gab es Ärger?
Ich schnalle mich an und spitze den Mund.
– Ein wenig, antworte ich, Aber es ist schon wieder gut.
– Sicher?
– Ganz sicher.
– Brauchst du Geld?
Ich schweige, ich will nicht *Ja* und ich will nicht *Nein* sagen. Wann brauche ich schon kein Geld? Aber darum geht es heute nicht. Der Grund, warum ich mein Treffen mit Mathilda einen Tag vorverlegt habe, liegt in dem gestrigen Abend. Ich kann so nicht auf der Arbeit auftauchen. Ich befürchte, jeder wird in meinem Gesicht ablesen, was auf dem verlassenen Hinterhof geschehen ist. Allein sein fällt mir an diesem Morgen überraschenderweise sehr schwer.
– Mir war danach, dich zu sehen, sage ich.
Mathilda lächelt, und der Moment gefriert und liegt starr in der Luft. Es ist plötzlich so viel Nähe zwischen uns, daß es schmerzt. Ich lege meine Hand auf ihr Knie und drücke es.
– Wohin fahren wir?

Wir sitzen in einem Café in der Nähe des Doms, nehmen danach ein Zimmer in unserem üblichen Hotel und lassen uns eine Flasche Champagner bringen.
Während ich zusehe, wie sich Mathilda auszieht, erzählt sie von ihren letzten Tagen und daß ihr Mann das erste Wochenende im Februar nach Spanien fahren wird. Ich weiß, worauf die Geschichte hinausläuft, und tue, als ob ich darüber nachdenken müßte, lehne dann aber wie üblich ihre Einladung ab.
– Ich verstehe, sagt Mathilda, und ich kann an ihren verkniffenen Lippen ablesen, daß sie enttäuscht ist.
– Komm, sage ich.

Sie kommt aufs Bett und liegt steif und reglos neben mir. Manchmal glaube ich, anstatt einer fünfundvierzigjährigen Frau und Mutter von einer erwachsenen Tochter ein vierzehnjähriges Mädchen zu vögeln. Und manchmal fällt es mir schwer, ihr nicht einfach eine zu scheuern. Ihre Stimmungen kommen und gehen, und wenn es mir nicht gelingt, sie schnell genug aufzumuntern, verdirbt sie mir den ganzen Tag. Und genau das ist es, was ich heute nicht gebrauchen kann.
Also streichle ich die Innenseite ihrer Schenkel, lecke an ihren Ohren. Ich gebe mir Mühe und rieche, wie sie allmählich erregt wird. Ich selbst gebe meine Erregung nie wirklich preis. Mathilda hört mich nie stöhnen. Wenn ich komme, lehne ich mich höchstens für einige Sekunden erschöpft an sie – das ist der maximale Grad an Nähe, den ich ihr gegenüber zulasse.
Mein Mund bedeckt ihren Hals, ich lecke an ihrem Puls, nähere mich ihren Brüsten. Als mein Mittelfinger in sie eindringt, preßt sie sich seufzend dagegen. Ich mache weiter, halte sie in Spannung, reize ihren After ein wenig, fahre mit der Zunge über die steifen Brustwarzen.
Mathilda ist egoistisch genug, alles zu nehmen, was ich ihr biete. Sie ist es gewöhnt, ich bin es gewöhnt. Obwohl es mich manchmal überkommt, mich rücksichtslos an ihr auszutoben, halte ich mich immer zurück. Ich will keine Ausrutscher. Das hier ist nicht Križevci, Kroatien; das hier ist München, Deutschland, hier gelten andere Regeln und ich bin ein Besucher, der auf die Regeln achten muß. Und ich hasse das, wie ich das hasse!
Vielleicht spürt Mathilda an diesem Morgen meine Einsamkeit, denn sie beginnt, mich zu küssen, sie streichelt meine Beine und ist übertrieben zärtlich. Schließlich wandert sie mit den Lippen zu meinem Bauchnabel hinunter und nimmt meinen Schwanz in den Mund.
Ich erstarre und betrachte verwirrt ihren Kopf.
Es ist Mathilda, denke ich und kneife die Augen kurz zusammen. *Es ist nur Mathilda.* Ich halte die Hände abwehrend in die Luft, als ob ich jemanden davon abhalten müßte, mich anzugreifen. Ich will das nicht fühlen, aber ich fühle es und werde die Erinnerung

an den gestrigen Abend nicht los und erwarte jeden Moment, Renés Gesicht von unten aufblicken zu sehen.
Ich bin mitgegangen, niemand hat mich gezwungen.
Mathilda stöhnt, als ich in ihrem Mund hart werde. Ihr Stöhnen läßt mich zusammenzucken. Ich will weg von ihr, ich will plötzlich weg von mir selbst, denn etwas in mir weiß, was ich in diesem Hotel tue. Was ich hier *wirklich* tue. Nicht Einsamkeit ist der Grund, weswegen ich mich mit Mathilda getroffen habe. Ich bin hier, weil ich ihr weh tun will. Die Klarheit ist erschreckend. Ich sehe sie in der Form meiner Hand, die über Mathildas Rücken streicht und die Naht ihrer Wirbelsäule hinabgleitet. Sie bleibt zwischen ihren Hinterbacken liegen. Sie verkrallt sich.
– Ahhh!
Mathilda schreit auf und preßt ihren Hintern zusammen. Sie stößt sich weg von mir und fällt dabei vom Bett.
– W-w-was---
Sie stottert, greift hinter sich, tastet und sucht, und als sie sich ihre Hand vors Gesicht hält, sind ihre Finger blutig. Blut klebt auch an meinem Daumen. Ich habe ihn Mathilda hart reingerammt und dabei die Haut um ihren After aufgeritzt.
– SAG MAL, SPINNST DU?!
Mathilda steht zitternd vom Boden auf und sieht in meinen Augen, was in meinem Kopf vorgeht. Es macht ihr angst, und das ist gut so. Sie weicht Schritt für Schritt zurück, spürt die Badezimmertür in ihrem Rücken und verschwindet dahinter.
Ich betrachte meinen blutigen Daumen, ich sehe auf meinen Schwanz, der hart geblieben ist. Dann wische ich das Blut am Laken ab und stehe auf, um Mathilda aus dem Bad zu holen.
Ich benutze eine Menge Worte, ich benutze eine noch größere Menge an Entschuldigungen und bin zum Schluß sogar bereit, ihr alles schriftlich unter der Tür durchzuschieben. Alles würde ich tun, nur um sie aus diesem gottverdammten Bad rauszuholen. Innerlich koche ich vor Wut, äußerlich bin ich wie Milch und Honig.
– Bitte, Mathilda, es tut mir leid, komm. Komm schon raus, ich bitte dich .

Zehn Minuten. Fünfzehn.
Immer wieder dieselben Worte. Dabei höre ich Mathilda kein einziges Mal. Es ist beinahe so, als ob sie sich nicht im Badezimmer befinden würde.
– Bitte, Mathilda, sprich doch mit mir. Komm doch raus, bitte. Ich werde dir nicht mehr weh tun, ich verspreche es. Es war ein Versehen. Es tut mir leid, hörst du?
Es ist nicht das erste Mal, daß die Situation eskaliert. Einmal lag ich unter ihr, während sie mich ritt, und packte ihr Haar. Es waren nur Sekunden, in denen ich daran zog, so daß ihr Körper einen Bogen machte und ihre sonst schlaffen Brüste in die Luft starrten wie Hügel, bevor ich wieder losließ. Ein anderes Mal durchbiß ich ihr beinahe eine Brustwarze. Sie sah es als mein ungestümes Wesen, aber ich wußte, daß es nichts mit Ungestüm zu tun hatte. Ich wollte sie Schmerzen spüren lassen.
– Bitte, komm zu mir, es ist so einsam hier draußen. Es tut mir wirklich leid, hörst du mich? Es tut mir ganz ehrlich leid. Ich habe einen schlechten Tag hinter mir. Komm, laß uns reden. Ich wollte dir wirklich nicht weh tun.
– Hast du aber.
Endlich.
– Es war ein Unfall.
– Es brennt!
Du wirst es überleben.
– Komm, ich werde es mit meiner Zunge heilen.
– Tu mir nicht mehr weh, Ivo, bittet Mathilda leise.
– Ich tu dir nicht weh, verspreche ich.
Sie öffnet die Tür und kommt schluchzend in meine Arme.
– Endlich, sage ich.
Und dann tue ich ihr richtig weh.

56

Zu wissen, daß man einen Fehler begehen wird, heißt noch lange nicht, ihn vermeiden zu können. Manchmal ist es gerade die Erkenntnis, die dazu führt, daß der Fehler geschieht. Den Fehler im Nachhinein zu bereuen, spricht von Dummheit, denn man weiß ja, was man getan hat. Dennoch bereue ich. Gleichzeitig fühle ich mich dumm. Die Logik gefällt mir nicht.

Was mir aber noch weniger gefällt als Dummheit und alle Fehler dieser Welt zusammengenommen, ist die Idylle der fallenden Schneeflocken vor dem Fenster des Hotelzimmers. Sie paßt nicht zu dem blutigen Laken auf dem Bett, zu dem umgeworfenen Getränkewagen oder zu den Pfützen von geschmolzenen Eiswürfeln auf dem Teppichboden. Der Geruch ist auch unpassend. Es stinkt nach verschüttetem Sekt und Schweiß.

Mathilda liegt ohnmächtig zwischen Bett und Fenster, so daß ich sie nicht sehen kann. Ich bin froh darüber, ich will mich erst mal um das Zimmer kümmern, Mathilda kann warten.

Im Bad versuche ich, das Laken auszuwaschen, was dazu führt, daß ich das Blut darauf mehr und mehr verschmiere. Rosafarbene Flecken bleiben zurück und lassen es aussehen, als hätte sich das Laken bei der Wäsche verfärbt. Ich werde an meinen ersten Tag in Križevci erinnert und wie mir die kleine Priscilla auf das saubere Hemd gesabbert hat. Ich sehe mich in der Küche den Fleck auswaschen, während Josip ein weiteres Glas *rakija* kippt und mir erzählt, daß nichts so schlimm ist, wie es aussieht.

Nach einer Dusche betrachte ich die Kratzer auf meinem Körper. Mathilda hat gebissen und getreten, sie hat auch versucht, an mein Gesicht heranzukommen. Ich ziehe mich an und kämme mein Haar, ich verlasse das Bad und gehe um das Bett herum. Mathilda ist verschwunden.

Ich schaue unter das Bett, hebe die Decken an und will eben auf den Balkon hinaustreten, als ich sehe, daß auch ihre Kleidung verschwunden ist. Mathilda muß abgehauen sein, während ich unter der Dusche stand.

Ich hänge das nasse Laken über den Wannenrand und lasse den Schlüssel auf dem gemachten Bett liegen. Vor dem Hotel halte ich mein Gesicht dem verschneiten Himmel entgegen, wie ich es schon heute morgen im Englischen Garten getan habe. Ich warte, bis die Kälte so unangenehm ist, daß mir die Augen tränen, erst dann mache ich mich auf die Suche nach der nächsten U-Bahn. Ich komme an der Stelle vorbei, an der Mathildas Auto geparkt hat. Der Asphalt ist frei von Schnee. Ich spucke darauf und empfinde neben einer summenden Befriedigung nichts als lastende Müdigkeit.

57

Ingrid findet die Kratzer amüsant. Sie stellt keine Fragen. *Fragen,* betont sie gerne, *zerstören den Genuß des Beisammenseins.* Mal bin ich in ihren Augen ein entflohener Kriegsverbrecher, mal ein russischer Spion, der nach Deutschland ausgewandert ist, um den Kommunismus neu zu entfachen. Ihre liebste Phantasie ist ihre eigene Hinrichtung, nachdem meine Tarnung aufgeflogen ist. Sie spricht gerne von Foltermethoden und hat die Theorie, daß jeder Mensch eine bestimmte Portion an Leid ertragen sollte, damit er auch wirklich weiß, daß er lebt.

Angela dagegen ist erschrocken, als sie die Kratzer sieht.

– Mein Gott, dein Arm hat sich entzündet, hast du das denn nicht bemerkt?

Ich bin überrascht und drehe den Arm so, daß ich den Kratzer sehen kann. Sie hat recht, die Wunde ist an den Rändern purpurn, etwas Eiter hat sich unter dem Schorf gebildet.

– Was soll's, sage ich mit einem Schulterzucken und bewege mich in ihr, doch Angelas Sorge läßt sich nicht so leicht vertreiben.

– Laß mich mal genauer sehen.

Wir befinden uns auf der Damentoilette der *Laguna.* Angelas Rock ist über ihren Schenkel gerafft, sie trägt keinen Slip, der Besuch war geplant.

– Ich hole dir ein Antiseptikum.

– Was?

– Du mußt etwas gegen die Entzündung tun, ich hole dir deswegen ein Antiseptikum.

– Sag mal, spinnst du? Ich kann hier nicht auf dem Klo stehenbleiben, ich muß zurück zur Arbeit.

– Es dauert nicht lange, sagt Angela und läßt mich rausrutschen, Ich will nicht, daß du eine Blutvergiftung bekommst. Warte auf mich.

Sie zieht ihren Rock herunter, indem sie mit den Händen daran zupft und ihre Hüften von links nach rechts bewegt. Danach ent-

riegelt sie die Tür und verläßt die Toilettenkabine, ohne sich noch einmal umzudrehen.
Ich kann es nicht glauben und packe meinen Schwanz ein, ziehe die Hose hoch und wasche mir die Hände. Dabei fluche ich vor mich hin und hämmere auf den Seifenspender, weil er leer ist. Als ich in das Restaurant zurückkehre, bin ich wütend auf diese billige Sekretärin, die sich anmaßt zu wissen, was ich brauche. *Wann hat sie bitte ihren verdammten Doktor gemacht?* Gleichzeitig bin ich auch wütend auf Mathilda. Alles hätte so gut weiterlaufen können.
Zwanzig Minuten vergehen, ich habe mich beruhigt und bereite zwei Cocktails zu. Seitdem mir Angela ins Ohr gesetzt hat, daß meine Wunde infiziert ist, spüre ich ein Jucken und Stechen und habe das Gefühl, daß mein Arm mit jeder Minute mehr und mehr anschwillt.
Ich bin gerade dabei, einem Pärchen die Cocktails zu bringen, da klopft Angela gegen die Frontscheibe. Sie hat es eilig, in ihrer rechten Hand baumelt eine Plastiktüte von der Apotheke. Ich stelle die Gläser ab und gehe nach draußen.
– Hier, nimm das. Da ist auch Verbandszeug dabei. Das ist doch bestimmt nicht der einzige Kratzer, oder? Sieh dir die anderen auch an.
Ich friere in meinem Hemd, der Wind weht mir direkt in das Gesicht. Ich verstehe nicht, warum sie nicht mit hereinkommt. Sie hat was angefangen, wieso bringt sie es nicht zu Ende? Aber auch ich habe meinen Stolz und nehme wortlos die Tüte und will mich abwenden, als mich Angelas Hand am Ellbogen berührt.
– Du siehst andere Frauen?
Beinahe hätte ich aufgelacht. Es ist solch eine absurde Feststellung, daß ich für einen Moment glaube, Angela hat nur einen Scherz gemacht. Ihr ängstlicher Blick zeigt mir, daß sie die Sache ernster nimmt als ich. Ich brauche nur zu lügen, ich weiß es und sage:
– Natürlich sehe ich andere Frauen.
Angela wendet sich ab und läßt mich stehen.

58

Die Woche fing schlecht an und endet in der gleichen Stimmung. Ich arbeite mehr als sonst, weil einer der Kellner erkältet ist, und bringe den Rest der Zeit damit herum, auf meinem Bett zu liegen und aus dem Fenster zu starren. Ich habe angefangen, nach Feierabend zu trinken und meine Gedanken zu ordnen. Als mir schließlich klar wird, daß trinken und Gedanken ordnen sich nicht miteinander vereinbaren lassen, höre ich auf zu trinken und beschränke mich auf das Denken. Auch das läuft nicht besser. Ich stecke fest.

Angela hält sich fern von der *Laguna*. Sie hat wirklich geglaubt, meine einzige Kundin zu sein. Sie wird es überleben, denn sie bekam, was sie wollte, und ich gab, was ich hatte. Es ist das alte System, nichts wird sich jemals daran ändern.

Bleibt Ingrid. Und Ingrid hat mir beim letzten Mal erklärt, sie würde für längere Zeit verreisen.

– Du wirst mir fehlen, sagte sie.

Ingrid weiß es nicht, aber es beruht auf ehrlicher Gegenseitigkeit. Ohne Angela und ohne Mathilda sitze ich in der Klemme. Wenn keine Frau da ist, um mich auszuhalten, komme ich mit meinem Plan nicht voran und trete auf der Stelle. Mein Geld muß mehr werden. München ist nur eine Zwischenstation, und München ist teuer. Ich muß wieder auf die Straße, ich muß meinen bequemen Arsch in Bewegung setzen.

59

Eine Woche nachdem ich Mathilda verprügelt habe, sechs Tage nachdem mich Angela auf meinen vereiterten Kratzer aufmerksam gemacht hat und drei Tage nachdem mir Ingrid die letzten dreihundert Mark in die Hand gedrückt hat, stehe ich an der Spüle und kratze eine Pfanne sauber.
Es ist ein anstrengender Abend gewesen, eine Baufirma hat ihre Betriebsfeier veranstaltet und laut lärmend im Partyraum gegessen. Die Feier fing um sechs an und ging bis kurz nach Mitternacht.
Die *Laguna* schließt um eins, ich erwarte keine Gäste mehr. Ruhe kehrt ein, obwohl alle zehn Minuten das Telefon klingelt. Doch darum muß ich mich nicht kümmern. Der Lieferdienst liegt heute abend in Edgars Händen.
Zehn vor eins beende ich den Abwasch und setze mich noch zu Petar in die Küche. Er ist dabei, Bohneneintopf für den nächsten Tag vorzubereiten, und dokumentiert seine Arbeit wie ein Sportmoderator.
– Diese *kobasica* sind so was von versalzen, daß ich es mir sparen kann, zusätzliches Salz in den Topf zu tun. Die Bohnen haben keine Chance dagegen, aber warte es ab, morgen mittag haben die Bohnen wieder die Oberhand. Ihr Geschmack hält länger, die *kobasica* ziehen letztendlich den kürzeren.
Er bietet mir eine Scheibe an.
– Möchte gerne wissen, wo der Boß diese Wurst wieder aufgetrieben hat. Findest du nicht, daß sie ein wenig nach Esel schmeckt? Hast du schon mal Eselswurst gegessen? Eine Delikatesse, glaub mir. Aber nee, das hier ist kein Esel, die Konsistenz stimmt nicht. Zu trocken, Esel ist zart. Auch der Nachgeschmack, der ist viel zu süßlich. Vielleicht ein kleiner Anteil Esel mit drin, hundertprozentiger Esel schmeckt völlig anders. Mein Vater hat---
Petar wird durch den Türsummer unterbrochen. Sobald jemand durch die Eingangstür der *Laguna* tritt, summt es in der Küche, dem Umkleideraum, dem Büro und der Toilette.

Ich spucke den Rest der versalzenen Wurst in den Mülleimer und gehe nach vorne. Automatisch streiche ich mein Haar nach hinten und straffe den Rücken. Ich denke, es ist offensichtlich. Meine Haltung gegenüber der Stadt und ihren Bewohnern hat sich verändert. Etwas von meinem Stolz ist zurückgekehrt, etwas von der Arroganz glänzt wieder in meinen Augen. Es war eine schlimme Woche, doch morgen abend bewege ich meinen Hintern wieder auf die Straße. Stillstehen ist tot sein, solange ich meinen Charme und meinen Schwanz hochbekomme, werde ich weitermachen.

Ein Mann steht im Halbschatten vor der Theke, links von ihm ein kleiner Koffer. Er hat einen Hut auf und wirkt verloren. Ich fühle mich an meinen ersten Besuch in der *Laguna* erinnert. *Wo wäre ich jetzt, wenn Edgar mich nicht aufgenommen hätte? Was wäre mit mir geschehen?* Ich frage mich, ob der arme Kerl vor mir Arbeit sucht. Und ich frage mich auch, woher der berechnend kalte Gedanke in meinem Kopf kommt, daß es mir Freude bereiten würde, seine Bitte abzulehnen.

– Ja, bitte, sage ich und lasse es wie einen Befehl klingen. Ich merke, wie ich mich gewollt uninteressiert gebe, und drehe ein Glas in der Hand, als würde ich schauen, ob es dreckig ist.

Der Mann hebt seinen Koffer an und tritt vor. Es liegt etwas Demütiges in dieser Geste, die Schultern hängen, kein Rückgrat, nichts.

– Entschuldigen Sie, sagt der Mann in gebrochenem Deutsch, dann verstummt er und nimmt seinen Hut ab. Wir sehen uns an. Vorsichtig setze ich das Glas in der Spüle ab, stehe reglos da und bin mir sicher, daß ich mich in der nächsten Stunde nicht rühren werde. Doch dem ist nicht so, denn im nächsten Moment bin ich um die Theke herumgegangen und habe die Arme um die nach vorne gesunkenen Schultern meines Cousins gelegt.

60

– Das ist lächerlich, absolut lächerlich.
– Nenn es, wie du willst, aber stell dich den Tatsachen.
– Ich werde mich nicht schuldig fühlen, Josip, das kannst du vergessen.
– Das sollst du auch nicht, Branko. Du sollst aber auch nicht davonrennen.
Ich drücke die Zigarette wütend aus. Wir sind in meine Wohnung gegangen, um in Ruhe miteinander zu reden. Die Ruhe ist nach dem ersten Wortwechsel verschwunden.
– Ich laufe nicht davon, sage ich und tippe mir dabei mit dem Zeigefinger auf die Brust, Ich laufe vor nichts davon! Nicht ich! Verstanden?
– Dann komm zurück mit mir.
Ich stehe auf, um am offenen Fenster tief durchzuatmen. Meine Mutter liegt im Krankenhaus, ihr Herz ist schwach, sagen die Ärzte, es sieht nicht so aus, als ob sie noch lange zu leben hätte. Zu viele Zigaretten, zu viel Trauer.
– Wer genau weiß, daß du hier bist? will ich wissen.
Josip stöhnt auf.
– Wie oft soll ich es dir noch sagen? Niemand, niemand und nochmals niemand! Ich habe mir vier Tage freigenommen und jedem erzählt, ich würde meinen Onkel in Litija besuchen. Du weißt doch, Onkel Gustaf. Ich habe sogar meine Tatjana angelogen.
Ich wende mich vom Fenster ab und fixiere meinen Cousin. Mir ist ein Gedanke gekommen. Es muß so sein, was bleibt sonst?
– Verdammte Jelena, sage ich.
– Was?
– Diese Hure von einer Schwester. Sie muß dir meine Adresse gegeben haben.
– Hat sie nicht, Branko.
– Natürlich hat sie das, wieso deckst du sie?!
– Ich decke sie nicht. Sie hat mir deine Adresse nicht gegeben, verstehst du das nicht?

Ich stütze die Hände auf den Tisch und beuge mich vor, bis mein Gesicht dem von Josip nahe ist.
– Und wie hast du dann bitteschön herausgefunden, wo ich stecke, Cousin?
Josip kramt in seiner Hosentasche und wirft einen Briefumschlag auf den Tisch. Der Umschlag ist an ihn adressiert. Ich erkenne meine eigene Handschrift.
Habe ich etwa in Josips Brief erwähnt, wo ich stecke?
Nein, habe ich nicht, ich bin mir dessen sicher.
– Ja, und?
– Schau rein.
Ich ziehe den Brief heraus und entfalte ihn. Ich blinzle verwirrt und sehe Josip an.
– Genauso habe ich auch geschaut, sagt Josip, Und dann habe ich mir gedacht, das muß doch ein Zeichen sein, und entschied mich hierherzufahren. Branko ...
Er kommt um den Tisch herum, hockt sich vor mich hin und greift nach meinen Händen.
– ... das *ist* ein Zeichen. Du mußt mit mir zurückkommen. Um deiner Mutter willen. Und auch für dich selbst. Hörst du, was ich sage? Auch für dich selbst.
Ich befreie meine Hände.
– Das hier, sage ich und winke mit dem Brief vor seinem Gesicht herum, Ist ein dummer Zufall, nichts weiter. Seit wann bist du so abergläubisch?
Josip springt auf und schlägt mit der Faust auf den Tisch.
– Natürlich ist das ein Zufall! Denkst du, das weiß ich nicht? Aber was hält dich davon ab, einem Zufall Bedeutung beizumessen?
Ich sehe auf den Brief hinab. *Wie konnte mir das passieren?* Ich Idiot habe den Brief an meine kleine Schwester in den Umschlag an Josip gesteckt. Ich war nicht so dumm, meine Wohnungsadresse anzugeben, statt dessen habe ich die Adresse der *Laguna* aufgeschrieben. *Ist Josips Brief jetzt bei meiner Schwester gelandet? Oder bei Nenad?*
– Nein, vergiß es, sage ich und zünde mir eine Zigarette an.
Josip setzt sich wieder. Er schließt die Augen und senkt den Kopf

auf die Tischplatte. Er ist müde, und ich weiß, er will nichts lieber, als seine Augen öffnen und daheim bei seiner Frau und seinen zwei Kindern sein. Er war schon immer so simpel.
– Ich geh nicht ohne dich, sagt er leise, Ich geh nicht ohne dich zurück. Auf keinen Fall.
– Was willst du machen? frage ich ihn gereizt, Mich zum Zug zerren?
Josip sieht mich an, ich halte seinem Blick stand.
– Wieso lassen sie dich hier überhaupt arbeiten? fragt er plötzlich, Hast du Papiere?
– Ich habe mir welche besorgt.
– Was ist, wenn das auffliegt?
– Es wird nicht auffliegen.
– Komm nach Hause, Branko, bitte, sie brauchen dich.
Ich spüre Wut hochkommen, ich versuche, sie zu beherrschen.
– Niemand braucht mich, Josip, hörst du, niemand!
– Bitte, komm mit mir, tu's für unsere Freundschaft. Denk an deine Mutter, denk daran, wie---
– Meine Mutter hat mich verraten, daran denke ich.
– Aber sie ist deine Mutter, denk doch daran, daß sie dich---
– HALT DEN MUND, JOSIP!
Es ist vorbei mit der Beherrschung. Meine Hand mit der Zigarette zwischen den Fingern zuckt vor und zielt auf Josips Augen.
– Halt einfach den Mund, wiederhole ich leise und drohend, Halt deinen verdammten Mund, hörst du?
Das Telefon klingelt. Es ist früher Morgen, drei oder vier. Ich hoffe nicht, daß es der Nachbar unter mir ist. Ich habe wenig Lust, mich wegen des Lärms zu rechtfertigen.
– *Da?*
– *Hallo?*
– *Da, ko je?*
– *Ivo, to si ti?* fragt eine Stimme.
– *Da, to sam ja, ko je to?*
– *Edgar.*
Ich drehe mich automatisch so, daß Josip nur noch meinen Rükken sieht.

– Edgar? sage ich und wechsle ins Deutsche, Mensch, was ist los?
– Die Bullen haben mich eben aus dem Bett geschmissen.
– Was?!
– Sie haben einen Haftbefehl. Ich mußte ihnen deine Adresse geben. Ich kann mir nicht erlauben, irgendwelche Faxen zu machen, verstehst du?
– SIE HABEN WAS?!
– Einen Haftbefehl.
Schweigen, dann frage ich leise:
– Weswegen?
– Ich weiß es nicht.
– Verdammt, Edgar, weswegen waren sie da?
– Ich sage doch, ich weiß es nicht.
– Ist es wegen meiner Papiere? Deswegen?
– Nein, ich glaube nicht. Es waren normale Bullen, keine Ausländerpolizei. Sie hatten eine Streife draußen stehen. Sie sind jetzt auf dem Weg zu dir.
Ich lege auf, es klopft an der Zimmertür.

– Wer ist das? fragt Josip.
Ich antworte ihm nicht. Mein Körper ist schweißgebadet. Ich friere, nehme einen hastigen Zug von meiner Zigarette, verschlucke mich am Rauch und huste.
– Wer ist da? frage ich.
– Polizei. Machen Sie auf!
– Einen Moment.
Josip springt auf. Sein Deutsch ist zwar miserabel, aber selbst er kann sich ein Wort wie *Polizei* erklären.
– Was? Scheiße, was will die *policija* hier?
– Weiß ich nicht.
Ich drücke die Zigarette im Aschenbecher aus und gehe zur Tür.
– Verdammt, was machst du da?
– Ich laß sie rein, was sonst.
– Spinnst du?!
Josip zieht mich am Arm zurück. Es wird an die Tür gehämmert.
– Machen Sie bitte auf! Hier ist die Polizei! Öffnen Sie!
Josip senkt seine Stimme.
– Branko! Mensch, was wollen die?!
– Ich weiß es nicht, Josip, laß mich nachsehen, dann erfahren wir es.
– Ist es wegen deiner Papiere?
– Ich sagte, ich weiß es nicht.
Josip sackt auf seinen Stuhl zurück. Seine Hände zittern, ich kann sehen, daß er Angst um mich hat und nicht dabeisein will, wenn sie mich festnehmen. Wahrscheinlich fragt er sich, wie er das meiner sterbenden Mutter erklären soll.
– Wenn du aufmachen willst, dann mach auf, sagt Josip leise.
Und genau das tue ich auch.

62

– Guten Morgen. Buchen ist mein Name, das hier ist mein Kollege Schindels.
– Guten Morgen.
– Guten Morgen.
– Sind Sie Ivo Letnik?
– Nein, ich bin sein Cousin.
– Wissen Sie vielleicht, wo sich Herr Letnik im Moment befindet?
Ich trete zur Seite und sage:
– Kommen Sie doch herein.
Die Polizisten betreten das Zimmer. Josip lächelt sie nervös an, steht halb auf, verbeugt sich zur Begrüßung, setzt sich wieder.
– Wo liegt das Problem? frage ich.
– Wir haben eine Anzeige gegen Herrn Letnik vorliegen.
Buchen holt einen Block aus seiner Brusttasche hervor und liest:
– Anzeige wegen Körperverletzung und sexueller Nötigung.
Ich nicke ernst.
– *Šta hócu?* fragt Josip, ich antworte nicht, er wiederholt eindringlich: Was wollen sie?
Ich entschuldige mich bei Buchen, mein Cousin sei erst seit kurzer Zeit in Deutschland, dann wende ich mich an Josip und sage:
– Die Bullen sind von der Ausländerpolizei. Sie behaupten, du hast unverzollte Ware über die Grenze geschmuggelt. Sie wollen dich deswegen befragen. Du sollst mit ihnen auf die Wache kommen.
Josip weicht alle Farbe aus dem Gesicht. Schindels tritt hinter seinen Stuhl und legt eine Hand auf Josips Schulter.
– Ich nehme an, das hier ist Herr Letnik.
Ich sage, dem wäre so. Josip glaubt nicht, was ihm geschieht. Sein Mund zittert. Schindels zieht Josip vom Stuhl hoch.
– Was machen die mit mir, Branko ... HE, WAS TUN DIE?!
– Sie nehmen dich mit auf die Wache, antworte ich mit beruhigender Stimme, Das ist alles, dort wird sich die ganze Angelegenheit klären, mach dir keine Gedanken, ich kümmere mich darum.

Josip versucht die Hand des Polizisten abzuschütteln, Schindels drückt ihn gegen die Wand und legt ihm Handschellen an.
– Frag diese Hunde, warum sie mir Handschellen anlegen müssen!
– Mein Cousin fragt, ob er sich einen Dolmetscher suchen muß.
– Wir haben genug Dolmetscher, antwortet Wachtmeister Buchen.
– Was hat er gesagt? Verdammt, was hat er gesagt?
Ich wische mir müde übers Gesicht und gehe zur Seite, als sie Josip an mir vorbei zur Tür führen.
– Er sagt, sie glauben, du bist gefährlich, erkläre ich Josip.
– Gefährlich? Ich und gefährlich? Komm mit mir, bitte, Branko, komm mit mir.
Ich kann in den Augen meines Cousins Tränen sehen. Ich ahne, was in diesem Moment in ihm vorgeht. Ich selbst habe diese Angst jeden Tag und jede Minute während meiner Flucht empfunden. Dabei spreche ich nicht nur von meiner Flucht nach Deutschland. Ich spreche auch von dem Moment, in dem mich meine kleine Schwester sterben ließ und ich in den Bus nach Zagreb stieg. Ich spreche von dem Tag, an dem meine Mutter vor mir stand und in mein Gesicht schlug. Damals kannte ich den Ausgang der Situation nicht. Hier weiß ich, daß sie Josip wieder gehen lassen werden, sobald sie seine Papiere gesehen haben. Vielleicht wird er es mir nie verzeihen, aber ich glaube, daß ich auch das überleben werde.
– *Z'bogom*, sage ich und schließe die Tür hinter den drei Männern.

63

Das Licht über der Veranda springt flackernd an und streut einen nüchternen Schein auf den im Dunkeln liegenden Vorgarten. Der Schnee erinnert mich an Marmor, glitzernder Marmorstaub fällt vom Himmel und überzieht jeden Gegenstand, mit dem er in Berührung kommt. Die Büsche und Hecken sind fein polierte Skulpturen, selbst die Villa scheint sich diesem blassen Farbton angepaßt zu haben. Sollte ich hier noch länger stehen, werde auch ich zu einem Teil der Landschaft werden.

Ich lasse meine Zigarette in den Schnee fallen. Der Boden um mich herum ist festgestampft und übersät mit Zigarettenkippen. Einige Meter von mir entfernt sehe ich die Spuren eines Fuchses, der zwischen zwei Autos hindurchgehuscht ist. Er hat mich nicht bemerkt. In einer halben Stunde werden auch diese Spuren verschwunden sein. Ich hoffe, ich muß nicht so lange warten. Es ist kalt und windig, meine Jacke bietet kaum Schutz. Ich würde mich gerne bewegen und die Straße auf und ab laufen, aber ich habe zu warten. Was heute auch geschieht, es muß schnell gehen.

Eine Viertelstunde später verläßt der Mann die Villa und geht zu seinem Wagen. Er schließt auf, legt seine Aktentasche auf den Rücksitz und steigt vorne ein. Als er den Wagen gestartet hat, fährt er einige Meter von mir entfernt vorbei, ohne mich zu sehen. Die Ketten an seinen Rädern brechen mit einem ratschenden Geräusch durch den Neuschnee. Ich warte, bis der Wagen um die Ecke gebogen ist, ehe ich auf die Villa zugehe. Ich bleibe kurz stehen, als mich der Bewegungsmelder erfaßt. Niemand tritt im oberen Stockwerk an eines der Fenster, und die Jalousien im Erdgeschoß sind heruntergelassen.

Ich versuche es an der Haustür, sie ist verschlossen. Ich umrunde die Villa, überall sind die Jalousien unten. Ich komme zu einem angelehnten Fenster, klettere in das Haus und gelange in den Keller. Ich setze mich auf eine Waschmaschine und warte, ob ich einen Alarm ausgelöst habe. Mir ist schon wieder nach einer Zigarette.

Nach Josips Verhaftung nahm ich den ersten Zug, der von München nach Nürnberg fuhr, und warte seit zwei Stunden in der Kälte darauf, daß Mathildas Mann die Villa verläßt. Mein Plan ist zwar nicht perfekt, aber stimmig.
Ich lasse zehn Minuten verstreichen, springe dann von der Waschmaschine und steige aus dem Keller in die Villa hoch.
Ich hätte nie gedacht, daß es so einfach sein würde.
Alle Türen sind offen, es ist angenehm warm und riecht nach After-shave und Kaffee. Ich betrete einen Flur. An seinem Ende ist die Haustür zu sehen, vier weitere Türen gehen links und rechts ab. Nur hinter einer brennt Licht. Ich sehe hinein.
Es ist ein Arbeitszimmer. Über dem Schreibtisch brennt eine von diesen teuren Lampen mit Goldkettchen und grünem Schirm. Niemand sitzt an dem Tisch. Das Erdgeschoß ist verlassen.
Ich gehe die Treppe in das obere Stockwerk hoch. Hinter einer angelehnten Tür höre ich Musik. Mathilda liegt in der Wanne und summt leise vor sich hin. Auf dem Wannenrand steht ein Transistorradio. Mathilda hat einen Lappen über den Augen. Ich erahne ihre Nacktheit im schaumigen Wasser. Ein Knie ragt wie eine glänzende Insel aus dem Schaum hervor. Unser letzter Hotelbesuch kommt mir in den Kopf. Wie sie gefleht hat, wie ich nicht auf sie gehört habe. Ich spüre, wie erregt ich werde. Was würde geschehen, wenn ich jetzt die Badezimmertür hinter mir verschließe und mir Mathilda einfach vornehme? Wer kann mich aufhalten? Aber das wäre falsch. Ich will keine Rache. Rache an einer Frau zu nehmen ist billig. Ich will mehr. Ich will, daß diese Schlampe bezahlt. Ich weiß, daß ihr Mann genug Geld hat, um zehn Brankos auszuzahlen. Ich werde Mathilda ein Ultimatum stellen. Entweder sie zahlt dafür, daß ich meinen Job los bin und die Polizei mich sucht, oder sie kann sich sicher sein, daß ich auf die Rückkehr ihres Mannes warten werde, damit er sich anhört, was seine Frau alles so treibt, während er auf der Arbeit ist. Außerdem will ich, daß sie die Anzeige zurückzieht. Wohin auch immer ich unterwegs bin, ich möchte keinen Ärger mit der Polizei haben.
Das Telefon klingelt im Erdgeschoß. Ich trete einen Schritt zurück, während Mathilda sich in der Wanne aufsetzt. Das Schwap-

pen des Wassers klingt wie ein Schlag auf nackter Haut. Ich verschwinde im Flur und drücke mich an die Wand, als würde ich Versteck spielen. Ich muß lachen und halte mir den Mund zu.

– Auch das noch, höre ich Mathilda sagen.

Das Telefon klingelt erneut.

Ich schleiche in eines der Zimmer und lasse die Tür angelehnt. Nach einigen Sekunden geht Mathilda an der Tür vorbei, ihre Füße patschen auf der Treppe, ihre Stimme dringt aus dem Erdgeschoß. Meine Augen haben sich an die Dunkelheit gewöhnt. Ich stehe im Schlafzimmer und sehe ein ungemachtes Bett, einen offenen Kleiderschrank und einen Schlafanzug über einem Stuhl. Ich setze mich auf das Bett. Mathilda telefoniert. Ich lehne mich zurück. Ich kann warten.

64

Der Hunger weckt mich. Ich habe von dem Fest auf dem Kalnik geträumt. Ich habe die Ferkel über dem Feuer gesehen und wollte mir ein Stück von der knusprigen Haut abreißen, aber mein Arm war zu kurz. Die Hände befanden sich direkt an meinen Schultern, sie wuchsen aus den Achselhöhlen. Ich hatte keine Unter- und keine Oberarme mehr und streckte und streckte mich und kam nicht näher an das Ferkel heran. Neben mir lachte jemand. Es war das Mädchen, dem ich die Nase gebrochen hatte. Nina. Sie fletschte die Zähne, sie knurrte nicht, ihr Mund war voller Blut. Auch ihre Hände wuchsen aus den Schultern. Sie waren wie winzige Flügel, die sinnlos flatterten.
Als ich die Augen öffne, starre ich auf eine Deckenlampe. *Wo bin ich?* Es ist dunkel im Zimmer, ich setze mich auf und sehe, daß ich Lederjacke und Stiefel anhabe.
– *Issuse,* sage ich und stehe auf.
Ich kann nur hoffen, daß Mathilda nicht zwischendurch im Zimmer gewesen ist. Wie konnte ich nur einschlafen? Ich wische mir über den Mund und trete an das Fenster. Die Einfahrt ist noch immer verlassen, eine karge Morgensonne hängt geduckt zwischen den Häusern. Ich gähne und sehe auf die Uhr. Es ist keine Viertelstunde vergangen, seitdem ich durch den Keller in das Haus gekommen bin. Ich wußte nicht, daß ich so erschöpft bin. Der Schlaf hat mich träge gemacht, und das war nicht geplant. Es war auch nicht geplant, es sich auf einem Bett gemütlich zu machen.
Mathilda liegt nicht mehr in der Wanne. Ich sehe mein Gesicht in dem Spiegel über dem Waschbecken. Mein Haar ist durcheinander, Schweiß steht mir auf der Stirn. Mir ist warm, also ziehe ich die Lederjacke aus und gehe die Treppe ins Erdgeschoß hinunter. Es ist still im Haus. Was tue ich, wenn Mathilda in der kurzen Zeit weggegangen ist? Ich kann nicht den ganzen Tag in dieser Villa rumsitzen und darauf warten, daß sie zurückkommt.
– Hallo?

Ich schaue in das Wohnzimmer, ich schaue in das Arbeitszimmer. Die Tischlampe ist noch immer eingeschaltet. Ich schaue in jedes der Zimmer, die Jalousien sind noch immer runtergelassen, es ist hier unten so dunkel, als wäre es Nacht. Vor der Küche bleibe ich ratlos stehen. Es gibt keine Spur von Mathilda. *Was soll's,* denke ich, *sie wird schon auftauchen.* Mein Magen knurrt. Ich beschließe, erst einmal etwas zu essen, und betrete die Küche.
Mathilda steht in der Nische zwischen Wand und Kühlschrank. Sie schießt auf mich zu, kreischend und schnell, daß ich mich nicht vom Fleck rühren kann. Abwehrend hebe ich meinen rechten Arm, für eine Sekunde berühren meine Finger Mathildas Gesicht, bevor das Messer unterhalb meiner Rippen eindringt. Es geht so schnell, als würde ich in kochendheißes Wasser fallen, als würde ich im Schmerz versinken. Die Beine knicken mir weg, mein Körper sackt zur Seite und nähert sich in Zeitlupe dem Linoleum. Erst auf den letzten Zentimetern gewinnt er an Geschwindigkeit und schlägt hart auf. Meine Zähne klacken zusammen, Speichel spritzt mir aus dem Mund, ich spüre den Boden an der Wange, Rillen und Furchen und Krümel und Haare. Ich spüre die Elastizität des Linoleums und glaube sogar, die Bewegung des Erdbodens darunter zu hören.
Ein Rauschen. Ein Plätschern.
Ich blinzle und versuche meinen Blick zu fokussieren. Was ich wirklich höre, ist nicht die Erde, es ist Mathilda, die sich neben mir erbricht. Ich versuche, mein Gesicht abzuwenden. Der Geruch ist widerlich. Ich will nicht kotzen, das ist erniedrigend.
Bitte, alles, nur nicht das.
Ich schließe die Augen, presse die Lippen zusammen. Ich will den Kopf abwenden, aber mein Körper hört nicht mehr auf mich. Jemand schlägt mir ins Gesicht, jemand ruft meinen Namen, und ich entspanne mich und verschwinde in einer angenehmen Ohnmacht.

65

Als ich wieder zu mir komme, liege ich im Wohnzimmer auf der Couch und Mathildas verheultes Gesicht schaut auf mich herab.
– Oh, Ivo, Ivo, ich wußte das nicht, ich ... Ich dachte, du wärst ein Einbrecher, ich ... Der Alarm hat geleuchtet, jemand ...
Sie zieht die Nase hoch, sie berührt mein Gesicht, ich drehe den Kopf weg, ihre Hände verschwinden.
– ... im Heizungskeller, der Alarm, die Polizei rief an, sie haben das auf ihrem Computer gesehen, ich wußte ja nicht ... Ivo, es tut mir ja so leid ... Ich habe die Polizei eben zurückgerufen, und ihnen gesagt, da wäre nur ein Hund an der Tür hochgesprungen, ich wußte doch nicht, daß du das bist, Ivo ... Es tut mir leid, hörst du?
Ich nicke und versuche gleichzeitig mich aufzusetzen. Der Schmerz ist erträglich. Ich schaue auf meine Hand, sie ist blutverschmiert, das Blut ist schon geronnen.
– Wasser, sage ich.
Mathilda rennt in die Küche, mein Mund ist trocken, die Zunge klebt am Gaumen. Mathilda kommt mit dem Wasser und reicht es mir. Ich trinke gierig.
– Es tut mir so leid, wiederholt sie, Ich ... ich mach dir einen Verband, du mußt jetzt wach bleiben, ich ruf dir einen Arzt, ich---
– Du ... du hast mich angezeigt, unterbreche ich sie.
Mathilda schlägt sich die Hand vor den Mund.
– Die Polizei war in meiner Wohnung, sie wollten mich festnehmen.
Mathilda beginnt zu weinen. Ich sehe ihr reglos zu. Sie nimmt die Hand nicht von ihrem Mund. Ich wünschte, ich könnte ihren Mund sehen.
– Hör auf zu flennen, sage ich nach einer Minute.
Mathilda zieht die Nase hoch und beginnt zögernd zu erzählen, daß sie meinetwegen beinahe ins Krankenhaus gemußt hätte.
– Ich konnte das nicht vor meinem Mann verbergen, Ivo, verstehst du das? Ich ... Ich habe es ihm gestanden und von unserer Affäre erzählt. Ich war mir sicher, daß er ... Weißt du, Gerd

nimmt so was nicht leicht. Ich war mir sicher, daß er mich sofort verläßt, aber Gerd hat ganz traurig und vernünftig reagiert. Er wollte alles wissen, er war so …
Sie verstummt, holt Taschentücher und schnaubt ihre Nase.
– Also habe ich ihm erzählt, es wäre ein Unfall gewesen, daß …
Mathilda sieht mich an, ohne weiterzureden.
– Daß was? frage ich nach.
– … daß du mir gedroht hast und alles aus den Fugen geriet. Ich habe ihm erzählt, du hättest mich verführt und … zum Sex gezwungen.
Sie sagt die letzten drei Worte, als würde sie eine Frage stellen. Ich möchte sie am liebsten schlagen. Was ist diese Frau nur für eine Schlampe?!
– Natürlich hat er mir nicht geglaubt, spricht sie weiter, Natürlich nicht, aber darauf kam es auch nicht an, denn ich habe ihm gleich versprochen, dich nicht mehr wiederzusehen. Aber das hat Gerd nicht gereicht. Er wollte, daß ich die Polizei rief. Er sagte, entweder machen wir eine Anzeige oder ich muß gehen. Deswegen habe ich dich angezeigt, Ivo, mir blieb doch nichts anderes übrig. Schau doch, was du mir angetan hast.
Sie hält ihre linke Hand hoch, mir ist der Verband um den Ring- und Mittelfinger bisher nicht aufgefallen.
– An zwei Stellen gebrochen. Und … Und mir fehlt ein Zahn, schau mal hier.
– Mich interessieren deine verdammten Zähne nicht! fahre ich sie an, und ihr Mund klappt sofort wieder zu.
– Entschuldige, sagt sie leise.
– Ich brauche Geld, Mathilda, du hast mich meinen Job gekostet. Ich brauche viel Geld, um aus dieser verdammten Situation herauszukommen. Und ich will, daß du die Anzeige zurückziehst, haben wir uns verstanden?
Mathilda weicht meinem Blick aus und starrt auf ihre gebrochene Hand. Dann sieht sie auf. Ich weiß, sie wird gleich nicken und mir alles geben, was ich brauche. Ich kann es an ihren Augen ablesen. Dann geht ihr Blick über meine Schulter und Mathilda beginnt zu schreien.

66

Ich weiß nicht, wie man solch ein Fiasko nennt. Die Ehefrau, die völlig aufgelöst im Wohnzimmer sitzt, der Ehemann, der überraschend nach Hause kommt, und der Liebhaber, der mit einer Stichwunde auf der Couch liegt.
– Was … Mathilda, wer ist das?
– Das ist Ivo, sagt Mathilda und streichelt mir über den Arm. Ich schlage ihre Hand beiseite und sehe ihren Mann an. Er steht da mit Mantel und Aktentasche. Sein Gesicht ist weiß.
– Der …
Er hat keine Worte.
– Jetzt mal langsam, sage ich und stehe auf. Mir ist von dem Blutverlust ein wenig schwindelig, aber ich spüre, wie mein Gleichgewicht langsam wiederkehrt. Ich habe die Situation im Griff und bin hier, weil ich Geld brauche. Ich bin hier, weil ich im Recht bin.
– Ich bin hier, weil ich Geld brauche, sage ich, Du und deine Frau sehen mich danach nie wieder.
Unsere Blicke treffen sich.
– Sie drohen uns?
– Natürlich drohe ich euch! Deine Frau hat mich bei der Polizei angezeigt, nachdem sie sich monatelang von mir hat vögeln lassen. Ich will, daß sie die Anzeige zurückzieht, sonst weiß ich nicht, was noch alles passieren wird.
– Sie drohen uns? wiederholt Mathildas Mann, als ob es nur diesen einen Satz in seinem Kopf geben würde.
– Gerd, sagt Mathilda und tritt auf ihn zu.
Sie hätte das lieber seinlassen sollen. Er schlägt sie, ohne lange zu zögern. Mit dem Handrücken quer über das Gesicht. Mathilda taumelt. Gerd setzt nach, schlägt sie noch einmal. Sie fällt über den Couchtisch. Gerd wendet sich ab und verläßt das Wohnzimmer.
– Gerd!
Mathilda rappelt sich auf und rennt ihm hinterher. Ich habe keine Ahnung, was ich tun soll. Ich schnappe mir eines von den

Kissen, drücke es vorsichtig gegen die Bauchwunde und folge den beiden.
Sie sind in Gerds Arbeitszimmer. Er kniet vor einem Schrank und ist dabei, einen Tresor zu öffnen. Mathilda steht hinter ihm und redet auf ihn ein, ihre Hände sind wie zum Gebet gefaltet.
– Ich … ich wußte nicht, daß er kommt, Gerd. Ich … schau doch, er ist verletzt, ich habe ihn angegriffen, weil ich dachte … Gerd, hör mir doch mal zu!
Er öffnet den Tresor. Ich lehne mich gegen seinen Schreibtisch, die Wunde hat wieder zu bluten begonnen, ich hätte mich nicht bewegen sollen. Wenn ich jetzt ohnmächtig werde, ist alles vorbei. Ich muß das hier kurz und knapp machen. Ich rechne mit ein paar Tausendern. Gerd ist Botschafter, er hat Geld im Haus, Mathilda hat es mir erzählt.
– Gerd, nicht!
Mathilda weicht zurück, Gerd hält eine Pistole in der Hand, ich drücke das Kissen fester an mich.
– Niemand erpreßt mich, sagt Gerd und richtet die Pistole auf mich.
Mathilda befindet sich zwischen uns.
– Geh mir aus dem Weg, Mathilda, geh mir gottverdammt noch mal aus dem Weg!
Gerd sieht mich an, es geht nur um uns beide, Mathilda ist ein Puffer, der keinen mehr interessiert. Sie blickt von Gerd zu mir, dann wieder zu Gerd.
– Nicht, Gerd, bitte, nicht.
Sie weicht zurück und bleibt vor mir stehen.
– Geh zur Seite! sagt Gerd, Geh einfach zur Seite!
Mathilda hört nicht. Sie dreht sich zu mir um. Ich sehe die Angst in ihren Augen und weiß, sie wird gleich zur Seite gehen. Ich weiß, ich kann nichts dagegen tun. Im selben Moment finde ich das vollkommen richtig und nachvollziehbar. Ich würde mich genauso verhalten.
– Ivo …
Mathilda legt ihre Hände auf meine Brust und stellt sich auf die Zehenspitzen. Im nächsten Moment steht sie nicht mehr vor mir,

Gerd hat sie am Arm zurückgerissen. Wir stehen uns gegenüber, Gerd schlägt zu. Der Waffenlauf trifft meine Schläfe, ich falle und lande auf dem Teppich. Gerd steht über mir und beginnt, mich zu treten. Ich versuche, unter den Schreibtisch zu kriechen, Gerd zieht mich am Bein heraus und tritt wieder zu. Sein Fuß bohrt sich in meinen Magen. Die Wunde explodiert. Die Lichter gehen aus. Eine Welle der Dunkelheit begräbt mich.

67

Es ist ein merkwürdiges Gefühl zu wissen, daß mein Leben davon abhängt, tot zu sein. Und zwar so tot wie möglich. Ich fühle mich dreckig und kaputt. Meine Wunde pulsiert, und ich will mich um sie kümmern, während wahrscheinlich zur gleichen Zeit eine Waffe meinen Kopf anvisiert und nur darauf wartet, daß ich wach werde. Ich weiß nicht, woher ich das weiß. Es ist ein Gefühl, eine Ahnung des Unvermeidlichen.

Ich liege reglos auf dem Bauch und kann mich nicht rühren. Ich will tot sein, ich will, daß meine Atmung eine Pause einlegt. Eine sehr lange Pause. Erst nach der Pause möchte ich zurückkehren in die normale Welt. In Križevci erwachen, in Krk am Strand liegen, mit meiner Schwester beim Frühstück sitzen. Alles, nur nicht das hier.

Ich höre Gerds Stimme, ich höre Mathilda. Ich höre Wimmern und Weinen. Ich rühre mich nicht, meine Augen bleiben geschlossen, der Körper ist ausgeschaltet und will seine Ruhe. Aber er wird nicht in Ruhe gelassen. Etwas berührt meinen Schuh, eiskalte Finger kriechen meine Wade hoch, tasten sich höher, ziehen sich an mir herauf.

– Geh da weg! höre ich Gerd rufen.

– Ivo …

Mathildas Stimme ist kaum ein Flüstern.

– Ivo … ich …

Mathilda kriecht weiter an mir herauf, über meinen Hintern, über meinen Rücken mit ihren Händen, bis sie auf mir liegt und mich warm und schwer bedeckt. Ihre Stirn lehnt gegen meinen Hinterkopf, ich rieche ihren Atem. Es überrascht mich, wie angenehm es ist, sie auf mir zu spüren.

– Ivo … du …

– Geh da weg!

– Ivo …

Schritte nähern sich. Ich zucke zusammen und weiß, daß ich jetzt wirklich tot bin. Mathilda hat mich verraten. Sie hat Gerd ge-

zeigt, daß ich noch am Leben bin. Ich antworte nicht auf die Schuhspitze, die gegen mein Bein tippt, als ob sie ein erlegtes Tier erforschen würde.
Ich bin keine Gefahr mehr! möchte ich rufen, da kitzeln Lippen an meinem Ohr, ich ertrage es. Atem und Worte, ich ertrage es, ohne mich zu rühren. Ich bin tot.
– Ivo … du …
– Verdammt noch mal, Mathilda, steh auf!
– Ivo … du … du hast nie …
– VERDAMMT, MATHILDA!
Speichel läuft von ihrem Mund in mein Ohr, rollt mir über die Wangen zwischen die Lippen. Ich rühre mich nicht, ich schmecke ihren Speichel, ihre Lippen bedecken mein Ohr, ich rühre mich nicht.
– … nie … Ivo … gelächelt …
Ich höre den Schuß und Mathildas Kopf verschwindet. Blut strömt über mein Gesicht, fließt mir in den Mund und die Nase. Ich würge und huste, Mathilda liegt noch immer auf mir. Ich taste mit den Händen über mein Gesicht und befreie es von Gehirnmasse. Ich spucke und schnaube, bis ich endlich wieder ungehindert durchatmen kann, dann rolle ich ihren Körper von mir, drehe mich auf den Rücken und würge erneut. Mathildas linkes Auge ist verschwunden, der Hinterkopf erinnert an eine aufgeplatzte Frucht. Ich schiebe sie von mir weg, damit ich nicht mehr in ihr zerstörtes Gesicht sehen muß.
Das Licht der Schreibtischlampe ist grell. Ich halte eine Hand über die Augen, stütze mich mit der anderen ab und komme auf die Beine. Ich umklammere alles, was in meiner Reichweite ist. Ein Buchregal kippt um, der Schreibtisch wankt. Meine Bauchwunde pulsiert im Rhythmus meines Atems. Weiße Punkte tanzen vor meinen Augen, ich würde viel für einen langen, traumlosen Schlaf geben, doch ich glaube nicht, daß ich ein zweites Mal erwachen werde, sollte ich jetzt ohnmächtig werden.
Wo ist Gerd?

Ich lasse mich auf den Arbeitsstuhl fallen und schließe kurz die Augen.

Nur kurz.

Ich reiße mich zusammen und komme wieder auf die Beine, im selben Moment erklingt der Schuß aus dem Wohnzimmer. Ich warte, schaue in den Flur, Gerd läßt sich nicht blicken.

Er liegt im Wohnzimmer auf der Couch. Er liegt an derselben Stelle, an der ich gelegen habe, als er hereinkam. Sein Kopf ist zur Seite gerutscht und starrt die Wand an. Ich schaffe es bis zum Sessel und sacke darauf zusammen. Ich weiß, ich muß hier weg. Ich schließe die Augen.

Nur kurz.

Ich kann nicht anders.

Als ich erwache, habe ich einen unerträglichen Hunger. Es hat sich nichts verändert. Mathilda liegt im Arbeitszimmer, Gerd liegt mir gegenüber. Es müssen Stunden vergangen sein. Meiner Wunde geht es besser. Sie ist verkrustet, der Schmerz nur noch ein Pochen.

Ich stehe auf, nehme mir aus der Bar eine halbvolle Flasche Cognac und leere sie. In der Küche reiße ich ein Päckchen mit Wiener Würstchen auf und schlinge sie herunter. Danach bin ich gestärkt, es geht mir besser.

Ich wasche mir in der Gästetoilette mit viel Seife das Blut vom Kopf, schrubbe mein Gesicht, Hals, Nacken und Haare. Ich könnte duschen, wage es aber nicht wegen der Bauchwunde. Ich quetsche etwas Zahnpasta auf meinen Zeigefinger und putze mir die Zähne. Trotz des Cognacs und der Würstchen werde ich den Geschmack von Mathildas Blut nicht los.

Der Tresor im Arbeitszimmer ist noch geöffnet. Ich finde eine verschlossene Geldkassette, hole eine Plastiktüte aus der Küche und lege die Geldkassette hinein. Danach durchsuche ich Gerds Mantel und stecke seine Brieftasche ein. Als ich das Haus verlassen will, kommt mir eine Idee. Ich kehre zu Gerds Leiche zurück und durchkrame erneut seinen Mantel.

Da ist er.

Ich nehme den Schlüsselbund und bleibe unentschlossen im Flur stehen. Ich weiß, ich sollte mich um meine Wunde kümmern, aber ich will hier nicht länger bleiben.
Vorsichtig hebe ich das Hemd an. Die Wunde sieht nicht so schlimm aus, wie ich dachte. Ich werde es überleben.
Vor der Haustür ist es diesig, die Sonne ist ein blasser Fleck, vereinzelt sind Lichter in den umliegenden Häusern zu sehen. Ich laufe durch den Schnee auf den Mercedes zu. Jeden Moment erwarte ich, aufgehalten zu werden. Jemand, der seinen Hund Gassi führt. Jemand, der die Schüsse gehört hat.
Am Wagen fummle ich viel zu lange am Schloß herum, und mir wird für einen Moment schwarz vor Augen. Ich lehne den Kopf gegen das eiskalte Metall, bis es mir besser geht.
Mach schon, komm, mach schon.
Weit entfernt bellt ein Hund, Jalousien rattern, das Geräusch ähnelt einem Zug, der über eine Brücke fährt. Dann ist es wieder still, und mein lautes Atmen füllt die Luft.
Endlich schnappt das Türschloß auf. Ich werfe die Tüte auf den Beifahrersitz und rutsche hinter das Lenkrad. Im Inneren riecht es nach Leder und herbem Rasierwasser. Ungeschickt versuche ich, den Fahrersitz zu verstellen. Als es mir endlich gelingt, bin ich vor Erschöpfung schweißgebadet. Meine Finger tasten über die Wunde, sie blutet wieder. Helles, heißes Blut.
Verdammt!
Ich lasse den Wagen warmlaufen und stelle die Heizung auf die höchste Stufe. Mein Geldgürtel drückt mich und ich versuche, ihn zu lösen. Das Leder klebt an meinem blutigen Bauch fest. Ich reiße den Gürtel los und verziehe das Gesicht, als er sich mit einem feuchten Ratsch löst. Die Wunde pocht.
In der Dämmerung fühle ich mich geborgen hinter den dunkel getönten Scheiben und sicher. Das Innere des Mercedes ist eine eigene, magische Welt, von der ich weiß, daß sie mich von meinem Schmerz kurieren wird.
Ich sehe mir den Geldgürtel an. Die Messerklinge hat durch das Leder geschnitten. Die Geldscheine und der Zettel mit den Adressen sind an den Rändern feucht von meinem Blut. Ich entfalte

den Zettel. Die Namen verschwimmen vor meinen Augen, tanzen auf und ab. Nur ein Wort erscheint klar und deutlich.
Ich nehme es als ein Zeichen.
Ich nehme es als ein Zeichen, diese Richtung einzuschlagen.
Berlin.

68

Ich fahre.
Der Mercedes ist vollgetankt und so ruhig, daß ich, verschreckt von meinem eigenen lauten Atmen, das Radio anstelle. Stimmen und Musik lenken mich ab, ich beginne über andere Dinge als nur den Schmerz nachzudenken. Ich versuche mir vorzustellen, wie Josip zurück nach Hause fährt und Tatjana und die Kinder in die Arme nimmt. Ich stelle mir den kleinen Ivo vor, und die noch kleinere Priscilla. *Was für ein Name! Ob sie schon laufen kann?* Eines Tages werde ich die Familie überraschend besuchen. Sie werden mich nicht erkennen, denn ich werde mit einem nagelneuen Schlitten vor dem Wohnblock halten und so lange hupen, bis Josip auf den Balkon tritt. Dann werde ich meine Sonnenbrille hochschieben und meinem Cousin winken. Natürlich wird Josip eine Weile lang schlecht auf mich zu sprechen sein, sobald er aber begreift, daß ich mir mit dem Verrat an ihm mein Leben gerettet habe, wird er es verstehen. Josip ist ja nicht kurzsichtig. Und ich werde Geschenke bringen. Alles, was der Familie fehlt, werde ich dabeihaben. *Und darf ich euch meine Frau vorstellen?* Sie werden es nicht fassen, sie werden sich an die Köpfe greifen und verdutzt die Münder auf- und zuklappen. Und ich werde stolz neben meiner Frau stehen, während diese ihren goldenen Ehering aufblitzen läßt und einen Kuß auf meine fein rasierte Wange plaziert.

69

Nach Bayreuth fahre ich auf einen Parkplatz, um zu pinkeln. Mühsam steige ich aus dem Wagen, die Beine fühlen sich schwer an, eine bleierne Müdigkeit lähmt beide Arme, als ob ich einen ganzen Tag lang Rinderhälften gestemmt hätte. Vielleicht sollte ich ein Hotelzimmer nehmen, vielleicht sollte ich eine Pause machen.

Lieber nicht ...

Ich gehe hinter ein Gebüsch und öffne den Reißverschluß meiner Hose. Ich sehe auf den rostroten Urinstrahl hinab. Er scheint nicht enden zu wollen, meine Blase muß sich mit meinem Herzen verbunden haben, jeder Schlag pumpt mehr und mehr Blut und Pisse heraus. Die Müdigkeit lastet auf meinen Knochen, als würde Mathilda noch immer auf meinem Rücken liegen.

Ich schüttle ab, verlagere mein Gewicht auf das rechte Bein und kehre zum Wagen zurück. Das ist ein guter Trick. Die linke Hälfte entlasten hilft ein wenig. Ich greife mir eine Handvoll Schnee und schiebe sie mir in den Mund. Als ich die Fahrertür öffne, erschrecke ich. Der Fahrersitz ist klebrig von meinem Blut, die Wunde hat durch mein Hemd und die Hose geblutet und eine Pfütze auf dem Sitz hinterlassen.

Nicht von mir, bete ich, *bitte, mili bože,* das darf nicht von mir sein.

Ich fahre mit dem Finger durch die Pfütze, rieche daran. Es riecht metallisch und krank. Ich ziehe meine Lederjacke aus und lege sie auf den Sitz, dann steige ich ein und starte den Wagen.

70

Die Kilometeranzeige Richtung Berlin macht mich glücklich. Ich stelle mir vor, wie ich in die große Stadt einfahre, mich nach der Straße erkundige und dann vor einem Haus anhalte. Vielleicht ist es wieder eine Villa. Auf jeden Fall werde ich lässig aussteigen, mir die Haare zurückstreichen und klingeln. Eine Frau wird öffnen. Ihr Name ist egal. Es ist auch egal, wer sie ist. Sie kann jede beliebige Frau sein. Wichtig ist nur, daß sie vor Einsamkeit verkümmert. Wichtig ist, daß sie niemanden hat, der ihr gibt, was sie braucht. Und wichtig ist, daß sie alles dafür geben will, nicht mehr einsam zu sein. Und genau das wird sie auch tun, denn ich bin auf dem Weg, um ihre Träume zu erfüllen.
253 km von Berlin entfernt bewölkt sich der Himmel. Die Wolkenmassen treiben grau und breiig heran und ersticken das wenige Sonnenlicht. Es wird dunkel, beinahe schwarz. Dann gehen Lichter an, und ich glaube in diesen wenigen Sekunden, daß Sonnen auf mich zuschießen. Aber es sind nur die Scheinwerfer der Wagen auf der gegenüberliegenden Fahrbahn. Auch ich schalte das Licht an, ich will ja nicht auffallen.
Dann kommen die ersten Tropfen. Sie stürzen sich mit voller Wucht herab und treffen lärmend auf meinen Wagen. Die Autos verringern das Tempo, das Rot der Rücklichter glüht immer öfter auf, der Regen schließt sich um uns. Ich sehe keine Straßenmarkierung mehr, ich sehe nur noch die verschwommene Windschutzscheibe und den hektischen Scheibenwischer.
Ich bin allein.
Ich stelle das Radio aus.
Ich bin ganz allein.
Es hat etwas Besänftigendes, wie die Reifen über den nassen Asphalt rollen, es hat etwas von Geborgenheit, wie der Regen im Takt der Scheibenwischer zur Seite geschoben wird.
Ich fahre 80, dann 70, 60. Ich werde mit jedem verstreichenden Kilometer langsamer und habe das Gefühl, daß es genau das ist,

was ich tun muß. Es gefällt mir, es erleichtert meine müden Beine und die bleischweren Arme.

Und dann sehe ich sie.

Die Frau ist einige hundert Meter entfernt. Sie läuft am Randstreifen entlang, beständig, als ob sie ein Ziel hätte. Ich wundere mich sehr, daß ich sie durch den Regen hindurch so scharf und detailliert erkennen kann – ein dunkler Mantel, feuchte Haarsträhnen, die über den Kragen hängen, eine Andeutung von Waden schimmert blaß.

Die Frau hält einen Regenschirm über ihren Kopf. Als ich näher komme, sehe ich, daß es kein Regenschirm, sondern ein Pappdekkel ist.

Ich fahre rechts ran, schalte das Warnblinklicht an und gehe auf Schrittempo herunter, bis ich auf gleicher Höhe mit ihr bin.

Die Frau wendet sich mir zu und bleibt stehen. Auch ich halte. Die Frau winkt und beugt sich dann nach vorn, damit sie einen besseren Blick in das Wageninnere werfen kann. Ihre Hand macht eine kurbelnde Bewegung. Ich lehne mich über die Tüte mit der Geldkassette und kurble das Beifahrerfenster herunter.

– Hallo! sagt die Frau.

– Ivanka, sage ich, Verdammt, was machst du denn hier?

– Ich warte, daß mich jemand mitnimmt.

– *Isusse,* steig schnell ein.

Sie lächelt, und für einen schrecklichen Moment erwarte ich, daß sie den Kopf schüttelt und *nein* sagt.

– Kannst du mich denn bezahlen? fragt sie mich, Hast du denn deutsches Geld dabei?

Wir lachen. Ich habe mehr deutsches Geld als Gott.

– Steig bitte ein, sage ich, Bitte!

– Du nimmst mich mit?

– Ich habe dich gesucht.

– Ich weiß, darum bin ich ja hier.

Ivanka öffnet die Tür und wirft die nasse Pappe auf den Boden. Ich schmeiße die Tüte mit der Geldkassette auf den Rücksitz

und schaue Ivanka von der Seite her an. Ihr Haar hängt in öligen Strähnen herab, der Regen hat das Kajal um die Augenwinkel herum aufgelöst, dunkle Bahnen berühren ihre Mundwinkel.
– Du siehst traurig aus, sage ich.
– Unsinn.
– Soll ich jetzt fahren?
– Ja, fahr schon.
Der Motor ist leise, dafür klingt das Prasseln auf dem Autodach lärmend laut und zupft fordernd an den Nerven.
– *Brže,* sagt Ivanka, Schneller.
Ich gebe Gas und spüre, wie die Leichtigkeit, die ich vorhin beim Verlangsamen des Wagens gespürt habe, zunimmt.
– *Brže,* wiederholt Ivanka.
Die Nadel tanzt auf die 100 zu, überschreitet sie, überschreitet die 140, streckt sich der 160 entgegen. Die Regentropfen werden pulverisiert, die Scheibenwischer summen zufrieden.
– *Brže,* sagt Ivanka, und es klingt wie der Regen, und es klingt wie das Prasseln eines Feuers und füllt wärmend meinen Kopf.
Ich senke den Fuß ganz herab, und im gleichen Moment beugt sich Ivanka zu mir herüber. Sie legt ihre Hände sanft auf meinen Bauch und berührt die Wunde. Der Schmerz verschwindet. Ich spüre ihre heilenden Finger. Sie sind nicht so kalt wie die von Mathilda. Es sind heiße, glühende Finger. Brennende Fingerspitzen streicheln über meinen Bauch, und ich höre über den Regen hinweg ein Ratschen, als der Reißverschluß meiner Hose heruntergezogen wird. Ivanka befreit meinen schlaffen Schwanz, und als sie das getan hat, spüre ich wieder Kraft in mir. Die Kraft wächst, sie breitet sich aus, sie sehnt sich nach Erlösung. Und als sich Ivankas Kopf in meinen Schoß senkt, um mich aufzunehmen, sehe ich mich selbst am Straßenrand stehen und den Wagen mit Trauer betrachten. Und der Branko dort draußen sieht den Mercedes, sieht ihn über die Autobahn fegen und erblickt hinter den getönten Scheiben Ivanka und eine undeutliche Gestalt, die reglos hinter dem Lenkrad sitzt; und da

erst begreift Branko, daß er selbst diese Gestalt ist, er selbst und niemand anders fährt diesen Wagen. Und als er sieht, wie sich Ivankas Kopf langsam in seinen Schoß senkt, weiß Branko, es ist gut so.

ENDE

ajvar	Paprikapaste
autobusni kolodvor	Busbahnhof
autoput	Autobahn
a ti	und du
bela	Kartenspiel
bambus	Cola & Rotwein-Getränk
Bjelo Dugme	populäre Band
brate moj	mein Bruder
brže	schneller
budala	Idiot, Narr
čekaj	warte
čevapcici	kleine, würzige Fleischröllchen
crno vino	heimischer Rotwein
da, ko je?	ja, wer ist da?
da, to sam ja, ko je to?	ja, ich bin es, wer ist da?
djuvć	Reiseintopf
dobro jutro	guten Morgen
dobru večer	guten Abend
gemišt	Weißwein mit Mineralwasser
gospodine	Herr
hajde	los
hajde, vidimo se	also, wir sehen uns
hvala	danke
isusse	Jesus
izvinite, da li je moguće imati razgovor za šefom?	entschuldigen Sie, könnte ich den Chef sprechen?
jebemti boga	Gottverdammtnochmal genauer: Fick Gott
joj	oh je
kava	Kaffee
kakva budala!	was für ein Idiot!
kako ste?	wie geht es euch?
kobasica	Wurst

kolac	Pflock, Holzstab
krvavice	Blutwurst
kruškovac	Birnenlikör
laku noć	gute Nacht
mesar	Fleischer
mili bože	lieber Gott
mili moj	mein Lieber
milicija	Polizei
milicajac, milicajci	Polizist, Polizisten
mirno	ruhig
moj sin	mein Sohn
molim te	ich bitte dich
molim vas, pomognite mi	ich bitte Sie, helfen Sie mir
mrvica	Krümel, Zwerg
Opatija	eine billige Zigarettensorte
palacinka	dünne Eierkuchen
peder	Schwuler
picek	Hühnchen
piva	Bier
pljeskavica	scharfe, dünne Boulette
putnik	Reisender
rakija	selbstgebrannter Schnaps
razumeš	du verstehst
šljivovac	Pflaumenschnaps
šlusaj	hör zu
struklje	Blätterteigspezialität mit Füllung, ähnlich dem Strudel
šta hócu?	was wollen sie?
šta hóces još?	was willst du denn noch?
šta sie napravil?	was hast du getan?
svinja	Schwein
ti si pijan	du bist betrunken
to si ti	du bist es
ulica	Straße
vuk	Wolf
z'bogom	auf Wiedersehn!

NACHWORT

Manche sagen, es begann 1989 mit dem Tag, an dem Slobodan Milosevic Präsident von Serbien wurde, manche sagen, es begann sechshundert Jahre vorher mit der großen serbischen Niederlage gegen die Osmanen, und andere sagen, daß das eine mit dem anderen nichts zu tun hat.
Für mich war die Unruhe im ehemaligen Jugoslawien immer vorhanden, sie fand unterschwellig statt und eskalierte 1981. Nach Titos Tod und einem wirtschaftlichen Chaos im ehemaligen Jugoslawien trat 1989 Slowenien aus dem slawischen Bund aus, der Anfang war gemacht. 1990 folgten die ersten freien Wahlen in Kroatien. Die serbische Regierung reagierte auf das Zerfallen ihres Bundes mit Drohungen, Sanktionen und der Anordnung der Entwaffnung der Bürgerwehr Kroatiens. Im Mai 1991 wurden zwölf kroatische Polizisten durch Serben umgebracht, einen Monat später erklärten Kroatien und Slowenien ihre Unabhängigkeit.
Es vergingen keine drei Monate, und die Bundesarmee beschoß kroatische Dörfer bei Osijek. Kroatien reagierte mit einer Mobilmachung. Der Bürgerkrieg hatte begonnen. Die Fakten stehen in den Geschichtsbüchern, jeder kann sie selbst nachlesen.
Mir geht es in diesem Buch nicht um den Bürgerkrieg. Mir geht es um einen Charakter, der vor seiner Vergangenheit flieht. Der Krieg ist die dunkle Hintergrundmusik, ich habe die Fakten mehr und mehr herausgenommen, weil ich kein zeitgeschichtliches Buch schreiben wollte. Mir geht es um die Menschen, mir geht es um die Isolation und die Versuche eines Mannes, sich aus kulturellen Zwängen zu befreien. Es ist ein Buch über mein Geburtsland; es ist die Geschichte eines Mannes, der seinen eigenen inneren Krieg lebt.

Mein Dank geht an

Micha
der unermüdlich las und las und nie
das Gesicht verzog, wenn ich mit Änderungen zu ihm kam

&

Gregor
der dabei war, als ich den ersten Entwurf vor über zehn Jahren
beendet habe und seitdem jede neue Fassung begleitet hat

&

Max
der meiner Sturheit standgehalten und
an Brankos Charakter mitgefeilt hat
und dadurch die Geschichte rund machte

&

Daniela
die mit ihrer Begeisterung ansteckender ist
als ein Buschfeuer und den Finger immer
auf die richtige Wunde legt

&

Lars Saabye Christensen, Paul Quarrington, Timothy Findley
die mich durch ihre Bücher reisen ließen

&

Boo Hewerdine, Damien Rice, Iron & Wine
die die Tage und Nächte mit Musik füllten

&

Corinna
die einfach nur dasein muß
und die Worte entstehen

Giuseppe Culicchia im dtv

»Culicchia schreibt bissig, zynisch, sarkastisch, gemein, stellenweise bösartig, mit einem Wort: Klasse!«
Freie Presse

Knapp daneben
Roman
ISBN 3-423-**12616**-7

Das Leben kann ganz schön mühsam sein, wenn man wie Walter 21 ist und Markenklamotten öde findet. Wenn man keine Freundin hat und überhaupt alles ständig knapp daneben geht ... »Ein Glücksfall für fröhliche Sommerlektüre.« (Der Spiegel)

Kommt gut
Roman
ISBN 3-423-**12617**-5

Die neuen Leiden des jungen Walter: eine witzige Schilderung des ganz normalen Alltagswahnsinns. »Man liest diesen Roman wie man eine umwerfend gute Pizza verschlingt, die mit allem belegt ist, was man mag.« (Marie France)

Bla Bla Bla
Roman
ISBN 3-423-**12803**-8

Bla Bla Bla ... das ständige Geplapper seiner Freundin und die nervtötende Dauerbeschallung imEinkaufszentrum werden ihm auf einmal zuviel. Nur noch untertauchen will er. Nichts leichter als das ...

Mein Freund Anselm
Roman
Mit Illustrationen des Autors
ISBN 3-423-**24335**-X

Größe: 2,5 m. Gewicht: ein paar Zentner ... doch schweigen wir lieber darüber. Hobbys: Techno-Musik, Rösti backen, fernsehen. Besondere Kennzeichen: verbringt Stunden vor dem Spiegel. Wer sich dahinter verbirgt? Anselm, der Ameisenbär, ein Wesen wie du und ich, das sich dem Leben mit all seinen Höhen und Tiefen stellen muß. – Die bewegenden Abenteuer des zweiten langnasigen Wesens der italienischen Literatur.

Es gibt Tage, da wird alles gut
Roman
ISBN 3-423-**24543**-3

»Hier passiert nie etwas ...« Ein vergnüglicher und doch höchst einfühlsamer Roman über das Erwachsenwerden in einer Zeit, als Italien vom Terror erschüttert wurde.

Alle Titel übersetzt von Peter Klöss

Aleksandar Tišma im dtv

»Tišma sieht, zeigt und erzählt wie einer, der alles über den Menschen zu wissen scheint.«
Ursula März in der ›Frankfurter Rundschau‹

Der Gebrauch des Menschen
Roman
Übers. v. Barbara Antkowiak
ISBN 3-423-11958-6
Bis zum Zweiten Weltkrieg kommen die Menschen in Novi Sad relativ friedlich miteinander aus – Serben, Ungarn, die deutschsprachigen »Schwaben« und Juden. Krieg, Terror und Unmenschlichkeit reißen die Stadt aus ihren Träumen.

Die Schule der Gottlosigkeit
Erzählungen
Übers. v. Barbara Antkowiak
ISBN 3-423-12138-6

Das Buch Blam
Roman
Übers. v. Barbara Antkowiak
ISBN 3-423-12340-0
Novi Sad nach dem Zweiten Weltkrieg. Blam durchwandert als melancholischer Betrachter die Wege und Straßen seiner Heimatstadt.

Die wir lieben
Übers. v. Barbara Antkowiak
ISBN 3-423-12623-X
Ein Buch über die Prostituierten in Tišmas Heimatstadt – und über das Geschäft mit der Liebe.

Kapo
Roman
Übers. v. Barbara Antkowiak
ISBN 3-423-12706-6
»Aleksandar Tišmas Roman ›Kapo‹ ist ein ebenso großartiges wie irritierendes Psychogramm eines älteren Juden, der als junger Todeskandidat ins KZ gekommen war und als Handlanger der Mörder überlebte … ein meisterhaftes Stück Literatur.« (Thomas Grob im ›Tages-Anzeiger‹)

Treue und Verrat
Roman
Übers. v. Barbara Antkowiak
ISBN 3-423-12862-3
Während des Krieges war er im Widerstand, saß im Gefängnis, seine Geliebte wurde erschossen. Die Erfahrung, daß Treue und Verrat eng zusammengehören, bestimmt Sergijes Leben auch nach dem Krieg.

Ohne einen Schrei
Erzählungen
Übers. v. Barbara Antkowiak
ISBN 3-423-13423-2

Bitte besuchen Sie uns im Internet: www.dtv.de

Michael Ondaatje im dtv

»Das kann Ondaatje wie nur wenige andere:
den Dingen ihre Melodie entlocken.«
Michael Althen in der ›Süddeutschen Zeitung‹

In der Haut eines Löwen
Roman
Übers. v. Peter Torberg
ISBN 3-423-**11742**-7
Kanada in den zwanziger und dreißiger Jahren. Ein Land im Aufbruch. »Ebenso spannend wie kompliziert, wunderbar leicht und höchst erotisch.« (Wolfgang Höbel in der ›Süddeutschen Zeitung‹)

Der englische Patient
Roman
Übers. v. Adelheid Dormagen
ISBN 3-423-**12131**-9
1945. Vier Menschen finden in einer toskanischen Villa Zuflucht. Im Zentrum steht der geheimnisvolle »englische Patient«, ein Flieger, der in Nordafrika abgeschossen wurde ... »Ich kenne kein Buch von ähnlicher Eleganz.« (Richard Ford)

Buddy Boldens Blues
Roman
Übers. v. Adelheid Dormagen
ISBN 3-423-**12333**-8
Er war der beste, lauteste und meistgeliebte Jazzmusiker seiner Zeit: Buddy Bolden.

Es liegt in der Familie
Übers. v. Peter Torberg
ISBN 3-423-**12425**-3
Die Roaring Twenties auf Ceylon. Erinnerungen an das exzentrische Leben, dem sich die Mitglieder der Großfamilie Ondaatje hingaben, eine trinkfreudige, lebenslustige Gesellschaft ...

Die gesammelten Werke von Billy the Kid
Übers. v. Werner Herzog
ISBN 3-423-**12662**-0
Die größte Legende des Wilden Westens – Liebhaber und Killer, ein halbes Kind noch und stets dem Tode nah.

Anils Geist
Roman
Übers. v. Melanie Walz
ISBN 3-423-**12928**-X
Im Auftrag einer Menschenrechtskommission kehrt die junge Anil in ihre Heimat Sri Lanka zurück und begibt sich in größte Gefahr.

Ilija Trojanow im dtv

»Urplötzlich wechselt er ins Phantastische oder Groteske. Er verwebt Orientalisches mit Westlich-Technischem, tobt sich im Detail aus, um dann zum kühnen Zeitensprung anzusetzen. Kurz: Er überrascht, wo er nur kann.«
Der Spiegel

Die Welt ist groß und Rettung lauert überall
Roman
ISBN 3-423-12654-X

Alex' Eltern ertragen den Alltag unter der Diktatur in ihrem Heimatland nicht länger, und hinter dem Horizont lockt das gelobte Land. Doch schon bald nach der Flucht zeigt sich, daß sie nicht nur einen Gobelin und die Großeltern zurückgelassen haben. Denn zwischen Traum und Wirklichkeit liegen Welten. Jahre später geht Alex an der Hoffnungslosigkeit des Exils beinahe zugrunde, aber da trifft er seinen Taufpaten vom Balkan wieder …

Autopol
in Zusammenarbeit mit Rudolf Spindler
ISBN 3-423-24114-4

Sten Rasin mag das schöne neue Europa des 21. Jahrhunderts nicht. Doch bei der jüngsten Aktion seiner Widerstandsgruppe wird er geschnappt. Einmal zu oft. Er wird »ausgeschafft«, dorthin, von wo es kein Zurück gibt – nach Autopol, zu den anderen, die man draußen nicht will, vor denen man Angst hat. Aber Rasin ist kein gewöhnlicher Krimineller. Er ist Idealist, ein Kämpfer, und er will zurück in die Freiheit. Schnell schafft er sich auch in Autopol Verbündete …

Die fingierte Revolution
Bulgarien, eine exemplarische Geschichte
ISBN 3-423-34373-7

Bulgarien steht kurz vor dem EU-Beitritt. Seit dem Fall des Eisernen Vorhangs hat Ilija Trojanow sein Herkunftsland regelmäßig besucht. Das Resümee: Die alte Nomenklatura wurde nie abgelöst, die Wirtschaft ist nicht privatisiert, sondern piratisiert, die Vergangenheit ist nicht bewältigt, es herrschen Korruption und Elend. Eine provozierende Analyse über Wunschdenken und osteuropäische Realität.

Pat Barker im dtv

Die Trilogie über den Ersten Weltkrieg:

Niemandsland
Roman
Übers. v. Matthias Fienbork
ISBN 3-423-12622-1

Das Auge in der Tür
Roman
Übers. v. Matthias Fienbork
ISBN 3-423-12800-3

Die Straße der Geister
Roman
Übers. v. Matthias Fienbork
ISBN 3-423-13005-9

»Pat Barkers Blick gilt mit rücksichtsloser Genauigkeit den Menschen, die den Krieg erleiden, und sie erschafft dabei ein gewaltiges Gesellschaftspanorama.« Dieter Forte im ›Spiegel‹

Das Gegenbild
Roman
Übers. v. Barbara Ostrop
ISBN 3-423-13093-8

Nick und Fran haben eine alte Villa gekauft für ihre zusammengewürfelte Familie. Aber auch im neuen Haus ist das Zusammenleben alles andere als harmonisch. Ein schockierendes Wandgemälde aus viktorianischer Zeit konfrontiert sie alle mit einer bösen Vergangenheit.

Der Eissplitter
Roman
Übers. v. Barbara Ostrop
ISBN 3-423-24351-1

Ein charismatischer junger Mann, der als Kind einen Mord begangen hat, taucht nach zwölf Jahren plötzlich bei dem Psychologen auf, der damals bei dem Prozeß als Gutachter ausgesagt hat. Was hat er vor?

Ken Saro-Wiwa im dtv

Die Sterne dort unten
Erzählungen
Übersetzt von Chris Hirte
ISBN 3-423-12334-6

Geschichten von Nigeria: voll Wärme und Komik, anrührend und trotzdem unerbittlich.

Sozaboy
Roman
Übersetzt von Gerhard Grotjahn-Pape
ISBN 3-423-12418-0

Ein junger Afrikaner im Bürgerkrieg: Voll naiver Lebenslust und Energie meldet er sich als Soldat und wird von der verwirrenden und schrecklichen Realität des Krieges überwältigt.

Lemonas Geschichte
Roman
Übersetzt von Gerhard Grotjahn-Pape
ISBN 3-423-13050-4

Lemona wächst in großer Armut auf dem Lande auf. Als sie eine Stellung in der Stadt findet, ist sie sicher: Jetzt wird sie ihr Glück machen... Das Leben einer jungen Frau in Nigeria – abenteuerlich, bunt, voll Lebensfreude, aber auch von Hilflosigkeit und Abhängigkeit gezeichnet.

Ken Saro-Wiwa, 1941 in Nigeria geboren, setzte sich in seiner Heimat für Umweltschutz und Menschenrechte ein und machte international auf die ökologische Katastrophe aufmerksam, die die Ausbeutung der Ölvorkommen in Nigeria angerichtet hatte. 1994 erhielt er den Alternativen Nobelpreis. 1995 wurde er von der Militärdiktatur Nigerias hingerichtet. Er wurde postum für den Friedensnobelpreis 1996 nominiert.